지리산에 오르는 길은 여러 갈래가 있습니다
드라마 '지리산'과는 또 다른
대본집 '지리산'이라는 길을
같이 올라주셔서 감사합니다

　　　　김 은 희 작가 드림

지리산

2

김은희 대본집

지리산 2

초판 1쇄 인쇄 2021년 12월 10일
초판 1쇄 발행 2021년 12월 17일

지은이 | 김은희
펴낸이 | 金滇珉
펴낸곳 | 북로그컴퍼니
책임편집 | 김옥자
디자인 | 김승은
주소 | 서울시 마포구 와우산로 44(상수동), 3층
전화 | 02-738-0214
팩스 | 02-738-1030
등록 | 제2010-000174호

ISBN 979-11-6803-019-0 03810

· 블로그: blog.naver.com/blc2009
· 인스타그램: @booklogcompany
· 페이스북: facebook.com/blc2009
· 유튜브: 북로그컴퍼니

김은희 대본집

2

지리산

북로그컴퍼니

작가의 말

큰 산은 오르기 힘든 만큼 더 큰 깨달음을 주는 것 같습니다.
지리산이라는 드라마를 완등하면서 결과보다는 과정이 중요하고,
수많은 사람들의 협업이 얼마나 중요한지 다시금 깨달았습니다.
드라마 〈지리산〉은 끝났지만 여기서 배운 것들 잊지 않고
소중하게 간직하겠습니다.

언제나 밝은 얼굴로 힘이 돼주는 장항준 감독님,
이제 고등학교 올라가는 장윤서양,
아직도 딸 뒷바라지해주시는 고마운 송정순 여사님,
〈지리산〉 기획 초반에 고생 많이 한 형민이,
대본 작업 때 큰 힘이 되어준 작가팀 박세리, 김성숙, 공지은 양 정말 감사해요.

고된 〈지리산〉을 함께 해준 배우들께 고마움의 인사를 드리고 싶고,
고된 〈지리산〉을 함께 해준 시청자분들께 진심으로 감사 인사 드립니다.

2021년 겨울, 김은희

일러두기

1. 이 책의 편집은 김은희 작가의 집필 방식을 따랐습니다.

2. 드라마 대사는 글말이 아닌 입말임을 감안하여, 한글맞춤법과 다른 부분이라 해도 그 표현을 살렸습니다. 지문의 경우 한글맞춤법을 최대한 따르되, 어감을 살리기 위해 고치지 않고 그대로 둔 경우도 있습니다.

3. 대사와 지문에 등장하는 말줄임표와 쉼표, 느낌표와 마침표 등의 문장부호 역시 작가의 집필 의도를 살리기 위해 그대로 실었습니다.

4. 이 책은 작가의 최종 대본으로, 방송된 부분과 다를 수 있습니다.

차례

작가의 말 5

일러두기 6

기획의도 8

등장인물 10

용어정리 16

9부 17

10부 63

11부 111

12부 163

13부 205

14부 249

15부 289

16부 337

사건 타임라인 388

작가 인터뷰 394

하늘과 만나는 곳, 이승과 저승의 경계

지리산

* 산

지리산은 위로의 산이다.

조선 후기 동학교도들, 일제 강점기의 독립투사들 등 많은 이들의 피난처였고 희망의 땅이었던 이 산을 지금도 여전히 많은 사람들이 각각의 아픈 사연을 가지고 오르고 걷고 견디어낸다.

외롭고 쓸쓸한 회색의 도심에서 벗어나 넓고 광활한 지리산의 비경(秘境)을 배경으로 죽으러 오는 자, 죽이러 오는 자, 살리러 오는 자 등 산을 오르는 사람들의 이야기를 다양하게 그려보고자 한다.

* 누군가를 살리는 사람들

등산의 가장 큰 목표는 살아서 산을 내려가는 것이다.

그 목표를 도와주기 위해 존재하는 사람들, 지리산 국립공원의 레인저들이다. 집중호우, 폭설, 산사태, 태풍 등 악천후 속에서도 산을 누비며 조난자들을 구하고 헬기가 뜨지 못하는 날은 다섯 시간이 넘는 거리를 조난자를 업고 뛰어야 하는 사람들. 그 누구보다 산을 잘 알기에 산에서 일어나는 모든 사건들을 해결해야만 하는 진정한 산지기들. 어쩌면 지금 이 시간에도 산 어딘가를 헤매고 다닐 누군가를 위해 희생하는 그들의 얘기를 담아보고자 한다.

* 작은 가치, 공존

아프리카 돼지 열병 때문에 전국의 축산 농가가 같이 열병을 앓았다. 이 열병의
확산 원인은 오염된 사료와 잘못된 위생관리, 사람들의 탐욕이었지만 불똥은 야생
멧돼지에게 쏠렸다. 멧돼지 한 마리의 출현에도 다들 입을 모아 죽여야 한다고 했
다. 고라니 역시 마찬가지. 다른 나라에선 멸종 위기종이지만 우리나라에선 경작지
에 피해를 주기 때문에 유해동물종으로 분류가 됐다. 누구의 기준인가.

국립공원이 추구하는 가치는 공존이다. 만약 당신이 키우는 개가, 고양이가 길
을 잃는다면.. 그들 역시 길을 헤매는 야생동물이 된다. 동물은 사람의 기준으로
집단 폐사시켜도 마땅한 존재일까..

비단 동물만의 얘기가 아니다. 우리가 사는 사회 역시 혐오와 배척으로 더욱 삭
막해져가고만 있다. 우리 모두가 어떻게 공존하며 살아갈 것인지에 대한 가치를 이
야기를 통해 고민해보고자 한다.

* 산에 오르지 못하는 여자와
  산을 벗어날 수 없는 남자의 이야기

누구보다 산을 사랑했지만 불의의 사고로 뇌사 상태에 빠진 남자는 귀신이 되
어 산을 떠돌고, 누구보다 사람들을 구하려고 노력했던 여자는 휠체어에 올라 더
이상 산에 오르지 못하게 된다. 서로를 볼 수 없고 만날 수도 없지만 지리산이 그
들에게 준 특별한 선물로 그들은 산에서 위험에 처한 사람들을 또다시.돕기 시작
한다. 더 이상 사람들이 산에서 죽지 않도록 할 것이다.

자신들의 생명을 걸고 산을 지키며 진실을 밝히려는 레인저 이강과 현조의 이
야기를 그려보고자 한다.

서이강 (30대, 여)

지리산 국립공원 최고의 레인저.

흙길, 너덜길, 암벽, 절벽 등 산을 어떻게 타야 하는지 본능적으로 알고 있고, 조난자의 배낭에 묻은 풀잎 하나만으로 조난 장소를 알아맞힐 정도로 기후, 식생 분포, 토질에도 박학다식하며, 작은 샛길과 숲길까지 익숙한 내비게이션 기능 또한 탑재되어 있다. 동료들에게 산귀신, 서마귀라고 불릴 정도로 구조에 관해서는 그 누구보다 뜨겁지만 산을 바라보는 시선은 냉소적이기만 하다. 그녀에게 산은 곧 죽음이기 때문이다.

1995년, 어마어마한 집중호우로 100명이 넘는 사람이 사망한 최악의 수해가 있었고, 그 희생자들 명단에는 이강의 어머니와 아버지도 포함되어 있었다. 그저 아름답다고 생각했던 산의 무서움을 뼈저리게 느낀 이강은 산을 떠나고 싶었지만, 혼자 남은 할머니 때문에 결국 산에 남아 레인저가 된다. 그런 그녀가 원하는 것은 단 하나.. 조난자가 죽기 전에 구해내는 것이다.

레인저로서 산의 모든 업무를 완벽하게 해내지만 시신을 수습하는 일은 과거 수해사건에서 벗어나지 못한 이강에게 두렵기만 하다. 그러던 중 신입 현조를 만난다. 이해하기 힘든 아이지만, 누구보다 따뜻하고 산을 사랑하는 현조를 통해 다시 산을 바라보게 되는 이강. 산이 무섭기만 한 공간이 아니라 과거 가장 아름다웠던 추억이 깃든 공간이었다는 걸 깨닫게 되면서 20년 동안 진심으로 보내지 못했던 부모님을 떠나보내고 진심 어린 애도(哀悼)를 배워나간다. 그렇게 다시 산을 사랑하게 됐지만, 다시는 산에 오르지 못하게 되는 이강.

이제 그녀는 휠체어에 올라타 산을 바라볼 수밖에 없다.

눈부신 일출, 아름다운 운해, 반짝이는 숲, 그리고 현조가 있는 곳, 지리산을..

강현조 (30대, 남)

아무에게도 말하지 못할 비밀을 간직한 국립공원 신입 레인저.
육사 출신의 전직 육군 대위로 지리산 행군 훈련 때 후임을 잃는 사고를 당한 뒤 이해할 수 없는 환영을 보기 시작했다. 지리산에서 죽임을 당하는 사람들에 대한 편린들이다. 왜 어떻게 자기 눈에만 보이는지 이유는 알 수 없지만 산이 사람들을 살리라고 준 선물이라 생각하고 지리산으로 돌아왔다.

겉으로는 차가워 보이지만 구조에는 누구보다 열정적인 선배 이강에게만은 비밀을 털어놓게 되고 함께 산을 누비며 사람들을 구하게 된다. 조난자의 생명뿐만 아니라 서로의 목숨까지 맡길 정도로 진정한 파트너가 되어가는 두 사람. 그러던 와중에 현조는 아름답게만 보이던 지리산에 숨겨진 무서운 비밀을 눈치채게 된다.

누군가 산에서 조난을 이용해 사람들을 죽이고 있다. 그 사실을 알게 되자, 푸르른 숲 아래 피어난 독버섯이 보이기 시작했고, 광활하게 펼쳐진 녹음보다 위험하기 짝이 없는 절벽들이 눈에 들어오기 시작했으며, 산길에서 오가며 건네는 미소 뒤에 숨겨진 살의가 느껴졌다.
의심이 확신이 되던 그때, 이강과 함께 불의의 사고를 당한 현조는 귀신이 되어 산을 헤매게 된다. 이제는 두렵고 무서워진 산 안에서 사람들이 죽어가는 환영에 시달리면서..

이 악몽에서 현조를 구할 수 있는 유일한 사람은 이강뿐이다. 아무도 그를 보지 못하고 느끼지 못하지만, 이강은 들을 수 있다. 죽어가는 사람들을 구하고자 하는 현조의 간절한 목소리를..

조대진 (50대, 남)

지리산 국립공원 해동분소 분소장.

지리산 국립공원에서 반평생을 보낸 지리산맨. 레인저로서의 투철한 사명감과 우직함으로 모든 사람들의 존경을 받아왔지만, 가족들에게는 늘 필요할 때 곁에 없는 사람이었다. 결국 가족들은 그를 떠났고 이제 그에게 남은 것은 지리산뿐이다. 그렇기 때문에 더욱 구조에 모든 것을 바친다.

국립공원과 후배 레인저들에 대한 책임의식이 남다르다. 오래전 도원계곡에서 벌어졌던 대규모 수해사건 때, 자신의 선택으로 인해 숨진 이강의 부모에 대한 부채감이 있다. 그렇기에 이강은 대진의 가장 아픈 손가락이다.

정구영 (30대, 남)

해동분소 소속 레인저. 이강의 동기.

근무가 힘든 지리산을 벗어나 본가가 있는 경기도로 발령받기 위해 승진시험에 목을 매지만 번번이 낙방의 고배를 마셨다. '내가 살아야 남도 산다'를 입버릇처럼 달고 사는 극현실주의자.

퇴근 시간은 칼이고 휴가는 당연한 거고 월차 역시 놓칠 수 없다. '해산'의 '해' 자만 나와도 이미 어느 순간 사라져 있다. 약삭빠르긴 하지만 심성은 착해 동료애가 깊다. 물론 그중 한 대원에 대한 애정이 좀 더 깊긴 하다. 해동분소의 행정직원 이양선 계장. 아직 마음을 전달하지 못해 전전긍긍 중이다.

박일해 (30대 중반, 남)

이강과 구영의 동기.

순발력은 약하지만 우직한 근성으로 똘똘 뭉친 융통성 없는 강원도 산사나이.

국립공원에서 만난 사내 커플끼리 결혼해 부인은 설악산에서 근무 중이다.

한 가정의 가장으로서 투철한 책임감으로 승진시험에 패스. 지리산 동기들 중 유일하게 팀장을 달았다는 자부심이 가득하다. 무사 안일주의인 구영과는 사사건건 부딪치기 일쑤다.

김솔 (30대, 남)

국립공원 본소 자원보전과 직원.

지리산과 관련된 문화, 역사, 인문학에 빠삭한 모범생 스타일의 외골수. 산신제, 무속, 성모 신앙에 관련된 행사나 지리산에 남은 역사적인 흔적들이 발견될 때마다 가장 먼저 나타난다. 남들이 미신이라 치부하는 것을 과학적, 논리적으로 이해했다고 생각하는 고지식한 4차원 귀신 마니아.

지리산 인근 산골마을에서 태어나고 이곳에서 자란 토박이.

이다원 (20대, 여)

해동분소 소속 병아리 레인저.

어느 곳, 어떤 상황에서건 좋은 일, 즐거운 일, 기분 좋은 일을 발견하는 엄청난 능력을 가진 분위기 메이커. 핸디캡이 있는 이강이 분소로 복귀한 후 이강의 능력과 매력에 반해 자신의 롤모델로 삼는다. 산을 오르지 못하는 이강을 대신해 그녀의 부탁을 들어주던 중, 피투성이가 된 채 산을 헤매는 현조와 마주치게 되고.. 그때부터 이강과 현조를 이어주는 역할을 하면서 죽음을 앞둔 사람들을 구조하기 시작한다.

이양선 (30대, 여)

해동분소 소속 행정직원.

꼼꼼하고 조용하고 미소조차 사근사근하다. 타고난 체력이 약해 구조 활동은 힘들지만, 분소의 모든 궂은일을 도맡아 하며 레인저들을 서포트한다.

지리산이 고향이고 근처에 친척들도 살고 있어서 지리산을 좋아했다. 어려서 부모님을 따라 인근 대도시로 이주해 그곳에서 성장했지만, 명절 때마다 할아버지 집을 놀러 와 이곳이 친근하다. 그래서 국립공원 직원이 됐을 때도 지리산에 자원했다.

김웅순 (30대, 남)

지리산에서 나고 자란 지리산 토박이.

십오 년 넘게 해동파출소에 근무하면서 마을의 대소사를 챙겨왔고, 마을에서 벌어지는 일이라면 무엇이든 속속들이 알고 있는 척척박사이다.

고향 지리산에 대한 애정과 자부심이 남다르다. 그렇기에 마을이 언제나 평화롭길 바라며, 행여나 범죄나 분란이 생기지는 않을까 늘 근심 걱정, 경계 태세이다.

박순경 (20대 중반, 남)

인근 소도시 출신. 첫 발령지로 해동파출소에 온 신참 순경.

오가며 마주치는 등산객들은 물 좋고 공기 좋은 데서 일한다며 좋아하지만 한창 놀 나이의 박순경 머릿속에는 오로지 삐까번쩍 클럽, 편의점이 줄지어 있는 최첨단 도시 서울뿐이다. 어떻게든 사건 하나 잘 잡아서 특진해 서울로 갈 생각으로 눈에 불을 켜고 일에 매진한다. 비슷한 시기에 신입으로 들어온 현조에게 같은 신입이라며 동질감을 가진다.

이문옥 (70대, 여)

지리산 인근에서 식당을 운영하는 지리산 터줏머감.

20년 전 아들, 며느리를 갑작스런 사고로 한꺼번에 잃었지만, 하나 남은 손녀 이강을 꿋꿋하게 키워냈고, 그 손녀가 지리산을 지키는 레인저로 일하는 것에 자부심을 느끼는, 목소리도 웃음소리도 배포도 큰 화통한 할머니. 이강이 산을 떠나지 못한 가장 큰 이유가 자신이라는 것을 알기에, 이강이 사고를 당한 후 깊은 자책감에 괴로워한다.

용어정리

씬　　　　장면(Scene)을 의미하며 같은 장소, 같은 시간 내에서 이루어지는 일
　　　　　　련의 행동이나 대사가 한 씬을 구성한다.

D　　　　그 장면이 이루어지는 시간대를 표시. 낮.

N　　　　그 장면이 이루어지는 시간대를 표시. 밤.

(소리)　　 등장인물은 나타나지 않고 소리만 나는 경우를 표시.

틸업　　　Till up. 카메라를 아래에서 위로 움직이며 활용하는 기법.

몽타주　　따로따로 편집된 장면들을 짧게 끊어 붙여서 하나의 긴밀하고 새로운
　　　　　　장면을 만드는 기법.

인서트　　화면의 특정 동작이나 상황을 강조하기 위해 삽입한 화면. 이 장면이
　　　　　　없어도 상황을 이해하는 데는 문제가 없으나 인서트를 삽입함으로써
　　　　　　상황이 더 명확해지고 스토리가 강조되는 효과가 있다.

화이트 아웃　그림이 사라지면서 흰색 화면으로 전환하는 장면 전환 방법.

9부

내가 가장 믿었던 사람.. 진심으로 산을 아끼고 지키려고 했던 동료..

거기 있다면 대답해줘.. 뭘 봤는지.. 뭘 알고 있는지..

씬/1   2020년, 몽타주

가을, 단풍이 물든 지리산.
붉은 석산들이 바람에 한들거리는 석산 군락지, 산 정상에 숨겨진 맑고 차가운 그림 같은 샘터, 인적 하나 없는 고요면서도 아름다운 깊은 비법정 곳곳을 비추는 화면 위로 울리는 핸드폰 연결음. 계속해서 울리다가 '지금 고객님께서 전화를 받을 수 없습니다'라는 멘트로 이어진다.

- 낮, 산기슭 비법정 입구에서 불안한 눈빛으로 산을 올려다보며 다원에게 전화를 걸고 있는 휠체어에 탄 이강. 전화를 끊었다가 다시 한번 전화를 거는 모습에서..

- 산, 텅 빈 아름다운 숲 위로 불길한 핸드폰 연결음이 울린다.

- 산, 황금빛이 펼쳐진 억새밭 위로 내려앉기 시작하는 황혼.

- 산기슭 비법정 입구의 이강, 여전히 다원에게 전화를 걸고 있지만, 연결이 되지 않는다. 산 저 너머로 서서히 붉은 해가 내려앉고 있다.

씬/2   N, 산기슭, 비법정 입구

어느새 어둠이 내려앉은 비법정 입구에서 답답하고 불안한 눈빛으로 다원
에게 문자를 보내고 있는 이강.
'다원아 아직 산에 있니? 문자 보면 연락 좀 해줘'.
그때, 저 멀리 산 안쪽에서 흔들리는 플래시 불빛이 보인다.

이강   (다급히) 다원이니?

대답 없이 서서히 이강에게 다가오는 플래시 불빛.
플래시를 켠 누군가의 그림자가 가까워지면서 얼굴이 드러나는데..
의아한 눈빛으로 이강을 바라보고 있는 구영이다.

구영   여기서 뭐 해?

이강, 실망감에 눈빛 어두워지다가.. 구영을 향해

이강   산에 갔다 오는 거야? 산에서 혹시 다원이 못 봤어?
구영   이다원? 걔 산에 갔어? 오늘 비번이잖아.
이강   내가 부탁한 일이 있어서 산에 갔는데 계속 전화를 안 받아.
구영   비법정에선 원래 잘 안 터지잖아.
이강   아무래도 이상해. 이렇게 오래 걸린 적이 없어.

구영, 여전히 의아한 눈빛으로 이강을 바라보는데..

이강   다원이한테 무슨 일이 벌어진 것 같아.. 그 애를 빨리 찾아야 해.

불길한 눈빛으로 어두운 산을 바라보는 이강의 모습 위로 '컹컹컹' 개 짖는

소리가 들려온다.

씬/3   D, 산 일각

- 전묵골, 두레숲 일각. 수색견들을 앞세워서 숲 곳곳을 수색 중인 소방 구조대원들.

- 또 다른 두레숲 일각. 다원이 누군가와 마주쳤던 바로 그 포인트를 지나고 있는 레인저들. 그러나 그 어디에도 다원의 흔적이 보이지 않는다.

- 두레숲 인근, 석산 군락지 인근을 수색 중인 레인저들의 모습 위로 들려오는 구영의 무전 소리.

구영(소리) 해동 하나. 전 대원에게 알린다. 이다원 핸드폰 신호가 마지막으로 잡힌 곳은 전묵골 성내천 중계기.

씬/4   D, 해동분소, 상황실

무전기 앞에 앉아서 무전을 전파하고 있는 구영. 그 옆에는 초조한 눈빛으로 생각에 잠겨 있는 이강.

구영   핸드폰 신호가 끊긴 지 18시간이 지났는데 그 이후에 핸드폰 통화기록도 없고, 숙소로 복귀하지도 않았어.

구영, 테이블 위를 바라보면 전묵골이 확대된 지도. 두레숲 인근을 중심으로 수색지역을 표시한 듯 크게 동그라미가 그려져 있다.

구영   전묵골 두레숲 인근일 가능성이 크대. 그 지역을 샅샅이 수색해봐. 신참이긴 해도 레인저야. 뭐라도 신호를 남겨놨을 거야.

무전을 치는 구영의 뒤쪽에 걸려 있는 화이트보드판이 힐긋 보이는데.. 한쪽에 적힌 비번 현황판. 대진의 이름 옆쪽으로 오늘, 내일 모두 비번으로 적혀 있다. 구영, 답답한 얼굴로 이강 뒤돌아보며

구영　　대장님은 아직도 연락이 안 돼?
이강　　응. 계속 핸드폰이 꺼져 있어.

그때 문 열리면서 들어서는 웅순. 이강, 맘이 급한 듯 들어서는 웅순에게

이강　　어떻게 됐어?

구영, 역시 웅순을 보는데..

웅순　　카드내역 살펴봤는데 어제 이후로 교통카드 한 번 사용하지 않았어. 비법정 입구 근처 CCTV도 싹 다 살펴봤는데 아무 데도 찍히지 않았고. 이강이 말처럼 아직 산에 있는 거 같아.

그때, 무전기 너머에서 들려오기 시작하는 소리들.

(소리)　　장터목 하나. 두레숲 서북쪽 간석바위 지점까지 수색 끝났는데 보이지 않아.
수색1(소리) 비담 둘. 전묵골 석산 군락지까지 찾아봤는데 이쪽도 없어.

무전기 소리를 듣는 구영, 웅순의 낯빛 어두워지는데.. 이강, 테이블 위의 지도를 내려보다가

이강　　전묵골 석산 군락지 동남쪽에 고사목이 하나 있어. 그 나무 아래를 확인해봐야 해.

무슨 말인가 싶어 이강을 바라보는 웅순. 구영, 역시 이해가 안 간다는 듯

이강을 보다가.. 눈빛 가라앉으며

구영　설마.. 또 그 얘기야? 현조랑 너만 안다는 그 신호?
이강　...맞아.
구영　(기가 막힌) 이다원한테 부탁한 것도 그거야? 걔 그거 찾다가 실종된 거냐구?

말없이 눈빛 어두워지는 이강. 구영, 그런 이강을 답답하다는 듯 보다가

구영　너 진짜.. 그 말도 안 되는 걸..
이강　너도 봤잖아. 몇 달 동안 몇백 명이 찾지 못했던 실종자를 그걸로 찾았어.

구영, 말문이 막히는 듯 이강을 바라보고.. 웅순, 무슨 얘긴지 전혀 모르겠는 듯 두 사람의 눈치를 살피는데..
이강, 구영을 바라보다가

이강　다원이 나 때문에 실종됐어. 그래서 꼭 찾고 싶어..
구영　...
이강　부탁이야. 석산 군락지 동남쪽 고사목.. 한 번만 확인해줘.

이강을 바라보는 구영의 모습에서..

씬/5　D, 전묵골, 석산 군락지 인근

영문을 모르겠는 얼굴로 석산 군락지 인근 고사목 쪽으로 다가오고 있는 수색1, 2.

수색1　대체 여긴 왜 가보라는 거야?

수색1, 고사목 아래를 살펴보다가 멈칫.. 이게 뭐지? 바라보는 수색1의 시선

을 쫓아가 보면 8부 다원이 확인할 때와는 달리 새 돌무더기가 정갈하게 쌓여 있고 그 위에 새 나뭇가지가 꽂혀 있다.

씬/6   D, 해동분소, 상황실

수색1이 보낸 사진이 떠 있는 아이패드를 함께 확인하고 있는 이강, 구영, 웅순.

웅순   이게 뭐야? 누가 장난쳐놓은 거야?

구영   나도 이게 뭐 하는 짓인지 모르겠다..

이강, 뚫어질 듯 화면을 보면서 동서남북 방위를 확인해보다가 지도상에서 위치를 확인한 뒤 구영에게

이강   전묵골 3킬로미터 지점. 해바위 너덜길 부근이야.

구영, 반신반의하는 눈빛으로 이강을 바라보는데..

씬/7   D, 전묵골 일각

전묵골 위쪽에서 아래쪽을 향해 뛰어 내려오고 있는 수색1, 2를 비롯한 레인저들.

씬/8   D, 해동분소, 상황실

초조한 눈빛으로 무전기만을 바라보고 있는 이강. 구영 역시 긴장한 얼굴로 무전기를 바라보고 있고.. 웅순, 대체 이게 무슨 상황이지? 두 사람을 바라보고 있는데 순간, '치치치칙' 잡음과 함께 들려오는 무전기 소리.

수색1(소리) 비담 둘, 해바위 너덜길 도착.

더욱 긴장하는 이강의 눈빛.

씬/9   D, 전묵골, 해바위 너덜길

너덜길 쪽으로 뛰어 내려오고 있는 수색1, 2. 그때, 뭔가를 발견하고 놀라서 수색1에게 손짓하는 수색2.
무전 하던 수색1, 뭐지? 수색2의 시선을 쫓아가다가 역시 놀란다. 두 사람의 시선이 향한 곳 보면.. 붉은 핏방울이 점점이 뿌려져 있다. 핏방울을 쫓아 걸어가던 수색1, 2. 뭔가를 발견하고 놀라서 멈춰 선다.

씬/10   D, 해동분소, 상황실

숨죽이고 무전 소리를 기다리는 이강과 구영. 구영, 못 참겠다는 듯 무전기를 잡고

구영   어떻게 됐어? 뭐 발견됐어?

긴장한 얼굴로 그런 구영을 바라보는 이강.

수색1(소리) 이다원 핸드폰 무슨 색깔이야?

멈칫하는 이강과 구영.

씬/11   D, 전묵골, 해바위 너덜길

너덜길 바위틈 사이를 바라보는 수색1, 2. 피투성이가 된 하얀색 핸드폰(색깔은 임의로 지정하셔도 됩니다)이 떨어져 있다. 조심스럽게 들어 올리는데 핸드폰 케이스에 적힌 이니셜 'LDW'.

수색1 하얀색 핸드폰이 떨어져 있어. 케이스에 LDW라고 적혀 있는데 온통 피가 묻어 있어.

씬/12 D, 해동분소, 상황실

눈빛 흔들리는 이강.

이강 맞아. 다원이 거야.
구영 (무전기에 대고) 분소 상황실. 전묵골 해바위 너덜길에서 이다원 핸드폰이 발견됐어. 그 근방일 거야.

씬/13 몽타주

- 낮, 산길을 타고 빠르게 해바위 너덜길 쪽으로 이동하고 있는 레인저들.

- 낮, 탐방로 입구. 빠르게 산을 내려오는 수색1, 2. 대기하고 있던 웅순과 박순경에게 지퍼백에 담긴 다원의 핸드폰을 건넨다.

- 낮, 해바위 너덜길 주변을 수색 중인 레인저들.

- 밤, 어두운 산. 다원을 찾아 수색하는 레인저들의 랜턴 불빛들이 어지럽게 움직이고 있고 '이다원!!' '다원아!!' 외치는 소리들이 들려온다.

씬/14 N, 해동분소, 상황실

초조한 얼굴로 기다리고 있는 이강과 구영. 무전기에서는 '전묵골 해바위 너덜길 인근 수색 종료. 실종자 발견 실패' '전묵골 여치숲 수색 중' '전묵골 고개바위 수색 종료. 실종자 보이지 않아' 계속해서 다원의 행방을 수색 중인 레인저들의 무전 소리가 들려온다.

구영, 초조한 얼굴로 무전기에 대고

구영   좀 더 수색범위 넓혀봐. 암릉지대랑 너덜바위까지.

이강, 문득 바라보며

이강   암릉지대는 아냐. 그쪽 길은 위험한 데다 돌아가는 길이라 가지 말라고 했어.

구영   조난을 당하면 패닉상태가 돼서 이해가 되지 않는 행동을 할 때가 많아. 잘 알잖아.

그때, 문 열리며 들어서는 웅순, 낯빛이 굳어 있다.

웅순   그 소난사는 찾았이?

구영   아직이야.

웅순   (머뭇거리다가) 그런데.. 조대진 대장님은?

구영, 의아한 눈빛으로 보는

구영   대장님은 왜?

– 시간 경과되면

녹음파일이 담긴 유에스비를 컴퓨터에 꽂고 프로그램을 실행시키고 있는 웅순. 뒤쪽에서 바라보고 있는 이강과 구영.

구영   그러니까 이다원 핸드폰에 저게 녹음이 돼 있었다구?

웅순   (클릭하며) 녹음 어플에 저장돼 있었어.

- 인서트
- 8부, 64씬. 자신을 내려다보고 있는 누군가를 보고 안도의 한숨을 내쉬는 척하고 돌아서서 바닥에 떨어진 핸드폰을 줍는 척하는 다원. 주으면서 핸드폰 녹음 어플을 켜고 들어 올린 뒤 긴장한 기색을 최대한 내비치지 않고 뒤돌아서서 해맑게 미소 지으며

다원   놀랬잖아요.

- 다시 해동분소 사무실로 돌아오면
컴퓨터에서 흘러나오는 소리에 집중하고 있는 이강, 구영, 웅순.

다원(소리) 여긴 무슨 일이세요?

잠시의 시간이 지난 뒤 들려오는 목소리.

대진(소리) 너야말로 여긴 웬일이야?

놀라는 이강. 멈칫하는 구영.

씬/15   D, 전묵골, 두레숲

8부 64씬에 이어지는..
다원의 시선 쫓아가 보면 검은 등산용 장갑을 끼고 레인저 유니폼을 입은 누군가의 얼굴, 대진이다. 대진, 무표정한 눈빛으로 다원을 보다가

대진   너 비번 아냐?
다원   아.. 그게 훈련 좀 하고 있었어요. 길도 외워둘 겸 해서요.

대진, 그런 다원을 물끄러미 바라보다가

대진   그래.. 그럼 같이 가자. 내가 지름길 알려줄게.
다원   (대진의 말이 끝나기가 무섭게) 아뇨. 저 혼자 갈게요.

대진, 겁먹은 듯한 다원을 보다가 다가가며

대진   혼자는 위험해. 여긴 길을 잃기 쉬워.
다원   진짜 괜찮아요..

다가오는 대진을 피하려는 듯 뒤로 물러나는 다원의 시선. 대진의 손 쪽을
바라본다. 따지 않은 새 요쿠르트 병 하나를 들고 있다.

씬/16   N, 해동분소, 상황실

굳은 눈빛으로 컴퓨터에서 흘러나오는 내용을 듣고 있는 이강, 구영, 웅순.

다원(소리)   (겁먹은) 정말로 괜찮습니다. 저 그만 가볼게요.

그리고 어디론가 뛰어가는 듯 들려오는 발자국 소리. 뒤이어 정적이 흐르다
가 뚝 끊어지는 녹음파일.

구영   이다원, 대장님하고 만났던 거야? (핸드폰 꺼내며) 대장님한테 연락해볼게.
        언제 어디서 헤어졌는지 물어보면 수색에 도움이 될 수도 있어.

구영, 대진에게 전화를 걸려는데

이강   다원이는 왜 저 대화를 녹음해놓은 걸까..
구영   뭐?
이강   ..다원이 겁먹은 목소리였어..

구영   무슨 소리 하는 거야? 설마.. 너 대장님이 다원이한테 뭐 나쁜 짓이라도 했다는 거야?

이강, 보다가 책상으로 다가가서 업무일지를 확인해본다.

이강   ..대장님은 어제 업무일지에 거점근무를 가신다고 했어. 대장님 거점근무지는 전묵골이 아니잖아.
구영   (기가 막힌 듯 보다가) 야. 그만해.

하는데 문 쪽에서 들려오는 목소리.

대진(소리) 왜들 그래? 무슨 일 있어?

멈칫해서 돌아보는 이강, 구영, 웅순. 보면 가방을 들고 문 쪽에서 들어서는 사복 차림의 대진이다. 대진, 의아한 눈빛으로 바라보고.. 누구도 쉽게 입을 열지 못하는데..
순간 무전기에서 울리는 수색1의 목소리.

수색1(소리) 비담 하나! 암릉지대에서 조난자 발견!

놀라서 바라보는 사람들.

씬/17   N, 전묵골 암릉지대

암릉지대. 커다란 바위 아래에 내려서서 랜턴으로 어딘가를 비추고 있는 수색1, 2. 충격으로 굳은 눈빛으로 바라보고 있다.
랜턴이 비추는 곳. 바위틈 사이 피투성이가 된 다원의 손이다. 검은 장갑을 꽉 쥐고 있다.

씬/18　N, 해동분소, 상황실

무전 소리에 놀라서 바라보던 사람들. 다급히 무전기로 다가가는 이강. 무전기에 대고,

이강　다원이는 어때? 괜찮은 거야?

'치치치치칙' 잡음만이 들려올 뿐, 대답이 없다. 대진, 낯빛 변하면서

대진　이게 무슨 소리야. 다원이한테 무슨 일이 생긴 거야?
구영　그게..

그때, 들려오는 무전기 너머 수색1의 소리.

수색1(소리) 조난자.. 맥박 호흡 없음.. 사망한 것으로 추정.

충격으로 얼어붙는 이강. 대진, 구영, 웅순 역시 놀라서 말없이 무전기를 바라본다. 놀람과 충격으로 그 누구도 입을 열지 못하는 일동의 모습 위로 들려오는 무전기 소리.

수색1(소리) 반복한다.. 전묵골 암릉지대에서 조난자 발견. 맥박, 호흡 없음.. 사망으로 추정..

씬/19　D, 해동분소 건물 앞, 주차장

서서히 해가 뜨기 시작하는 하늘.
앰뷸런스와 구급대원들. 순찰차와 감식반 차량, 형사들이 타고 온 승합차 등 분주해 보이는 탐방로 입구에서 두 손을 꼭 부여잡고 휠체어에 앉아서 산을 바라보고 있는 이강. 그 뒤쪽으로 선 대진, 구영.
그때 저 멀리에서 보디백을 들고 산을 내려오고 있는 수색1, 2를 비롯한 레

인저들이 보이기 시작한다. 그 옆쪽에는 어두운 눈빛의 웅순, 박순경과 감식반들. 보디백을 보는 순간, 더욱 떨려오는 이강의 눈빛.
구급대원들이 미리 준비한 이동침대에 보디백을 내려놓는 어두운 낯빛의 레인저들. 대진, 굳은 얼굴로 보다가 웅순에게 다가가

대진   ...이다원이.. 확실해?

웅순, 뭐라고 쉽게 말을 꺼내지 못하고.. 주변의 레인저들도 왠지 대진의 시선을 회피하는데..

웅순   (머뭇거리다가) 예.. 암릉지대에서 추락사한 걸로 추정됩니다.

이강, 마음이 무너지는 듯 고개를 떨군다. 구영도 뭐라 입을 열지도 못한 채 시선 떨구는데.. 웅순, 머뭇거리다가 대진에게

웅순   저기 잠시 시간 좀 내주세요. 몇 가지 여쭤볼 게 있어서..

대진, 의아한 듯 웅순을 보고.. 대진 뒤쪽에 있던 구영, 앞으로 나서며

구영   아까 그 녹음 때문이면 나중에 해. 꼭 지금 이래야겠어.
웅순   그것 때문만이 아냐..

웅순, 굳은 얼굴로 대진과 구영을 보다가 뒤쪽의 박순경을 보면 박순경, 증거물 봉투 안에 든 물건을 건넨다. 투명한 비닐봉투 안에 든 피 묻은 검은 등산용 장갑. 손목에는 '조대진'이란 선명한 글씨. 대진의 눈빛 크게 흔들린다.

웅순   이걸.. 숨진 조난자가 손에 쥐고 있었어요.

구영, 믿기지 않는 눈빛으로 장갑을 내려다보고.. 대진 역시 혼란스러운 눈빛으로 바라본다. 뒤쪽에 있던 이강도 가만히 장갑을 보고.. 그 누구도 쉽게

입을 열지 못하고 분위기는 어둡게 가라앉는데..
그때 뒤늦게 내려오는 감식반을 바라보는 이강. 감식반의 손에 들린 증거물
봉투에 낯익은 다원의 배낭이 담겨 있다. 배낭에 묻은 선명한 핏자국을 바
라보는 이강의 눈빛, 죄책감과 슬픔에 흔들리는데..
대진의 눈치를 살피던 웅순, 머뭇거리다가 조심스럽게 그런 대진에게

웅순   잠시면 됩니다. 같이 가주시죠.

대진, 그런 웅순을 바라보는데..
뒤쪽에서 들려오는 이강의 가슴 아픈 낮은 목소리.

이강   ...정말 대장님이 그러신 거예요?

이강을 바라보는 사람들.

이강   대장님이.. 다원이 저렇게 만든 거예요?

대진, 말없이 이강을 바라보고.. 웅순과 레인저들, 어찌할 바를 모르고 바라
보는데.. 구영, 어두운 낯빛으로

구영   그만해.

이강, 구영의 얘기가 들리지 않는 듯 계속해서 대진에게

이강   왜 그러신 거예요?
구영   그만하라고!

구영, 만류하지만 이강, 지금까지 참아왔던 감정들이 폭발한 듯 대진에게
질문을 던진다.

이강   다른 사람들도 대장님이 그랬어요? 현조도.. 대장님이 저렇게 만든 거예요?

왜요? 대체 왜 그러신 거예요!

구영, 이강을 진정시키려는 듯 그런 이강의 어깨를 잡고

구영   다원이 산으로 보낸 건 너야!

이강, 순간 뭔가로 얻어맞은 듯 죄책감이 밀려오며 마음이 무너진다. 구영
역시 혼란스럽지만 대진을 믿고 싶다.

구영   그러니까.. 그만해. 대장님한테 그러지 마..

대진, 그런 이강과 구영을 보다가.. 웅순에게

대진   가지.

먼저 뚜벅뚜벅 순찰차를 향해 걸어가는 대진. 그 뒤를 따르는 웅순과 박순
경. 어두운 눈빛으로 그런 대진의 뒷모습을 바라보는 레인저들. 그리고 말없
이 이 모든 광경을 내려다보는 광활한 지리산에서...

씬/20   D, 검은다리골 일각

8부, 60씬 검은 안개에 휩싸여 쓰러졌던 그 모습 그대로 정신을 잃고 쓰러
져 있던 현조, 서서히 눈을 뜬다. 가만히 주변을 바라보는데.. 순간, 뇌리를
스치고 지나가는 영상.

- 인서트
- 전묵골 암릉지대. 겁먹은 얼굴로 누군가를 바라보고 있는 다원. 그런 다
원을 뒤로 밀어버리는 손. 추락하는 다원의 모습에서..

- 다시 검은다리골로 돌아오면

눈빛이 떨려오는 현조. 바로 일어서서 어디론가 뛰어가기 시작한다.

씬/21 D, 전묵골, 석산 군락지 인근

석산 군락지 인근 고사목으로 빠르게 다가오는 현조. 고사목 아래 표식을 남기려다가 이미 남겨져 있는 표식을 보고 놀라서 멈춘다. 혼란스러운 눈빛으로 믿기지 않는 듯 표식을 바라보는 현조.. 그때 뒤쪽에서 들려오는 부스럭하는 인기척에 뒤돌아본다.

씬/22 D, 해동분소 외경

어두운 먹구름이 낀 하늘 아래 해동분소.

씬/23 D, 해동분소, 사무실

고요한 사무실. 멍하니 앉아 있는 이강. 구영 역시 어두운 낯빛으로 창밖을 바라보다가

구영   ...그때.. 너랑 현조 사고 났을 때.. 검은다리골엔 왜 간 거야..

이강, 대답 없이 멍하니 앉아 있다.

구영   거긴 눈이 안 왔을 때도 험한 곳인데.. 너랑 현조랑 거긴 왜 간 거냐구..

대답 없는 이강. 구영, 뒤돌아서 그런 이강을 가만히 바라보다가

구영   현조랑 너한테 무슨 일이 있었는지.. 다원이랑 니가 뭘 하고 있었는지.. 왜 대장님을 의심하는 건지.. 왜 산으로 돌아온 건지.. 난 아무것도 모르겠어..

이강	...
구영	근데.. 그건 알겠어. 니가 돌아오고 난 다음부터 다 엉망이 됐다는 거..

이강, 눈빛 어둡게 가라앉는다.

| 구영 | ...돌아오지 말지 그랬니.. |

구영, 이강을 바라보다가 뚜벅뚜벅 걸어서 사무실을 나간다.
문이 닫히며 홀로 사무실에 남는 이강. 천천히 고개를 돌려 다원이의 책상을 바라본다. 책상 위에 놓인 다원의 물품들을 바라보는 이강의 모습에서..

- 인서트
- 2부, 48씬. 영상실에서 이강에게 얘기하고 있는 다원.

| 다원 | 그거 찾아보고 계신 거예요? 그때 말씀하셨던 그 빨치산들이 남겼다는 표식이요. 뭐 제가 도와드릴 일 없을까요? 같이 찾아드릴 수도 있는데.. |

- 5부, 51씬. 비법정 입구에서 이강에게 힘차게 인사하는 다원.

| 다원 | 다녀올게요! |

- 5부, 51씬. 드론에 비춰진 다원. 힘차게 산을 오르고 있다.

- 8부, 53씬. 해동분소, 숙소. 다원의 직원수첩에 해동분소가 담당한 구역들 중 현조와 표식을 남기기로 약속한 장소들 위치를 적어주고 있는 이강. 옆에 딱 붙어서 이강이 적고 있는 수첩 내용을 열심히 보고 있는 다원.

- 8부, 52씬. 복도에서 얘기를 나누는 이강과 다원.

다원	저도 레인저예요. 레인저 일이 원래 위험한 일이잖아요.
이강	....우리 일은 위험한 곳에서 무사히 살아 돌아오는 거야..

다원	(보는)
이강	..그러니까 다치지 말고 조심해서 다녀와.
다원	(보다가 밝게 미소 짓는다) 알겠습니다!

해맑게 미소 짓는 다원의 모습에서..

- 다시 해동분소 사무실로 돌아오면
죄책감에 휩싸여 가만히 다원의 책상을 바라보고 있는 이강이다. 그때, 문쪽에서 들려오는 인기척. 밀랍처럼 창백한 안색으로 벌벌 떨고 있는 학수다.

학수	할 말이.. 있어서 왔어..
이강	..나중에 하시면 안 될까요.. 오늘은 제가..
학수	(말 끊으며) 이번에 남긴 건 자기가 아니라고 했어..

이강, 문득 고개 들어 학수를 본다.

이강	그게 무슨 말씀이세요..

떨리는 학수의 모습에서..

씬/24 D, 전묵골, 석산 군락지 인근/학수의 회상

배낭을 메고 불안한 눈빛으로 주변을 두리번거리면서 산을 오르고 있는 학수. 순간 뭔가를 발견하고 놀라서 멈춰 선다. 저만치 고사목 앞에서 표식을 내려다보고 있는 현조의 뒷모습이다. 벌벌 겁에 질려서 뒷걸음질을 치는 학수. 마른 낙엽을 밟는데 부스럭 소리가 난다. 그 소리에 뒤돌아보는 현조. 학수와 시선이 마주친다. 학수 자기도 모르게 '으아아아!!' 비명을 지르면서 도망치기 시작한다. 현조, 자신을 알아보는 학수를 믿지 않는 듯 보다가.. 놀라서 그 뒤를 쫓기 시작한다. 현조가 가까워지기 시작하자 어두워지는 하늘, 불어오는 바람.
학수, 더욱 겁을 먹고 도망치다가 순간, 넘어진다. 그런 학수의 앞을 가로막고 서는 현조. 학수, 겁나는 듯 눈도 제대로 마주치지 못하고..

학수	살려줘.. 제발 살려줘..
현조	내가.. 내가 보여요?
학수	잘못했어요. 내가 다 잘못했어요.

현조, 믿기지 않는 듯 한쪽 무릎을 꿇고 학수와 시선 마주치며

현조	내가 보여요? 내 목소리가 들리냐구요!

학수, 겁먹은 눈빛으로 현조를 보다가..

학수	보여.. 그전부터 보였어. 나뿐만이 아냐. 당신을 본 사람들은 다 죽었어.

현조, 학수의 얘기가 이해되지 않는 듯 혼란스러운 눈빛으로 바라본다. 학수, 연신 벌벌 떨면서

학수	제발 살려줘. 다신 산에 오지 않을게.

현조, 그런 학수를 보다가

현조	...부탁이 있어요. 해동분소, 서이강 선배한테 내 말을 전해주세요. 이번에 표식을 남긴 건 내가 아니에요. 내 말 알아듣겠어요?

현조, 흥분해서 학수 쪽으로 손을 뻗는데 학수의 몸을 통과한다. 학수, 순간 패닉이 돼서 '으아아아악' 비명을 지르며 다시 일어나 도망치기 시작하고.. 현조, 그런 학수의 뒤를 쫓아 빠르게 뛰어 내려가기 시작하는데..

씬/25   D, 탐방로 일각

'해동분소 200미터'라고 적힌 표지판이 세워진 탐방로.
계곡 위로 놓인 다리를 뛰어 건너가는 학수. 그 뒤를 쫓으려는데 순간 또다
시 뒤로 밀려나는 현조.
점점 멀어지는 학수의 뒷모습.

씬/26   D, 해동분소, 사무실/복도

믿기지 않는 듯 학수를 바라보는 이강.

이강   이번에 표식을 남긴 건 자기가 아니라고 했다구요?

학수, 여전히 겁에 질려서

학수   그 귀신이 그렇게 말했다니까.. 이 말을 전하지 않으면 죽을 것 같아서 온
거야.. 이제 전했으니까 됐지?

학수, 겁에 질려서 사무실을 뛰어나가고..

이강   잠깐만요!!

학수를 쫓아 복도로 나오지만 이미 뛰어서 문을 열고 나가버린 학수다. 이
강, 혼란스러운 표정으로 잠시 생각하다가 다시 사무실 안으로 들어가 핸
드폰으로 누군가에게 전화를 건다.

씬/27   D, 차 안

퇴근하는 듯 어두운 얼굴로 차를 몰고 있는 수색1. 울리는 전화, '서이강'이

다.

수색1   (전화를 받는) 여보세요.
이강(소리) 전묵골 고사목 아래 표식 네가 찾았지?

씬/28 D, 해동분소, 사무실

핸드폰으로 통화를 하고 있는 이강.

이강   그 앞에 무인 센서 카메라가 설치돼 있었을 거야. 그거 가져왔어?
수색1(소리) 무슨 소리야. 거기 그런 거 없었어.
이강   (멈칫하는) 그럴 리가 없어. 분명히 다원이가 설치해놨을 텐데.. (하다가) 배낭은? 다원이 배낭 안은 살펴봤어? 수첩이 하나 있었을 거야.
수색1(소리) 유류품은 모두 경찰에 넘겼어.

씬/29 D, 해동파출소 건물 앞

건물 앞에서 이강과 통화 중인 웅순.

웅순   직원용 수첩?

씬/30 D, 해동분소, 사무실

웅순과 통화 중인 이강.

이강   다원이 이름이 적혀 있는 수첩이야. 산에 갈 때는 꼭 가지고 갔었어.
웅순(소리) 방금 해동서에 유류품 다 넘기고 왔는데 그런 수첩은 없었어. 배낭에도 주머니에도.

이강의 눈빛에 불길함이 스치고 지나간다.

씬/31 D, 모처

5부, 47씬의 모처.
빛도 들어오지 않는 어두운 방 안. 스탠드 불빛 아래 누군가가 다원의 직원용 수첩을 확인하고 있다. 양석봉, 전묵골 등 해동분소가 담당하는 구역들에 표식을 남기는 곳과 표식을 남기는 방법 등이 적혀 있는 수첩을 바라보는 누군가의 시선. 수첩을 내려놓고, 책상 위에 놓인 무인 센서 카메라를 들어 올려 영상을 확인한다.

- 인서트
- 전묵골 고사목 앞에 설치돼 있던 무인 센서 카메라. 움직임을 느끼고 위이잉 돌아간다. 천천히 고사목으로 다가오는 등산화. 고사목 아래에 표식을 만들기 시작하는 손, 검은 등산용 장갑이다.

- 다시 모처로 돌아오면
무인 센서 카메라에 담긴 영상을 확인하는 누군가..

씬/32 D, 해동분소, 탐방로 입구

천천히 휠체어를 몰고 탐방로로 다가오는 이강. 불안한 눈빛으로 산을 올려다본다.

이강(소리) 현조가 남긴 게 아니라면.. 대체.. 누가 왜.. 신호를 남긴 거지..

- 인서트
- 전묵골, 암릉지대에서 다원이를 밀어버리는 검은 등산용 장갑.

- 피를 흘리며 죽어가는 다원이의 주머니에서 수첩을 꺼내는 검은 장갑. 수첩을 열어본다.

- 해바위 너덜길에 가지고 온 피 묻은 다원의 핸드폰을 내려놓는 검은 장갑.

- 수색1, 2가 해바위 너덜길에서 핸드폰을 찾는 모습을 멀리서 바라보는 누군가의 시선.

- 다시 탐방로 입구로 돌아오면
더 이상 휠체어로 나아가지 못하는 산길 앞에 도착하는 이강. 하늘을 바라보면 점점 먹구름이 몰려들고 있다.

씬/33   D, 탐방로 일각

여전히 앞으로 나아가지 못하고 있는 현조. 하지만 이번엔 필사적이다. 어떻게든 다리 쪽으로 나아가 보려 하지만, 더욱 뒤로 밀려나는 현조. 먹구름으로 어두워지는 하늘, 거세게 불어오는 바람. 더욱 절박한 얼굴로 산을 벗어나려는 현조.

씬/33-1 D, 병원, 중환자실

중환자실, 침대에 누워 있는 현조. 순간 바이탈 사인이 치솟기 시작한다. 서서히 몸이 떨리다가 발작을 일으키기 시작하는 현조. 주변을 지나가던 간호사1과 의사 달려온다. '삐' 소리와 함께 일직선을 그리는 심전도 그래프. 놀라서 바라보는 의료진들. '심정지예요!' '제세동기 가져와!!' 다급한 의료진들 사이, 마치 금방이라도 죽을 듯한 현조의 모습에서..

씬/34   D, 탐방로 입구

산길을 바라보던 이강, 휠체어에서 부들부들 떨면서 몸을 일으킨다. 사시나무처럼 떨려오는 다리. 몰려오는 아픔을 꾹 참으며 겨우 일어서는 이강. 점점 거칠어지는 호흡. 붉게 물드는 눈빛. 그러나 그럼에도 불구하고 한 발, 두발 앞으로 나아가다가 결국 쿵 넘어지고 만다. 떨리는 눈빛으로 고개를 들어 산을 바라본다.

이강(소리) 현조를 만나야 해..

어떻게든 다시 일어나 보려 하는 이강. 아픔이 몰려온다. 부들부들 떨려오지만 포기하지 않고 다시 일어나 보려는 이강.

이강(소리) 내가 가장 믿었던 사람.. 진심으로 산을 아끼고 지키려고 했던 동료..

결국 힘이 빠지면서 바닥으로 무너지는 이강. 무기력하고 슬픈 눈빛으로 산을 바라본다.

이강(소리) 현조야.. 거기 있니? 거기 있다면 대답해줘.. 뭘 봤는지.. 뭘 알고 있는지..

하늘을 향해 뻗은 지리산을 바라보는 이강의 모습에서..

씬/35   D, 지리산 전경

전 씬, 이강이 바라보던 지리산의 모습에서 서서히 눈부시게 반짝이는 봄 지리산으로 바뀌는 화면 위로

＊ 자막 - 2019년, 봄

씬/36 D, 2019년, 봄, 지리산 탐방로 일각

나뭇가지에 돋은 새순 사이를 비추는 따뜻한 봄 햇살. 봄을 맞아 산 여기저기에 핀 야생화들. 파릇파릇 연둣빛 나뭇잎들 위로 현조의 거친 숨소리가 들려온다. 탐방로 입구와 가까운 철제 다리 위. 숨이 턱에 찬 채 50대 아저씨를 업고 뛰어 내려오고 있는 현조. 땀범벅이 돼서 이를 악물고 달리고 있는 현조의 뒤에서 현조의 배낭을 들고 따라 내려오고 있는 이강의 눈빛은 왠지 못마땅하기만 하다.

씬/37 D, 탐방로 입구

기진맥진 거의 다리가 풀린 현조, 탐방로 입구에 겨우 도착해서 이강의 도움을 받아 나무등걸 위에 아저씨를 조심히 내려놓고 그 옆에 주저앉으며

현조 구급차... 금방 도착할 거예요..

아저씨, 현조와 이강 눈치 한번 보다가 배가 아픈 연기를 하면서 배 잡고 일어서며

아저씨 덕분에 많이 나았네. 구급차 없어도 될 것 같아. 수고했어.

현조 어깨 툭툭 치고는 걸어가려는 아저씨. 이강, 기가 막힌 듯 보다가

이강 아까는 배가 아파서 한 걸음도 못 걸으시겠다면서요.
아저씨 (찔끔하는) 아까는 아팠는데 나았다니까.
이강 처음부터 꾀병은 아니었구요?
아저씨 (되려 더 뻔뻔하게) 뭐? 지금 사람을 뭘로 보는 거야?
이강 아저씨야말로 우리를 뭘로 보시는 거예요? 우리가 콜택시예요? 자기 발로 걸어서 올라갔으면 자기 발로 걸어서 내려와야 될 거 아니에요.

아저씨, 말문 막혀 보다가

아저씨 너네들 월급이 어디서 나오는지 알아? 나 같은 국민들 주머니에서 나오는 거야. 그 주제에 어디서 큰소리야.

그때 울리는 아저씨의 핸드폰. 아저씨, 핸드폰 받으며

아저씨 내가 오늘 바빠서 봐주는 줄 알아.

'여보세요. 응 가고 있어' 통화하며 멀어지는 아저씨. 기가 막힌 이강, '아 진짜!' 버럭 하려고 하는데 현조가 잡는다.

현조 참으세요. 진짜 아픈 것보다는 낫잖아요.
이강 (기가 막힌) 넌 이 상황에서 그런 말이 나오냐?

현조, 이강의 구박을 받으면서도 미소 지으며

현조 빡세게 훈련한 셈 치죠 뭐.

이강, 한심한 듯 보다가 현조 앞에 앉아서 현조 다리를 잡아빼서 주무르기 시작한다. 현조, '아!!' 아파하지만 이강, '가만있어봐' 계속 주물러주면서

이강 그러게 업어주지 말자니까 꼭 일을 만들어.

그때, 다시 들려오기 시작하는 무전 소리.

(소리) 서이강. 지금 어디야? 외래계곡 1킬로미터에서 조난신고가 접수됐어.

이강, 울컥해서 무전기에 대고

| 이강 | 우리 벌써 두 번이나 출동했잖아. 다른 팀 없어? |
| (소리) | 오늘 비번 신청한 애들이 많아서 다른 팀들도 모두 출동 중이야. 조난자가 다리 골절이라 통증이 심한가 봐. |

무전 소리를 듣던 현조, 이강이 든 무전기 버튼 누르며

| 현조 | 알겠습니다. 저희가 출동할게요. |

현조, 먼저 일어나며 이강의 손을 잡아 일으켜 세운다.

이강	뭐 하는 거야?
현조	출동하겠다고 무전 한 거요? 아니면 힘들까 봐 일으켜준 거? 아니면 (여전히 잡고 있는 손을 보며) 이거요?
이강	(어쭈 보면)
현조	선배는 내 다리 만졌으니까 쌤쌤이네. 그죠?

현조, 손 놓고 이강 배낭까지 들고서 먼저 힘내서 출발한다.

| 현조 | 가시죠! |

먼저 출발하는 현조를 보는 이강.

| 이강 | 저게 요즘 봐주니까 자꾸 기어오르네.. |

보다가 '야! 내 배낭 내놔!' 하고 현조 뒤를 따르는 이강의 모습에서...

씬/38 D, 지리산 일각

가파른 너덜길을 오르고 있는 구영과 양선. 둘 다 비번인 듯 사복 차림인데.. 많이 지친 듯 하얗게 질린 낯빛으로 위태위태하게 너덜길을 오르는 양

선. 그 뒤에서 어찌할 바를 모르고 걱정스런 눈빛으로 오르는 구영.

구영　오르막길에선 발 앞꿈치에 힘을 주면 더 편해요. 내리막길에선 뒤꿈치구요.

양선, 힘겹게 한 발 두 발 구영의 말처럼 해보려 하지만 몸이 말을 듣지 않는다. 순간, 균형을 잃고 휘청하고.. 구영, 놀라서 그런 양선을 잡아준다.

구영　괜찮아요?
양선　(지쳤지만 힘내서 미소 짓는) 예. 괜찮아요.

구영, 배낭 안에서 물 꺼내 양선에게 건네는

구영　드시면서 숨 좀 돌리세요.

양선, 물 마시고 구영도 자기 물병 꺼내 벌컥벌컥 마시고는

구영　오늘 너무 무리했어요. 그만 내려가죠.
양선　훈련시켜준다면서요. 무슨 훈련이 이렇게 쉬워요. 저 위에 좋은 데가 있다면서요. 거기까지 가봐요.

씬/39　D, 비법정, 능선 위

헉헉 거친 숨소리와 함께 구영의 어시스트를 받으며 능선 위로 올라서는 양선. 순간, 힘든 것도 잊은 듯 눈앞에 펼쳐진 광경을 바라본다. 탁 트인 시야, 연녹색 능선들이 겹겹이 굽이치고 있다.

구영　(주변을 둘러보면서) 어때요? 좋죠? 저녁 즈음에 올라오면 저쪽에는 해가 걸려 있고, 저쪽에는 달이 나란히 걸려 있어요.

양선, 가만히 주변을 둘러보다가

양선   ...처음이에요. 능선까지 올라와본 게..

구영   (본다)

양선   이제 좀 레인저가 된 것 같네요.

구영   예? 양선씨가 왜..

양선   그동안 계속 맘에 걸렸었어요. 산도 못 타고.. 다른 사람들한테 폐만 끼치는
        것 같아서..

구영   무슨 말씀이세요. 양선씨가 든든하게 사무실을 지켜주니까 우리가 맘 놓고
        출동하는 거죠.

양선   (미소 지으면서) 앞으로 자주 훈련시켜주세요. 다른 데도 많이 보고 싶어
        요.

구영   그럼요. 어디든 말씀만 하세요.

양선, 그런 구영 보고 미소 짓다가

양선   간식 싸 왔는데 여기서 드실래요?

구영   좋죠!!

- 시간 경과되면
구영, 돗자리를 깔고 있고 양선, 배낭 안에서 샌드위치를 꺼내 구영에게 건
넨다. 구영, 배고팠던 듯 맛있게 샌드위치를 베어 먹으며

구영   와, 진짜 맛있어요.

양선, 흐뭇하게 바라보다가

양선   아, 이번 산신제 때 엄마가 오신대요. (수줍은) 선배님 한번 보고 싶다고 하
        시던데.. 괜찮으세요?

구영   (멈칫하다가) 그럼요. 당연히 인사드려야죠. 아, 물 좀 가져올게요.

구영, 조금 떨어진 곳에 내려놓은 배낭 안에서 물과 음료수 꺼내는데 슬쩍

뒤돌아 기분 좋게 샌드위치를 먹고 있는 양선을 보다가 순간, 낯빛 어두워지면서 고민이 있는 듯 옅은 한숨을 내쉰다.

씬/40 D, 지리산 인근 소도시 일각

정형외과가 있는 작은 건물에서 터덜터덜 걸어 나오는 일해. 어두운 얼굴로 걸어 나오다가 핸드폰을 꺼낸다. 누군가에게 전화를 걸려다가 멈칫.. 주변에 있는 벤치에 멍하니 주저앉는다.

씬/41 D, 지리산 둘레길 일각

유니폼을 입은 해설사 뒤를 따라 걷고 있는 십여 명의 고등학생들. '오늘 날씨 개좋네' '수행평가고 나발이고 다 제끼고 튈까?' 서로 잡담하는 등 어수선한 분위긴데..
앞서가던 해설사, 길 옆에 세워진 축대 앞에 멈춰 서서 개의치 않고 해설을 시작한다. 유니폼 모자 아래 보이는 얼굴, 여전히 깐깐해 보이는 김계희다.

계희   옆에 보이는 축대는 다랑이논의 흔적입니다. 다랑이논은 비탈진 산악 경사면을 깎아서 만든 논인데 지금도 지리산 곳곳에서 발견할 수 있습니다.

계희 해설하는 도중에 뒤쪽에 있던 학생1, 지루한 듯 옆에 난 야생화를 툭툭 꺾어 바닥에 버리는데.. 순간 눈빛 매서워지는 계희, 성큼성큼 학생1에게 다가가서 손을 '짝' 매섭게 때려버린다.

학생1   아! 뭐 하시는 거예요?
계희   손 하나 맞아도 이렇게 아픈데 모가지 꺾이면 얼마나 더 아프겠어? (메모장 꺼내며) 이름 대. 니 탐방 수행평가 감점이다.
학생1   아, 진짜 재수 없어. 기껏 해설이나 하는 주제에
계희   아주 골고루 버릇이 없어. 이름 대라고!

그런 모습을 멀리서 미소 지으며 바라보고 있는 대진의 모습에서..

씬/42   D, 찻집

찻잔을 앞에 두고 마주 앉아 있는 대진과 계희.

대진   명색이 전직 소장님이셨는데 애들한테 그렇게 무시받으면서 일하고 싶으세
       요?
계희   그런 편견이 문젠 거야. 직업에 귀천이 어딨어.
대진   지리산 보존 협회장도 맡으셨다면서요?
계희   뭐 제대로 일이 굴러가야 보고만 있지. 아주 개판이야. 새로 온 박소장, 사
       람만 좋아가지고 영 물러터졌어.

대진, 투덜거리는 계희를 미소로 바라보는데..

계희   이번엔 또 뭐야?
대진   (서서히 미소가 사라진다)
계희   또 뭔 고민이 있어서 기어왔냐구.

대진, 눈빛 가라앉다가..

대진   이 일.. 언제면 그만둘 수 있을까요.
계희   (보다가) 딸내미 돌아왔다더니 그것 때문에 그래? 늦게라도 아빠 노릇 한번
       해보겠다고?
대진   ....
계희   하고 싶다고 할 수 있는 일도 아니고 그만두고 싶다고 그만둘 수 있는 일이
       아냐. 사람을 구하는 일이잖아.
대진   사람을 구하는 일인데.. 산 사람보다 죽은 사람을 더 많이 보는 것 같아요..
계희   이놈이 어디서 앓는 소리야. 그럴 시간에 가서 순찰이나 한 번 더 돌고 와.

계속 시덥잖은 소리 할 거면 난 먼저 간다.

계희, 일어나려는데 대진, 주머니에서 명함 하나를 꺼내서 계희에게 건넨다.

대진   이 사람 기억하시죠?

계희, 명함에 적힌 이름을 보고 미간을 찌푸린다. '지리산 케이블카 추진위
원회 회장 양근탁'이다.

대진   그 사람이 다시 산에 왔습니다.

낯빛 굳는 계희, 다시 명함을 내려다보다가

계희   ...또 산신이 노하시겠네..

씬/43   D, 탐방로 입구 주차장

등산객들이 오가는 주차장 일각에 세워진 대형 캐노피 천막. '진계리~덕서
령 구간 케이블카 설치 추진 서명운동'이라는 푯말이 붙어 있다. '지리산 케
이블카 추진위원회'라는 어깨띠를 하고 지나가는 등산객들에게 음료수를
권하고 있는 양근탁을 비롯한 번영회 회원들.
양근탁, 지나가던 할아버지 한 분에게 자기 명함을 공손하게 내밀며

근탁   올라가시기 전에 따뜻한 차 한잔 하시고 가세요.
할아버지   (명함과 푯말을 번갈아 보다가) 케이블카?
근탁   예. 케이블카만 설치되면 남녀노소 누구나 십분 만에 지리산 정상에 올라
       갈 수 있어요. 힘들게 등산하다가 사고 날 일도 없구요.

그때 들려오는 계희의 소리.

계희(소리) 대신 산은 형편없이 망가지겠죠.

근탁, 돌아보다가 계희와 시선 마주치자 얼굴에 짜증이 배어나다가.. 다시 할아버지에게 미소 지으면서

근탁 안으로 들어가시죠.

할아버지, 텐트 안으로 들어가는데 성큼성큼 다가와 근탁 앞에 서는 계희.

계희 지리산 망치려고 작정이라도 한 겁니까? 한두 번도 아니고 이게 뭐 하는 짓이에요!

근탁 지리산을 망치다니. 지리산이 내 고향이에요. 이게 다 산을 위한 일이라구.

계희 케이블카 공사 시작하면 생태계가 다 망가질 텐데 그게 산을 위한 거예요?

근탁 케이블카 놓고 탐방로 폐쇄하면 되려 자연보호에 도움이 된다니까. 산뿐만이 아냐. 이 근방 사는 모든 주민들한테도 큰 이득이 될 거라구.

계희, 근탁을 노려보다가

계희 검은다리골 마을.. 잊었어요? 거기서 무슨 일이 벌어졌는지 다 잊었냐구.

근탁, 말문이 막히는 듯 계희의 시선을 회피하는데..

계희 다시 그런 일이 벌어지게 놔두진 않을 겁니다. 내가 막을 거예요.

씬/44   D, 해동마을 입구 일각

마을 입구 쪽 정자 쪽에 모여 앉은 학수와 길용을 비롯한 마을 사람들.

학수 이번엔 진짜래. 정말 케이블카가 들어온다니까.

길용 그럼 더 안 되지. 규모로 보나 입지로 보나 진계리보다는 우리 해동마을로

들어와야지.

학수   안 되겠어. 내일 당장 책임자 찾아가서 담판을 짓자고.

길용   그래. 양근탁 회장 우리가 모르는 것도 아니잖아.

그때 멀리서 장바구니를 들고 지나가던 문옥. 그런 마을 사람들을 보다가 안타까운 듯 혀를 찬다.

문옥   아이구. 예전에 그 난리를 쳐놓구선. 벌써 까먹었나.. 욕심 좀 버리지. 사람들 하고는..

문옥, 다시 걸음을 옮기려는데 저 멀리에서 들려오는 꽹과리 소리. 고개 들어 그쪽을 바라보는 문옥. 정자에 모인 마을 사람들.
사람들 하나둘씩 꽹과리 소리가 들려오는 마을 입구 쪽으로 모여드는데.. 저 멀리에서 당산굿을 하며 다가오고 있는 농악패들이다. 가장 앞에는 산신상이 그려진 커다란 서낭기를 몸에 맨 받침대로 들고 있는 기수와 세 명의 보조원. 그 뒤로 꽹과리 등 악기를 든 치배들. 그 뒤로 가장무용수들이 무용을 선보이며 뒤따르고 있다.
지나가던 등산객들도 희한한 듯 구경에 나서고.. 잘한다, 박수 치며 바라보는 마을 사람들 사이, 문옥 미소 지으며

문옥   산신제가 시작됐네..

씬/45   D, 해동분소, 사무실

날짜별 현황도에는 0월 0일부터 0일까지 '산신제', 그다음 날에는 붉은 글씨로 '진급시험'이라고 적혀 있고 옆쪽 비번 현황판에는 일해와 구영의 이름 옆에 비번이라고 적혀 있는 화이트보드판. 이강, 그 아래쪽 비고란에 아래 메모를 적어 내려가며 핸드폰으로 통화 중이다.
* 산신제 당일 홍보 부스 용품 현황
– 페이스 페인팅 물감

- 지리산 우산종 반달곰 홍보 책자 및 배지, 인형

이강   홍보 부스에 놓을 배너가 도착 안 해서.. 어.. 알았어. 완성되는 대로 연락
       줘.

       전화 끊는데 문 열리면서 커다란 박스 몇 개 아슬아슬 들고 들어오는 현조.
       테이블 위에 올려놓으며

현조   반달곰 인형, 배지, 페이스 페인팅 물감. 다 가지고 왔습니다.

       그때, 또다시 울리는 사무실 유선전화.

이강   (전화 받는) 해동분숩니다. 응. 홍보 책자 문구? 뭐가 문젠데? 알았어. 대장
       님하고 상의해볼게.

       이강, 전화 받는 사이 현조, 숨도 못 쉬고 일한 듯 의자에 앉아 화이트보드
       판을 멍하니 바라보는데.. 이강도 전화를 끊고 피곤한 듯 옆의 의자에 축 처
       져서 걸터앉는다.

현조   이런 산신제를.. 몇천 년 동안 해온 거예요? 우리 조상님들은?
이강   우리도 마찬가지야. 앞으로 며칠 동안 미친 듯이 바빠질 거야. 농악대에 씨
       름행사에 구경꾼들이 엄청나게 몰려오거든.
현조   이렇게 지극정성으로 모셨는데 산신도 참 너무하네요. 산에서 사고 좀 안
       나게 해주지.
이강   산에 산신만 있는 게 아니니까..
현조   (보면)
이강   예전에 할머니가 그런 말을 했었어. 산신이 오기 전에 악귀가 먼저 온다고.
       그래서 이때 더 조심해야 한대. 그때는 다 헛소리라고 생각했는데 널 보고
       있으면.. 그게 진짜일 수도 있겠다 싶어.

씬/46   D, 덕서령 비법정 일각

우거진 나무들 사이로 거의 햇빛이 들어오지 않는 음침해 보이는 험한 산길. 커다란 나무 아래 지친 얼굴로 주저앉아 핸드폰 화면을 내려다보고 있는 허진옥(여, 50대 후반). 몸이 많이 안 좋은 듯 창백한 낯빛으로 얼굴에 흐르는 식은땀을 특이한 문양이 있는 하얀 손수건으로 닦고 있는데.. 그때, 저 아래쪽에서 들려오는 인기척. 진옥, 낯빛 밝아지며 바라보면 아래쪽 나무들을 헤치면서 올라오고 있는 태주(남, 30대 초반)다. 한 손에는 셀카봉 끝에 설치된 핸드폰 들고 있는데..

진옥   (반색하며) 여기요!! 여기 좀 도와주세요!

올라오던 태주, 진옥과 시선 마주치는데.. 귀찮게 됐다는 눈빛이다.

진옥   내가 좀 몸이 안 좋아서 그러는데 핸드폰 혹시 돼요? 내 핸드폰이 신호가 잡히질 않아요.
태주   아줌마 게 안 되는데 내 거라고 되겠어요?

진옥, 차가운 태주의 말투에 주눅이 든 말투로

진옥   미안하지만 나 좀 도와주면 안 돼요. 저 위에 사람들 다니는 능선까지만이라도 데려다주면 고맙겠는데..
태주   내가 여기 놀러 온 줄 알아요? 나도 바빠요.
진옥   그럼 레인저들한테 내가 여기 있다고 신고라도 좀 해줘요.
태주   불법 산행 왔다고 자수라도 하라는 거예요? 신고했다가 나까지 쫓겨날 거 아니에요.

태주, 진옥 지나쳐서 발걸음을 옮기며

태주   일 다 끝나고 산 내려가면 신고는 해드릴게요.

진옥, 멀어지는 태주의 뒷모습을 원망스럽게 보다가

진옥 같은 산에 온 사람끼리 그렇게 야박하게 굴면 안 돼요.
태주 (멈춰 서서 돌아본다) 그러게 산도 못 타면서 왜 이런 데를 와요.

차갑게 돌아서서 올라가는 태주.

씬/47 D, 해동마을 일각

여전히 흥겨운 농악대의 음악 소리. 더욱더 고조되는 가장무용수들의 춤사위. 그런데 순간 먹구름에 태양이 가려지며 어두워지는 사위. 구경하던 사람들, 뭐지? 하늘을 바라보는데..
그때 '어.. 저거!' 놀라서 바라보는 문옥. 보면, 기수가 멀쩡하게 들고 있던 서낭기의 대나무로 만든 깃대가 '빠지직' 소리와 함께 부러지면서 서낭기가 '쿵' 바닥으로 떨어진다. 깃대에 꽂혀 있던 꿩장목이 사방으로 흩어지고.. 바닥에 나뒹구는 서낭기를 굳은 눈빛으로 바라보는 문옥을 비롯한 사람들.
떨어진 서낭기 주변으로 불어오기 시작하는 바람, 서서히 산으로 향하기 시작하고.. 바람을 따라 지리산 하늘 위를 뒤덮는 먹구름.

씬/48 D, 검은다리골 인근

진옥이 앉아 있던 커다란 나무 아래에도 어둠이 몰려오는데.. 나무 아래에는 손수건만이 놓여 있을 뿐, 진옥의 모습은 사라져 있다.

씬/49 N, 해동마을 외경

씬/50 N, 편의점 앞

늦은 밤, 지친 얼굴로 터덜터덜 걸어서 돌아오고 있는 이강과 현조. 저 앞쪽으로 편의점이 보이는데 사택 쪽에서 편의점 쪽으로 걸어오는 피곤한 낯빛의 구영. 이강, 그런 구영을 보자 열받은 눈빛으로

이강　　정구영!

구영, 이강과 시선 마주치자 무안한 듯 고개 돌리는데.. 성큼성큼 그런 구영에게 다가가는 이강

이강　　선산에 벌초하러 간다고 비번 냈다며. 그런데 여기서 뭐 해? 여기가 선산이냐?
구영　　(말문이 막히는) 그게.. 좀 사정이 있었어.
이강　　무슨 사정이 그렇게 많아서 하루걸러 하루 비번이야. 너 쉬면 다른 사람들이 그 일 다 떠맡는 거 몰라?
구영　　그만 좀 해라.
이강　　하필 제일 바쁠 때 쉬니까 그런 거 아냐.
현조　　(눈치 보며 이강에게) 선배. 그만하세요.

그때, 편의점 문 열리면서 비닐봉투 들고 나오는 일해. 이강, 어이없는 얼굴로 일해 보며

이강　　넌 또 뭐야. 강원도 본가에 일이 생겼다며?

일해, 굳은 낯빛으로

일해　　왜? 난 쉬지도 못해?
이강　　(기가 막힌) 어라.. 이건 또 뭐야.
일해　　그렇게 억울하면 너도 쉬던지.

일해, 이강 스치고 지나서 성큼성큼 사택 쪽으로 멀어진다. 기가 막힌 얼굴

로 그런 일해를 보는 이강.

이강   야!! 우리 일이 애들 장난이냐? 이렇게 할 거면 그냥 관둬.

그런 이강을 말리는 현조.

현조   무슨 일이 있나 보죠.
이강   아 진짜 어이없네.

이강, 열받은 얼굴로 감나무집 쪽으로 멀어지고.. 구영, 한숨 푹 내쉬며 사택 쪽으로 걸어간다. 현조, 양쪽으로 흩어지는 선배들 보다가 안타까운 한숨.

씬/51   N, 감나무집

화난 얼굴로 쾅 문을 열고 들어서는 이강. 안에서 초조하게 이강을 기다리고 있던 듯한 문옥, 이강 보자마자 잡아끌며

문옥   넌 왜 이렇게 전화를 안 받아. 어여 앉아봐.
이강   왜 그러는데?

       - 시간 경과되면
       테이블을 사이에 두고 마주 앉은 이강과 문옥.

이강   (부적 보며) 이게 뭐야?
문옥   너 그 얘기 못 들었어. 서낭기가 떨어졌어.
이강   그게 무슨 소리야?
문옥   부정을 타도 이만저만 탄 게 아냐. 분명히 산에서 불길한 일이 있을 거야. 악귀가 나타날 거라구.
이강   (반신반의하는) 또 그 소리야?

문옥, 주머니에서 계속 하나둘씩 다른 부적들을 주섬주섬 꺼내 내어놓으며

문옥　그리고 명심해라. 북쪽은 절대 가면 안 돼.

이강　뭐?

문옥　내일하고 모레가 음력으로 17, 18일이야. 7하고 8이 들어간 날은 북쪽에서 손이 나온다구. 손이 뭔지 알지? 귀신이야. 북쪽 덕서령, 특히 검은다리골 쪽은 절대로 가면 안 돼. 알았지?

이강, 반신반의하는 눈빛으로 테이블 위에 쌓인 부적을 보다가..

이강　아, 몰라 몰라.

씬/52　N, 사택, 현조의 방

씻은 듯 수건으로 닦으며 방으로 들어서는 현조. 기운이 빠지는 얼굴로 책상에 앉아 한숨을 내쉬는데.. 한쪽에 놓인 핸드폰에서 카톡 알림음이 뜬다. 보면 발신인 '승아'. '이기 봤어? 지리산 얘기던데'라는 카톡과 함께 보내 온 유튜브 링크다. 보다가 링크를 클릭하면 연결되는 유튜브 영상.
밤, 지리산 험한 산길에서 개인방송을 하고 있는 비제이, 태주다.

씬/53　N, 검은다리골 마을 입구

스산한 밤 산길에서 셀카봉에 달린 핸드폰을 바라보며 멘트를 이어가는 태주.

태주　안녕하세요. 대한민국에 숨겨진 기괴한 곳들을 소개하는 비제이 태줍니다.

핸드폰 화면을 돌려 저 멀리 희미하게 보이는 천왕봉을 보여주는 태주.

태주　저기 보이는 봉우리가 그 유명한 천왕봉입니다. 감이 오시죠? 오늘 제가 소개드릴 곳은 바로 지리산입니다.

다시 울창한 주변의 숲을 보여주는 화면.

태주　지리산에서도 일반인의 출입이 금지된 비법정 구역. 험하기로 소문난 덕서령 깊은 곳에 30여 년 전 갑자기 사라진 유령마을이 숨겨져 있습니다.

핸드폰 화면을 앞쪽을 비추면 우거진 나무들 사이 무성한 잡초에 휘감겨진 섬뜩한 느낌의 장승이다.

태주　당시 마을 입구를 지키던 장승입니다. 꽤 오랜 시간 버려져 있었던 흔적이 역력하네요.

장승 너머 빽빽하게 들어찬 나무와 잡초들을 비추는 화면.

태주　이 마을의 이름은 검은다리골 마을입니다. 지리산이 국립공원으로 지정되고 난 이후에도 91년까지 유지됐었는데요. 알려진 바로는 당시 이 마을에는 열댓 가구가 살고 있었다고 합니다. 그런데 그 사람들이 왜 갑자기 사라졌는지.. 그 비밀 속으로 들어가 볼까요?

장승 너머 나무들을 헤치면서 안으로 들어가는 태주.

씬/54　N, 현조의 방

뭐지? 호기심 반 걱정 반의 눈빛으로 핸드폰 화면을 주시하는 현조.

씬/55　D, 검은다리골 일각

무성한 잡초들 사이, 이끼가 가득한 돌담을 비추는 화면. 조금 더 전진하면 나무들 사이, 황폐화된 우물터를 비춘다. 조금 더 나아가면 잡초들과 풀들 사이로 거의 무너진 채 방치된 돌계단이다.

계속 마을을 이동하면서 멘트를 치는 태주.

태주   이 마을 사람들은 모두 어디로 간 걸까요? 자연을 복원시키기 위해 국립공원 측에 강제 철거를 당했다. 더 쾌적한 환경을 위해 산 아래로 집단 이주했다. 여러 가지 썰이 있는데요. 다만 한 가지 이상한 점이 있습니다. 이 마을이 사라지기 직전에 갑자기 사람들이 죽기 시작했다는 겁니다. 이 작은 마을에서 무려 세 명이나요. 과연 이게 우연이었을까요?

그때 태주의 뒤쪽 무성한 나무들 사이 뭔가가 움직이는 듯 부스럭부스럭 소리가 들려온다. 놀라서 뒤돌아보는 태주.

태주   ...뭐지? 뭔가가 움직였어요.

태주, 불안한 눈빛으로 주변을 둘러본다. 그런 시선을 따라 함께 위태롭게 돌아가는 화면에 순간, 어두운 나무들 사이로 반짝 나타났다 사라지는 희미한 유백색 불빛 두 개.

태주   저거.. 저거 뭐야?

태주, 이성을 상실한 듯 '으아아악' 비명을 지르면서 어디론가 빠르게 뛰기 시작하는데 순간, 넘어진 듯, 가지고 있던 핸드폰 화면이 바닥에 있는 돌과 부딪치면서 화면이 끊겨버린다.

씬/56 N, 현조의 방

암전 상태의 핸드폰 화면을 불길한 시선으로 바라보는 현조의 모습에서..

현조   ....검은다리골...

씬/57   N, 검은다리골 일각

어두운 검은다리골 마을 안으로 서서히 이동하는 화면. 잡초들 사이로 떨어져 있는 태주의 핸드폰이 보이고.. 그런 핸드폰 저 너머 나무들 사이 어둠 속에서 또다시 반짝 빛나는 유백색 불빛 두 개에서..

10부

그만둔다고 끝이 아냐.
자꾸 산에서 죽은 사람들이 보이고 죄책감만 늘어날 뿐이야.
산은 도망치고 싶다고 도망칠 수 있는 데가 아냐.

씬/1   D, 1991년, 검은다리골 마을

따스한 햇살 아래 우뚝 선 검은다리골 마을 입구의 장승 위로 들려오는 사람들의 발자국 소리. 보면 마을을 향해 오르고 있는 신입 티가 팍 나는 젊은 날의 대진과 계희다. 계희 뒤를 따라 산을 오르던 대진, 뒤를 돌아보며

대진   저기가 검은다리골 마을입니다!

대진의 시선 쫓아가면 뒤따라 마을로 오르고 있는 그 시절의 양근탁이다. 근탁, 검은다리골 마을 뒤쪽으로 우뚝 선 지리산 풍경을 바라보다가 필름카메라로 사진을 찍으며

근탁   야, 역시 여기가 케이블카 입지로는 딱이네요. (앞서가는 계희에게) 국립공원에서도 주민들 동의에 힘 좀 써주세요. 산도 좋고 사람도 좋은 일 아닙니까.

계희   (마뜩잖은 눈빛으로) 국립공원은 중립이 원칙입니다. 우리는 길 안내만 할 뿐이에요.

그때 양봉틀이 담긴 수레를 끌며 입구 쪽으로 내려오던 건실한 인상의 재

경(30대 후반, 남)과 재경처(30대 후반, 여)와 마주치는 사람들. 계희, 재경에게 인사하며

계희   잘 지냈어요. 손님이 계셔서 모시고 왔습니다. (근탁 향해) 인사하세요. 검은다리골 마을, 이장님입니다.

근탁   아이고 안녕하세요. 지리산 번영회 회장, 양근탁이라고 합니다.

90도로 인사하며 악수를 청하는 듯 손을 내미는 근탁. 재경, 의아하게 보며 악수를 하면서

재경   김재경이라고 합니다.

* 자막 - 1991년, 봄

씬/2   D, 검은다리골 마을 일각

'나가세요!' 소리와 함께 보여지는 화면. 재경의 집에서 쫓겨난 듯 튕기듯 문을 나서는 근탁이다. 밖에서 기다리던 계희와 대진을 비롯한 주민들 놀라서 바라보면 쫓겨난 근탁의 뒤를 이어 나오는 화난 얼굴의 재경. 그런 재경을 '그만해요' 말리는 재경처. 그 뒤에는 굳은 얼굴의 학수, 길용을 비롯한 남자 주민들이다.

재경   우리는 여길 떠날 생각 없으니까 가세요.

근탁   이주보상금 시세보다 최대한 많이 챙겨드린다니까요.

재경   이 양반이 진짜.. 우리가 지금 돈 욕심 내는 걸로 보여요? 여긴 우리가 태어난 고향이고 터전이에요. 더 이상 볼일 없으니까 그만 가보세요.

단호한 재경의 태도에 근탁, 답답하고 화난 얼굴로 바라보다가..

근탁   당신들.. 분명히 후회하게 될 겁니다.

씬/3   N, 검은다리골 마을, 우물터

모두 잠이 든 듯 불이 꺼진 조용한 마을. 풀벌레 소리만이 가득한데.. 어린
솔, 졸린 눈을 비비며 공동화장실에서 바지춤을 올리며 비틀비틀 걸어 나오
는데.. 저 멀리 어두운 산 쪽에서 반짝 빛나는 흐린 불빛. 뭐지? 놀라서 눈
을 비비고 다시 바라보는데 어느새 불빛, 사라져 있다. 왠지 오싹함을 느낀
듯 부다다다 집을 향해 뛰어 들어가는 솔.
잠시의 정적에 이어 부스럭부스럭 누군가의 은밀한 인기척이 들려온다. 마
을에 난 샛길을 걷고 있는 검은 등산용 장갑을 낀 누군가.. 우물가로 다가가
는 그림자. 주변을 한 번 확인한 뒤 천천히 우물을 막아놓은 뚜껑을 연다.

씬/4   D, 동 장소

우물가에 서서 불길한 눈빛으로 웅성거리고 있는 재경을 비롯한 주민들. 다
급한 걸음으로 우물가로 다가오는 대진과 계희, 순경.

계희   뭐가 어떻게 됐다구요?
재경   (우물을 가리키며) 저기예요.

대진, 계희, 우물로 다가가서 그 안을 확인하는데 낯빛이 변한다. 우물물 위
에 떠 있는 너구리의 사체다.

대진   (믿기지 않는 듯) 대체 누가.. 이런 짓을..
재경   (격앙된) 그 사람이에요. 케이블카! 그 사람이 우리를 마을에서 쫓아내려고
       우물물을 망가뜨린 거예요!

주민들, '맞아요' '그 사람이에요' 웅성거리기 시작하는데..

계희	그 사람이 저걸 우물에 넣는 거 보신 분 있어요?

재경을 비롯한 주민들 서서히 목소리 잦아들면서 계희와 대진을 본다.

계희	확실하지도 않은데 그 사람을 신고할 순 없어요.

재경, 분한 얼굴로 순경과 계희, 대진을 보다가

재경	그래서 손 놓고 있자구요? 저 우물이 끝이 아닐 수도 있어요. 또 다른 일을 벌일 거라구요.
계희	너무 걱정하지 마세요. 저희가 순찰도 강화하고 여러 가지로 마을 치안에 대해서 고민해보겠습니다.

재경, 그럼에도 불구하고 불안한 얼굴인데.. 대진, 안심시키려는 듯 미소 지으며 신입다운 패기 있는 말투로

대진	저희가 최선을 다해서 지켜드리겠습니다. 안심하세요.

씬/5   D, 해동분소, 사무실

전 씬의 대진의 모습에서 현재의 대진의 모습으로 오버랩 되는 화면 위로

* 자막 - 2019년, 봄

회의 테이블에 함께 모여 있는 대진, 이강, 현조. 함께 아이패드로 9부, 55씬 태주의 동영상을 보고 있다. '저거.. 저거 뭐야?'에 뒤이어 으아아악 비명 소리와 함께 끊겨버리는 화면을 말없이 바라보는 대진.

대진	...검은다리골.. 마을이라구..
현조	예. 덕서령에 있는 마을이라던데 지도에는 안 나와 있더라구요. 한번 가봐

야 하지 않을까요? 이 뒤로 다시 영상도 올라오지 않았어요.

대진, 잠시 생각하다가

대진	..이 사람 조난신고 들어왔어?
현조	아뇨.
대진	그럼 됐어.

대진, 일어서며

대진　　요즘 비번 신청한 직원들이 많아서 일손이 많이 부족하겠지만 산신제 준비 차질 없이 마무리 짓도록 해.

대진, 일어서서 나가고 현조, 그런 대진에게 '대장님..' 부르려는데 만류하는 이강.

이강	그만해. 조회수 올리려고 주작질 했을 수도 있어.
현조	진짜일 수도 있어요.
이강	영상을 올릴 수 있었다면 핸드폰도 됐을 거야. 진짜 위험했다면 조난신고를 했겠지.
현조	핸드폰을 떨어뜨리면서 영상이 끝났잖아요. 고장이 나서 신고를 못 했을 수도 있어요.
이강	너 어제 그 진상 아저씨 두 시간 업고 내려왔지. 이것도 똑같아. 거기 올라 갔다가 허탕 친다 98프로야.
현조	선배도 맘에 걸리는 거잖아요. 2프로 뺀 거 보면..

이강, 말문이 막혀서 현조 보는..

씬/6　　D, 일해의 방

아직 뜯지 않은 짐 박스들과 여행용 가방 등이 나란히 놓여 있는 일해의 방. 일해, 들어와서 주저앉다가 무릎에 통증이 느껴지는 듯 인상 찌푸린다. 바지 걷어 올려 보면 한쪽 무릎이 눈에 띄게 부어 있다. 가만히 무릎 내려다보며 한숨 내쉬는데.. 울리는 핸드폰 문자음. '강현조랑 덕서령 검은다리골 순찰 나감. 산신제 홍보 부스는 너네가 맡아'라는 이강의 문자다.

씬/7   D, 구영의 방

여기저기 양말, 속옷들이 아무렇게나 널려 있는 구영의 방. 한쪽에 놓여 있는 책상 앞에서 시험 관련 서적들을 펼쳐놓고 머리 싸매고 있는 구영. 울리는 핸드폰 문자음. '강현조랑 덕서령 검은다리골 순찰 나감. 산신제 홍보 부스는 너네가 맡아'. 이강의 문자다.

씬/8   D, 덕서령 비법정 입구

문자를 보내고 핸드폰을 주머니에 넣는 이강. 옆에서 무전기를 살펴보고 있는 현조.

이강   누구는 일을 너무 안 해서 문제고 (옆의 현조 째려보며) 누군 일을 너무 만들어서 문제고..
현조   이 무전기 배터리가 좀 이상한데요.
이강   아 씨, 정구영.. 장비 점검 좀 해놓으라니까..
현조   다녀와서 제가 점검해놓을게요.
이강   됐고, 이거나 챙겨봐.

이강, 주머니에서 주섬주섬 뭘 꺼내서 현조에게 건넨다. 보면 문옥이 준 부적이다.

현조   이게 뭐예요?

| 이강 | 오늘 북쪽에서 귀신이 나오는 날이래잖아. (찝찝한) 아.. 오늘 검은다리골 쪽으론 가지 말랬는데.. |

현조, 부적들 보다가 미소 지으며

현조	그래도 내가 싫진 않은가 보네요. 이렇게 챙겨주는 거 보면.
이강	너 요즘 자꾸 기어오르는 경향이 있다.
현조	레인저잖아요. 잘 기어올라야죠.

이강, 기가 막힌 듯 보면 현조, 부적 주머니에 소중히 넣으며

| 현조 | 가시죠. |

씬/9   D, 지리산 인근 국도 일각

순찰차를 타고 국도를 순찰 중인 웅순과 박순경. 운전대를 잡은 박순경, 지루한 듯 하품하면서

| 박순경 | 개미새끼 하나 없는데 그냥 돌아갈까요? 씨름대회 열린다던데.. |
| 웅순 | (꼼꼼하게 주변을 살펴보며) 씨름 같은 소리 하지 말고 잘 살펴봐. 사건은 어디서나 일어난다고. |

순간 뭔가를 발견하고 놀라는 웅순과 박순경. '어어어어' 하다가 '끼이이익' 급브레이크를 밟는다. 비법정 산비탈 앞쪽에 흙먼지로 만신창이가 된 태주가 쓰러져 있다.

씬/10   D, 감나무집

승진시험 서적을 펼쳐놓고 중얼중얼 암기하며 식사를 하고 있는 구영. 그

때, 문 열리며 들어서는 일해. 구영을 발견하고 멈칫한다.

일해   뭐야. 너 또 일 안 나갔어?

구영   너도 안 나갔잖아.

일해   난 어쩌다 쉬는 거지. 넌 맨날 쉬잖아.

구영   내가 언제 맨날 쉬었냐.

그때, 주방 쪽에서 장 뜨러 가는 듯 그릇과 수저 들고 나오는 문옥.

문옥   박팀장 왔어? 백반 줄까?

일해   아 예.

문옥   잠깐만 기다려. 금세 만들어줄게.

문옥, 중정으로 연결된 문 열고 나가고.. 일해, 구영과 조금 떨어진 테이블에 가서 앉는데.. 또다시 문 열리며 웅순, 들어서며

웅순   할머니, 저 왔.. (하다가 구영과 일해 발견하고) 너네 뭐야. 오늘 쉬는 거야?

구영과 일해, 울컥하는 듯 거의 동시에

구영   그래, 쉰다!!

일해   쉬면 안 되냐?!

웅순, 두 사람 의아하게 보며

웅순   왜 이래?

일해, 구영, 약속이나 한 듯 한숨 내쉬며 고개 돌리는데.. 웅순, 그런 두 사람 사이에 앉으며

웅순   그런데 너네 어제 그거 봤어? 검은다리골 동영상 올린 사람 있잖아.

검은다리골 얘기에 힐긋 웅순을 보는 구영, 일해.

웅순   아까 국도에서 발견해서 병원 데려다주고 왔거든. 근데 완전 정신이 나갔더
        라구.

        - 인서트
        - 9씬에 이어지는.. 쓰러져 있는 태주에게 다가가 '이보세요 괜찮아요?' 웅
        순, 상태를 확인해보는데.. 제정신이 아닌 듯 눈 풀려 있는 태주, 웅순의 손
        이 닿자 자기도 모르게 비명을 지른다.

태주   저리 가.. 저리 가!
웅순   경찰입니다. 진정하세요.
태주   봤어.. 도깨비불.. 도깨비불을 봤어..

        바들바들 떨면서 계속해서 '도깨비불이었어..' 읊조리는 태주의 모습에서..

        - 다시 감나무집으로 돌아오면
        검은다리골 얘기에 시선 마주치는 구영과 일해.

구영   아까 이강이랑 현조 거기 간다고 하지 않았어?
일해   맞아.. 덕서령 검은다리골..

        그때, 들려오는 문옥의 목소리.

문옥(소리) 이강이가 검은다리골에 갔다구?

        보면, 중정 쪽 열린 문 너머에 불안한 얼굴로 선 문옥이다.

문옥   검은다리골이면.. 북쪽 아냐. 그쪽은 안 되는데.. 오늘은 북쪽에서 손이 나오
        는 날이라구.

씬/11   D, 검은다리골 일각

태주의 동영상에 나왔던 검은다리골 장승 앞에 선 이강과 현조.

현조   와.. 장난 아니네요. 언제 마을이 철거된 거예요?
이강   91년쯤이라고 들었어.
현조   여긴 선배도 처음인가 봐요?
이강   올 일이 없었으니까. 워낙 험한 데다 경치가 뛰어난 데도 아니라서 사람들
       이 거의 안 오거든. 덕분에 조난사고도 드물고.. 들어가자.

이강, 현조, 장승을 지나서 마을처 안쪽으로 들어선다. 한낮임에도 불구하
고 우거진 나무들로 주변이 어두컴컴하기만 한데.. 서서히 안개까지 짙어지
기 시작한다.
이강, 랜턴 꺼내 들고, 현조도 뒤이어 랜턴을 꺼내 들고 앞으로 전진한다. 무
성한 잡초들 사이, 이끼가 가득한 돌담이 나온다. 현조, 혹시라도 조난자가
있을까 싶어 주변을 둘러보며

현조   계십니까? 국립공원에서 나왔습니다!!

하지만 새소리 하나 들려오지 않고 고요할 뿐이다.

이강   봐봐. 내가 98프로 허탕일 거라고 했지.

돌담을 지나 숲을 지나가면 돌계단과 황폐화된 우물터가 나온다. 현조, 계
속해서 '계세요?!!' 외쳐보지만 대답이 없다. 이강도 혹시라도 조난자가 있
는지 주변을 샅샅이 살피면서 앞으로 전진하는데 순간 이강의 랜턴 불빛에
저만치 앞쪽 바닥에 떨어져서 부서진 셀카봉에 연결된 핸드폰이 보인다. 달
려가서 핸드폰을 살펴보는 이강과 현조.

이강	만약에 조난당했다면 이 근처일 거야. 수풀을 헤치고 갔을 테니까 수풀 모양을 확인해봐.

이강, 현조, 주변의 수풀들 모양을 살펴보기 시작하며 '계세요!!' '국립공원에서 나왔습니다!!' 외치며 수색을 시작한다..
앞으로 앞으로 전진하는 두 사람. 서서히 피어오르던 안개 이제는 한 치 앞도 잘 보이지 않을 정도로 짙어진다. 좁아진 시야에 긴장한 눈빛으로 앞서가던 이강, 우뚝 멈춰 선다.

현조	왜요?

왜 이러지? 이강이 바라보는 곳에 랜턴을 비추는 현조의 낯빛도 굳는다. 눈앞에 아까 지나쳐왔던 마을 입구 장승이 서 있다.

현조	이게 뭐죠... 왔던 곳으로 돌아왔어요..

이강도 현조도 당황한 눈빛으로 주변을 둘러본다.

현조	우리 아무래도.. 길을 잃은 것 같은데요.
이강	GPS 꺼내봐.

현조, GPS 꺼내는데 GPS 화면의 현재 위치가 특정되지 않고 계속 바뀌고 있다.

현조	GPS도 먹통이에요.

그때, 두 사람을 감싼 짙은 안개 너머 어두운 숲 안쪽에서 희미하게 깜박깜박 하나둘씩 나타나는 유백색 노란 작은 불빛 두 개.

현조	(놀라서) 저거.. 봤어요?

긴장한 눈빛으로 불빛들을 바라보는 이강과 현조.

현조   저거.. 뭐예요?

그때, 서서히 이쪽으로 다가오기 시작하는 불빛들. 본능적으로 뒤로 물러서는 이강과 현조.
순간, 불빛들 쪽에서 이쪽을 향해 살랑 바람이 불어오는데.. 이강, 멈칫한다.

이강   ...냄새..
현조   예?
이강   ...물러나.. 위험해.

순간, 멀리서 반짝이던 불빛들, 빠르게 움직이면서 이쪽으로 다가온다.
이강, 낯빛 변하며

이강   뛰어!!

이강의 말과 동시에 뛰어가기 시작하는 현조. 그 뒤를 따르는 이강. 반짝반짝 사라졌다 나타났다를 반복하는 불빛들, 두 사람의 뒤를 쫓기 시작하는데 안개 때문에 미처 나무등걸을 보지 못하고 걸려 넘어지는 이강. 순간, 이강의 무전기가 바닥으로 뒹굴고..

씬/12   D, 해동분소, 사무실

대진과 양선 각자의 책상에서 일하고 있는데.. 울리는 양선의 핸드폰. 구영이다.

양선   (낮은 목소리로) 여보세요. (사이) 이강 선배랑 현조씨요? 아직 복귀 안 했는데요..

대진, 그 소리에 문득 고개 들어 양선을 본다.

양선 (얘기 듣다가 놀라는) 예? (사이) 예.. 알았어요. 무전 해볼게요.

양선, 전화 끊는데

대진 왜?

양선 그게 이강 선배랑 현조씨 검은다리골에 갔다는데요. 아직 복귀 안 했냐고..

대진 (꿈틀) 뭐? 이 새끼들이.. 그렇게 가지 말라니까..

대진, 일어나서 무전기를 향해 다가가는데 양선, 다가오면서

양선 그런데요. 검은다리골 영상 올렸다는 사람, 국도에서 발견했는데 이상한 소리를 했대요. 거기서 도깨비불을 봤다고..

대진, 멈칫 양선을 보다가.. 다시 뚜벅뚜벅 무전기를 향해 다가가서 무전을 치기 시작한다.

대진 해동분소, 상황실. 서이강, 어디야?

씬/13   D, 검은다리골 마을 일각

바닥에 떨어진 무전기에서 들려오는 대진의 목소리.

대진(소리) 서이강, 내 말 안 들려?

넘어진 상태에서 그런 무전기를 바라보는 이강. 저 뒤쪽에서 빠른 속도로 다가오고 있는 불빛들. 이강, 그럼에도 불구하고 무전기를 잡으려고 하는데 뒤쪽에서 이강을 잡아 일으켜 끌어당기는 현조.

| 현조 | 위험하다면서요. 빨리요. |

이강, 어쩔 수 없다. 현조와 함께 도망치기 시작한다. 안개 사이를 뚫고 위태위태하게 튀어나오는 나무, 바위 등을 헤치면서 전진하는데 갑자기 앞쪽에서도 나타나는 불빛 두 개. 놀라서 멈춰 선다. 앞에서도 뒤에서도 불빛들이 다가오고 있다. 이강, 주변을 둘러보는데 길이 없는 옆쪽 잡초 너머 커다란 바위들 사이 좁은 틈에 달린 낡은 쇠창살문이 보인다.

| 이강 | 저기야! |

잡초들을 뚫고 바위틈을 향해 달려가는 이강과 현조. 뒤를 따르는 불빛들. 이강과 현조, 아슬아슬하게 바위틈 사이로 들어가 쇠창살문을 '꽝' 닫는다.

씬/14   D, 해동분소, 사무실

무전기 너머에서 대답이 없자, 불안해지는 대진의 눈빛.

| 대진 | 서이강. 강현조. 대답해. 어디야? |

'치치치칙' 잡음만 들려올 뿐, 대답이 없다. 옆에서 지켜보고 있던 양선, 불안함을 애써 누르려는 듯

| 양선 | 무전기가 고장 난 게 아닐까요? 지금 내려오고 계실 수도 있어요. |

대진, 가만히 무전기를 보고 생각하다가 시계를 확인한다. 오후 네 시 반이 넘어가고 있다. 대진, 자기 자리로 가서 윗옷 챙기면서

| 대진 | (양선에게) 여섯 시까지 복귀 안 하면 연락해. 그때까지 계속 무전 쳐보고. |

대진, 사무실을 나가려는데.. 양선, 애써 안심시키려는 듯

양선   아무 일 없을 거예요. 이강 선배님이잖아요.

대진, 가만히 양선을 바라보다가..

대진   검은다리골은 달라.. 산이 사람을 홀린다는 말이 있지.. 거기가 그런 곳이야...

씬/15   D, 1991년, 검은다리골 마을 인근 계곡 일각

어둑어둑해지는 계곡. 검은다리골 마을 주민들, 두레박이나 대야 같은 큰 그릇들을 가지고 물을 퍼 담고 있다. (물 푸는 주민들 중 당시의 금례할머니 뒷모습 정도 보여주면 좋을 듯합니다)

* 자막 - 1991년, 봄

주민1   우물물은 언제부터 쓸 수 있는 거래?
주민2   좀 더 있어야 된대. 썩은 물을 먹을 순 없잖아.
주민1   이게 뭔 일이래. 맨날 물 길러 다니느라 힘들어 죽겠네.

툴툴거리면서 물을 퍼 담은 대야를 이고 지고 계곡을 하나둘씩 떠나는 주민들. 가장 늦게 온 재경처 혼자 남아 고무대야에 물을 담아 머리에 이고 계곡에서 검은다리골 마을로 이어지는 너덜길을 오르기 시작하는데 그 앞쪽을 가로막는 누군가.. 검은 등산용 장갑을 끼고 있다.

씬/16   D, 검은다리골 마을 일각

계희, 대진을 비롯한 레인저들, 다급히 마을 안으로 들어서고 있다. 웅성거리며 모여 있는 주민들. 그 사이에 넋이 나가 멍하니 앉아 있는 재경. 계희,

다른 레인저들과 함께 다급히 다가가며

계희   조난자가 있다구요? 언제 사라진 겁니까?
주민1   어제 계곡에 물 뜨러 갔다가 없어졌어요. 계곡 근처에 대야랑 핏자국이 있
       어서 그 근처를 다 찾아봤는데 보이지 않아요.

넋이 나가 있던 재경, 충격으로 붉게 물든 눈빛으로

재경   모두 다 그 사람 때문이에요. 그 사람이 우물만 망치지 않았어도 집사람이
       물 뜨러 가지 않았을 거라구요!
계희   진정하세요. 우리가 찾겠습니다. 꼭 찾을 테니까, 진정하시고 기다리세요.

씬/17 몽타주

       - 낮, 검은다리골 마을. 마대자루에 플래시, 물이 든 보온병, 낡은 담요 등
       을 담아서 레인저들에게 나눠주는 계희. 낡은 무전기 몇 개를 고참대원들
       에게 나눠주고 대진을 비롯한 다른 레인저들에게는 호루라기를 들려준다.
       그런 모습 위로,

계희(소리) 검은다리골 마을 주변은 직원들도 자주 길을 잃는 곳이야. 평범해 보이는
       샛길이 절벽으로 이어지기도 하고 어느새 길이 사라져 있기도 해. 산이 우
       릴 홀리는 거지. 정신 바싹 차려야 해.

       - 낮, 검은다리골 마을 인근을 수색하기 시작하는 레인저들의 모습.

       - 낮, 레인저들과 떨어져서 수색하고 있는 대진. 지도를 확인하면서 산길을
       수색 중인데 독특하게 생긴 나무 앞을 지나간다.

       - 밤, 검은다리골 한쪽에 모여 앉은 레인저들. 다들 지친 기색들이 역력하
       다.

- 낮, 계속해서 수색 중인 레인저들.

- 낮, 대진, 샛길을 따라 걷다가 길이 사라져서 난감한 표정.

- 낮, 다시 독특하게 생긴 나무 앞을 지나가는 지친 표정의 대진.

- 밤, 검은다리골 마을에서 보온병의 물을 마시면서 휴식을 취하고 있는 대진을 비롯한 소수의 레인저들. 그때 멀리에서 들려오는 호루라기 소리. 놀라서 그쪽을 바라보는 대진과 레인저들.

씬/18   N, 검은다리골 인근 산길

독특한 모양의 나무 바로 안쪽 잡초 사이에 피투성이가 되어 쓰러져 있는 재경처. 그 곁에서 마대자루를 막대기 두 개에 끼워 들것을 만들고 있는 계희와 레인저들. 호루라기 소리를 듣고 달려온 레인저들 중 대진, 그런 모습을 보고 멍해진다. '아직 살아 있어!' '빨리 내려가야 해! 맥박이 약해!' 재경처를 들것에 실어 나르는 레인저들을 떨리는 눈빛으로 바라보는 대진, 들것 뒤를 따라가려는 계희를 붙잡고

대진   여기서 발견된 겁니까?

고개 끄덕이는 계희, 독특한 모양의 나무를 가리키며

계희   저 나무 옆에 쓰러져 있었어.

믿기지 않는 듯 나무를 바라보는 대진의 모습에서..

씬/19   N, 검은다리골 마을, 재경 집 앞

'김재경'이란 문패 옆, 상등이 걸려 있는 재경 집. 집 밖까지 재경의 슬픔에 찬 절규가 들려오고.. 바깥에는 불안한 눈빛의 주민들 모여 있다.
멀리서 그런 재경의 집 쪽을 바라보고 있는 어두운 눈빛의 대진, 다가갈 용기가 나지 않는 듯 망설이고 있는데.. 그런 대진의 어깨를 치는 계희.

계희   뭐 해. 안 들어가고.
대진   다.. 저 때문입니다..
계희   (보는)
대진   조금만 더 빨리 조난자를 병원에 모셨다면 살릴 수 있었다고 들었어요.. 그 나무 앞을 몇 번이나 지나갔었는데 제가 좀 더 빨리 발견했다면..

대진 보다가 어깨 툭툭 치는 계희.

계희   들어가자. 고인을 보내드려야지.

망설이다가 계희를 따라 무거운 발걸음으로 재경의 집으로 들어가는 대진.
그런 모습에서 서서히 화면, 불안한 얼굴로 모여 있는 주민들 너머를 비추면 멍하니 길 한쪽에 앉아 있는 상복 차림의 어린 솔. 가만히 앉아 있다가 문득 고개를 들어 산 쪽을 바라보는데 마을 너머 어둠에 휩싸인 산 한 편에서 반짝.. 흐릿한 유백색 불빛 하나가 마치 솔을 바라보듯 깜박거린다. 잘 못 봤나? 눈을 비비고 어두운 산을 바라보는 솔. 어둠 속에서 다시 깜박하는 유백색 불빛에서..

씬/20   D. 검은다리골 마을 일각

어두운 얼굴로 짐과 가재도구들을 지게에 싣고 있는 길용과 길용의 가족들. 저만치 앞을 보면 주민1과 주민2의 가족 역시 짐을 이고 지고 떠나고 있고.. 이미 꽤 많은 사람들이 떠난 듯 빈집들이 곳곳에 보인다. 그런 마을의 모습 위로,

주민1(소리) 어쩌다 이 마을이 이렇게 됐는지 모르겠네..

주민2(소리) 그래도 국립공원에서 보상금 챙겨준다고 할 때 떠나는 게 상책이야.

씬/21　D, 동 장소

어두운 표정의 대진과 계희, 사람들이 떠난 텅 빈 마을로 들어서고 있다. 사람들이 많이 떠난 듯 버려진 집들은 창문과 문짝이 깨져 있기도 하고, 바닥에는 상등 하나가 떨어져 있는 등 흉물스럽기만 하다. 대진, 어두운 눈빛으로 그런 마을들을 둘러보며 계희의 뒤를 쫓아가는데.. 마을 가장 안쪽에 빛바랜 상등이 걸려 있는 재경의 집으로 다가가는 계희, 문을 두드리며

계희　이장님. 나예요. 계세요?

안에서 대답이 없자, 계희, 다시 한번 문을 두드리려는데 삐걱 문 열리며 어두운 집 안에서 밖을 바라보는 재경. 마구 헝클어진 머리에 붉게 핏줄이 선 눈빛. 여기저기 더러운 옷차림이다.

계희　집에 있었네요. 잠시 들어가서 얘기 좀 해도 될까요?

재경　돌아가요.. 케이블카건.. 뭐건.. 난 절대 여기 못 떠납니다..

계희　케이블카 때문에 이러는 게 아니에요. 마을 주민들 태반이 떠났어요. 국립공원에서도 철거를 결정했구요. 산 아래로 이주하는 게..

재경　(말 끊는) 난 안 떠난다고!

눈앞에서 '쾅' 닫히는 문. 계희, 어떻게든 설득을 해보려는 듯 조심스레 '잠시만 얘기 좀 해요' 문을 열고 안으로 들어가고.. 대진, 죄책감에 휩싸인 눈빛으로 가만히 서 있는데 뒤쪽에서 느껴지는 인기척에 뒤돌아보면 산길 중간에 오도카니 서 있는 어린 솔이다. 솔의 차림새 역시 예전과 달리 초췌하기만 하다. 대진, 가슴 아프게 보다가 다가가

대진	잘 있었니? 밥은 먹었어?

솔, 가만히 대진을 보다가...

솔	아빠가 자꾸 이상한 게 보인대요..
대진	그게 무슨 소리야?
솔	...도깨비불이요.. 도깨비불이 보인대요..
대진	(보다가) 그런 건 없어. 아빠가 잘못 보신 거야.
솔	...아뇨. 있어요. 저도 봤어요.

그때 얘기가 안 된 듯 어두운 낯빛으로 집에서 나오는 계희.

계희	오늘은 이만 가지.

먼저 걸어가고.. 대진도 그 뒤를 따르다가 맘에 걸리는 듯 연신 뒤돌아 가만히 길가에 선 어린 솔을 바라본다.

씬/22   D, 2019년, 검은다리골 마을터 일각/검은다리골 대피소

짙은 안개 사이에서 반짝거리고 있는 불빛들.

* 자막 - 2019년, 봄

바위틈 안 석실에서 그런 불빛들을 바라보고 있는 이강과 현조.

현조	...그러니까 저게 뭐라구요?
이강	빛이 없는 밤이나 지금처럼 안개가 꼈을 때 사람들이 산에서 도깨비불을 봤다고들 해.
현조	저게 진짜 도깨비불이에요?
이강	당연히 아니지.

그때, 다시 이강과 현조 쪽으로 불어오는 바람에 안개가 술렁인다.

이강   이 냄새 기억 안 나?

현조, 냄새를 맡으려는 듯 코로 숨을 들이쉬다가 톡 쏘는 암모니아향에 숨이 막히는 듯 숨을 멈추며

현조   이게 무슨 냄새죠?
이강   개비린내에 암모니아향이 더해진 냄새. ...곰이야.

놀라서 움직이는 불빛들을 바라보는 현조.

현조   곰.. 곰이라구요? 저게?
이강   어두울 때 빛에 반사되면 야생동물들의 눈이 저렇게 보인다고 들었어.

현조, 믿기지 않는 듯 불빛들을 보다가

현조   그럴 리가 없어요. 반달곰은 사람을 싫어한다고 들었어요. 먼저 건드리지 않으면 공격성이 없다고 들었는데..
이강   나도 이런 경우는 처음 봐.

둘 다 긴장해서 여전히 바위틈 밖에서 이쪽을 바라보는 불빛들을 본다.

이강   아무리 공격성이 없다고 해도 곰은 맹수 중의 맹수야. 키가 2미터에 체중은 100킬로그램이 넘지. 왜 저렇게 흥분했는지는 모르겠지만 도깨비불보다 훨씬 위험한 건 확실해.

이강, 바위틈 밖의 불빛들 보다가 현조를 향해

이강   무전기 줘봐.

현조, 생각난 듯 자기 무전기 꺼내 이강에게 건네려다가 아.. 낭패다.

현조   밧데리가 나갔어요.

이강, 현조에게 무전기를 받아 켜보려고 하지만 무전이 되질 않는다. 이강, 핸드폰 꺼내보지만 발신제한구역이다. 이강, 지친 듯 주저앉아버리고.. 현조도 그 옆에 주저앉는다.

현조   꼼짝없이 간혔네요..

씬/23   D, 병원 복도 일각

입원실 복도, 웅순의 안내를 받으면서 걸어가고 있는 대진.

웅순   그런데 그 사람은 왜 만나시려는 건데요? 비법정 과태료 끊으시려구요?
대진   상태는 어때?
웅순   많이 진정됐다 그러던데요.

두리번거리다가 한 입원실을 가리키는 웅순.

웅순   저기예요.

똑똑 문을 노크한 뒤 문을 여는데 병실 안은 텅 비어 있다.

씬/24   D, 해동분소, 사무실

양선, 초조한 눈빛으로 무전기 앞에 앉아 있는데.. 울리는 사무실 유선 전화벨.

양선	(전화 받는) 여보세요.
(소리)	덕서령에서 검은다리골 올라가는 길에요. 어떤 아줌마가 있었어요.
양선	예?
(소리)	암튼 난 연락드렸습니다.

뚝 끊어지는 전화. 양선, 당황한 얼굴로 전화를 바라보고..

씬/25   D, 병원 로비 일각

로비 한 편에 설치된 공중전화기에서 통화를 끝내고 수화기를 내려놓는 누군가. 뒤돌아서려는데, 뒤에 서 있던 대진, 웅순과 딱 마주친다. 환자복을 걸친 태주다. 눈에 띄게 당황하는 눈빛. 웅순의 뒤에 있던 대진, 앞으로 나서며,

대진	아까 그게 무슨 말입니까?
태주	뭐.. 뭐가요?
대진	덕서령에 누가 있었다면서요?
태주	(더욱 당황하는) 아니 뭐.. 그 아줌마가 잘못한 거예요. 체력도 안 되면서 왜 산에 올라오냐구.

태주의 말에 더욱 눈빛 굳는 대진.

대진	설마 조난당한 사람을 그냥 놔두고 내려온 거예요? 거기 어딥니까?
태주	...아니.. 난.. 나도 바빴다구요.
대진	거기 어디냐고?!

씬/26   N, 검은다리골 일각/검은다리골 대피소

점점 어두워지고 있는 석실 안, 마주 앉아 있는 이강과 현조. 바위틈 철창 너머로 밖을 보면 여전히 밖에서 어슬렁거리고 있는 불빛들.

현조 쟤네들 언제까지 저러고 있는 거죠?
이강 낸들 아냐.

둘 다 답답한 눈빛이 되는데.. 현조, 고개 들어 주변을 둘러본다. 입구는 작지만, 안은 꽤 큰 동굴 같은 느낌의 석실. 한쪽 벽면에는 녹슨 전깃줄이 달려 있다.

현조 산에 이런 데가 있네요.
이강 아마 빨치산들이 비트로 썼던 곳일 거야.

현조, 이강의 말에 호기심이 드는 듯 랜턴을 들고 일어나서 주변을 둘러보는데 바닥 바위들 사이에 놓인 스틱을 발견한다.

현조 어, 여기 스틱이 있네요.
이강 불법 산행객이 놔두고 갔겠지.

현조, 스틱을 비추면서 다가가는데, 그 옆에는 아이젠이다.

현조 스틱에 아이젠에 장난 아닌데요.

장갑에서 조금 떨어진 곳에는 통발. 그 옆에는 낡은 등산화. 그 옆에는 낡은 밧줄. 그 옆 바위 사이에는 낡은 초등학생용 노트 끝부분이 살짝 드러나 있다. 랜턴으로 여기저기 비추면서 다가가던 현조, 순간 멈칫한다. 유실물들에서 조금 더 떨어진 바위 너머에 흙에 파묻혀 끈과 절반 정도가 드러나 있는 은빛 군번줄이다.
현조, 놀라서 그곳으로 다가가려고 하다가 순간 뭔가에 다리가 걸려서 쿵 넘어진다. 바위틈 입구 쪽에 앉아 있던 이강, 한심하다는 듯 일어서서 다가오며

이강	너 뭐 하냐.

하다가 현조가 걸려 넘어진 걸 보고 놀란다. 사람의 다리다. 놀라서 다가가 보면 바위들 사이에 죽은 듯 쓰러져 있는 창백한 낯빛의 진옥. 현조, 역시 놀라서 바라보고..
다급히 다가가 맥박, 호흡을 확인해보는 이강. 현조, 일어나려다가 눈앞에 놓인 진옥의 배낭을 본다. 배낭에 걸려 있는 허진옥이란 이름과 연락처가 적힌 이름표.

이강	호흡이 너무 약해.

랜턴을 들고 진옥의 얼굴을 비추는 이강. 입술이 청색이다. 손과 얼굴을 잡아보는데 너무 차갑다.

이강	심각한 저체온증이야. 빨리 병원으로 옮기지 않으면 목숨이 위험해.

씬/27 N, 해동분소, 사무실

유선전화로 다급히 레인저들에게 연락하고 있는 양선.

양선	조난신고가 들어와서요. 덕서령 비법정 입구로 집합하시면 됩니다.

그때, 문 열리면서 들어서는 대진. 양선, 전화 끊고 대진에게

양선	말씀하신 대로 각 대피소와 비번인 레인저들에게 연락했습니다.
대진	이강이랑 현조는? 연락됐어?
양선	아뇨..

대진, 답답한 얼굴로 무전기 쪽으로 다가가는데..

양선	그런데요..
대진	(돌아보면)
양선	검은다리골에 두 분만 가신 게 아니에요..

씬/28 N, 검은다리골 대피소

이강, 긴장한 눈빛으로 바위틈 밖을 확인한다. 짙은 안개 속 여전히 불빛들이 어슬렁거리고 있다.

이강	(뒤돌아보며) 괜찮겠어?

이강의 시선 쫓아가 보면 헤드랜턴을 쓰고 진옥을 업은 현조다.

현조	안 괜찮더라도 가야죠.
이강	앞에서 길을 찾아야 해서 어시스트를 해줄 수 없어.
현조	알고 있어요.
이강	최대한 빨리 쫓아와야 해.

그 말과 함께 안개 속으로 튀어나가는 이강과 현조.

씬/29 N, 검은다리골 마을터 일각

짙은 안개 속 험한 산길을 정신없이 뛰기 시작하는 이강과 현조. 이강, 뛰다가 뒤를 바라보면 뒤쪽 안개 사이로 또다시 쫓아오기 시작하는 불빛들.

이강	서둘러!

앞서가는 이강, 뒤쪽의 현조를 확인하며 계속해서 앞으로 나아가고 현조,

진옥을 업은 채 그 뒤를 빠르게 내닫는다. 좁은 시야에 험한 산길.

이강도 뒤쪽을 따르는 현조도 나무에 부딪칠 뻔하고 돌부리에 걸려 넘어질 뻔하는 등 위태위태 앞으로 나아간다. 자꾸만 속도가 줄어드는데 뒤쪽에서 여전히 따라오는 불빛들.

맘이 급해진 이강과 현조, 더욱 속도를 높이는데 순간, 나무등걸에 발이 제대로 걸리는 현조. 앞으로 나뒹군다. 그 덕분에 바닥에 함께 나뒹구는 진옥. 놀라서 보는 이강.

이강   괜찮아?

현조, 무릎을 제대로 박은 듯 옷 위로 피가 번지기 시작한다. 아픔을 참으며 고개를 들다가 멈칫한다. 현조의 헤드랜턴 불빛에 안개 저 너머 희미하게 보이는 마을 입구 장승이다.

현조   또예요.. 또 돌아왔어요.

현조, 다급히 뒤를 돌아보는데 갑자기 코앞에서 나타나는 두 개의 불빛. 자기도 모르게 헉 비명을 지르며 이강과 진옥 앞을 가로막는데 안개 사이에서 튀어나오는 두 개의 불빛. 구영과 일해가 든 랜턴이다. 서로가 놀라서 바라보는 네 사람.

구영   너네 어떻게 된 거야. 연락도 안 되고.
일해   (진옥을 보고) 저분은 또 누구야?

이강, 대답하려다가 고개 돌려 보면 저 뒤쪽에서 이쪽으로 다가오고 있는 불빛들이다. 구영과 일해, 놀라서 보는

구영   저건 또 뭐야.
이강   업어! 빨리!

일해, 자기도 모르게 진옥을 업고 이강, 빠르게 앞장서기 시작한다. 그 뒤를

따르는 현조, 구영, 일해.

장승을 지나 마을 안으로 뛰어가는 이강. 어쩔 수 없이 다시 검은다리골 대피소 안으로 뛰어든다. 그 뒤를 이어 대피소 안으로 뛰어드는 사람들.

씬/30　N, 검은다리골 대피소

헉헉 거친 숨을 내쉬면서 업고 온 진옥을 담요 위에 내려놓는 일행.

구영　대체 어떻게 된 거야?

일해, 진옥을 내려놓으면서 상태를 빠르게 살피고 난 뒤

일해　상태가 심각해.
이강　알아. 그래서 어떻게든 내려가려고 한 건데 길을 찾을 수가 없어.
일해　우리도 그랬어. 여기 올라오는데 안개지역부터는 계속 한 방향으로 돌더라고. 너네 랜턴 불빛 보고 겨우 찾아온 거야.

바위틈 입구 너머 안개 사이로 보이는 불빛들을 보는 구영.

구영　저건 뭔데?
현조　..곰이요.
구영　(놀라는) 뭐? 말도 안 돼..

기가 막힌 얼굴로 바위틈 밖의 곰들을 바라보는 구영과 일해.

구영　그럼.. 우리 갇힌 거야? 여기에?
이강　.. (생각하는) 잠깐만 있어봐. 방법이 있을 거야.
구영　방법? 무슨 방법? 지금 너네도 길을 못 찾아서 못 나갔다며.
이강　좀 조용히 좀 해봐.
구영　(신경이 날카로워진 듯) 뭘 조용히 해. 그러게 왜 이런 데는 올라와서 우리

까지 생고생을 시켜.

이강   (울컥하는) 누가 올라오래? 그렇게 억울하면 다시 내려가던지.

일해, 그런 두 사람 바라보다가

일해   둘 다 그만해.

구영   뭘 그만해! 승진시험이 코앞이야. 일 분 일 초가 아까운데 지금 여기서 뭘 하고 있는 거야..

답답하고 기운 빠지는 듯 주저앉는 구영. 기가 막힌 눈빛으로 그런 구영을 보는 이강.

이강   승진시험? 너 고작 그거 때문에 비번 낸 거야? 다들 바빠 죽겠는데?

구영   고작? 나한테는 진짜 중요한 거야. 이번에 양선씨 어머님이랑 상견례 하기로 했다구. 가진 거라곤 몸뚱아리밖에 없는데 팀장 신분증 정도는 있어야 할 거 아냐!

이강, 일해, 기가 막히기는 하지만 속상해하는 구영이 딱한 듯 보다가

일해   야. 지금 이 상황에서 그게 할 소리야. 팀장 그게 뭐 대수라고..

구영   잘난 척 그만해. 너는 팀장 달았다 이거 아냐.

일해   (꿈틀) 야 나라고 뭐 좋기만 한 줄 알아? 팀장 달고 제대로 하루도 못 쉬었어. 그러다가 다리 못 쓰게 됐다구. 이렇게 계속 산 타면 앞으로 못 걸을 수도 있대.

이강, 구영, 멈칫해서 가만히 그런 일해를 바라보는데.. 그때, 들려오는 현조의 목소리.

현조   저기요. 조난자 상태가 더 나빠졌어요. 오래 버티지 못할 것 같아요.

보면 진옥의 옆을 지키고 있던 현조다. 이강, 구영, 일해, 굳은 눈빛으로 다가

가 진옥의 상태를 확인한다.

이강   맥박이 거의 잡히지 않아..

그때 '치치치칙' 울리는 일해의 무전기.

대진(소리) 박일해. 내 목소리 들려? 어디야? 검은다리골 도착했어?

일해, 퍼뜩 정신이 나는 듯 무전기에 대고 답한다.

일해   예. 도착했습니다. 서이강, 강현조랑 만났어요.
대진(소리) 덕서령에서 검은다리골로 올라가는 구간에 조난자가 있다는 제보가 들어
왔어.

정신을 잃고 누워 있는 진옥을 내려다보는 일해.

일해   (무전기에 대고) 붉은 점퍼를 입은 50대 여자분 말씀입니까?

씬/31   N, 해동분소, 사무실

멈칫하는 대진.

대진   발견했어? 상태는?
일해(소리) 좋지 않습니다. 어서 병원으로 이송해야 해요.

씬/32   N, 검은다리골 대피소

무전을 하고 있는 일해.

| 일해 | 그런데.. 우리 상황도 좋지 않습니다. 길을 찾을 수가 없어요. 안개 때문에 시야 확보가 어려운 데다가 GPS도 무용지물이에요. 게다가 이유를 모르겠지만 반달곰들이 주변을 떠나지 않고 있습니다. |

씬/33 N, 해동분소, 사무실

일해의 목소리를 듣고 있는 대진과 양선.

| 일해(소리) | 서이강이랑 강현조가 조난자를 업고 내려가려고 했지만, 실패했어요. |

대진, 가만히 무전을 듣다가

| 대진 | 이강이 바꿔봐. |

씬/34 N, 검은다리골 대피소

무전기를 건네받는 이강.

이강	서이강입니다.
대진(소리)	네가 선두에서 길을 찾는다. 네가 제일 빠르고 산을 잘 알아.
이강	자신 없습니다. 길을 못 찾겠어요.

씬/35 N, 해동분소, 사무실

무전을 하고 있는 대진.

| 대진 | 나도 예전에 거기서 길을 잃은 적이 있었어. 결국 조난자를 죽게 만들었지. |

씬/36   N, 검은다리골 대피소

무전을 듣다가 멈칫하는 이강, 현조, 구영, 일해.

대진(소리) 왜 그랬는지 살펴보다가 이유를 알아냈다.

씬/37   N, 해동분소, 사무실

무전을 하고 있는 대진.

대진   사람길이 아니라 동물길을 쫓았기 때문이야.

씬/38   N, 검은다리골 대피소

대진의 무전을 듣고 있는 이강. 현조, 구영, 일해.

대진(소리) 사람들이 낸 길은 마을로 향하지만, 동물들이 낸 길은 정반대야. 환상방황
을 한다고 생각이 들면 무조건 반대로 가.

　　　　　- 시간 경과되면
배낭을 버리고 헤드랜턴과 무전기만 챙기는 이강, 현조, 구영, 일해.

대진(소리) 헤드랜턴과 무전기만 챙기고 다 버려. 최대한 몸을 가볍게 만들어야 해.

　　　　　진옥을 업으려는 현조.

대진(소리) 제일 체력이 좋은 강현조가 1번 주자를 맡아. 구영이가 어시스트. 일해는
후미를 맡는다.

그때, 현조에게 다가오는 일해.

일해　내가 업을게. 너 무릎 다쳤잖아.
현조　제가 할게요. 그래도 선배님 무릎보단 새 겁니다.

현조, 가뿐하게 진옥을 업는다.
바위틈 사이에서 긴장한 시선으로 밖을 바라보는 이강. 진옥을 업은 현조.
그 뒤의 구영과 일해. 그런 모습 위로

대진(소리)　아까는 둘이어서 실패했지만, 이제 너네는 넷이야. 서로를 믿으면 할 수 있어.

서로 시선 마주친 뒤 안개 속으로 빠르게 뛰어드는 이강. 그 뒤를 따르는 현조, 구영, 일해.

씬/39　N, 몽타주

- 짙은 안개 속, 선두로 길을 찾으며 빠르게 이동하는 이강. 그 뒤를 따르는 현조, 구영, 일해. 빠른 속도로 이동하느라 발을 헛디디고 기우뚱하는 현조를 뒤에서 잡아주는 구영.

- 빠르게 선두를 치고 나가는 이강. 순간 길이 헷갈리는 듯 주변을 둘러보다가 대진의 말처럼 아래쪽이 아니라 위쪽으로 향한다. 그 뒤를 따르는 현조, 구영, 일해. 일해, 뒤를 바라보는데 안개 사이에서 불빛들이 또다시 쫓아오고 있다. '서둘러!' 외치는 일해.

- 더욱 빠르게 산을 치고 내려오는 이강, 현조, 구영, 일해. 현조, 지친 기색이 역력하다. 어시스트하던 구영, 곧바로 진옥을 대신 업고 뛰기 시작하고.. 일해가 어시스트. 현조가 후미를 맡는데..

대진(소리) 다른 건 신경 쓰지 말고 앞만 보고 달려. 너희 뒤는 동료들이 지켜줄 거다.

가장 앞에서 길을 찾던 이강, 저 앞쪽으로 보이는 고로쇠 수액줄을 발견하고 낯빛 밝아진다. 뒤쪽에서 진옥을 업고 다가오던 구영, 역시 낯빛 밝아지며

구영 고로쇠 수액 호스야.
이강 저것만 따라가면 민가야. 서둘러!

더욱 빠르게 수액 호스를 따라 아래로 내려가는 일행. 가장 뒤쪽에서 내려오던 현조, 뒤를 바라보는데.. 어둠 너머에서 쫓아오던 곰들이 더 이상 따라오지 않는다. 그저 멀리서 바라보던 불빛들. 서서히 뒤쪽으로 사라지는데..

씬/40   N, 덕서령 비법정 입구

하나둘씩 모여드는 순찰차량들에서 내려서는 지원팀 레인저들. 그중 한 순찰차량에서 내려서는 대진, 고개 들어 어두운 덕서령을 가만히 바라보는 모습에서..

씬/41   D, 1991년, 검은다리골 일각

비번인 듯 사복을 걸친 당시의 대진, 주스 세트를 들고 마을로 들어서는데 어린 솔의 울음소리가 들려온다. 놀란 대진, 서둘러 가장 안쪽 재경의 집 쪽으로 다가가는데.. 산길에 서서 울고 있는 솔.

대진 (놀라서 다가가며) 왜 그래? 무슨 일 있어?

솔, 손가락을 들어 어딘가를 가리킨다. 손가락을 쫓아 시선을 옮기던 대진,

놀라서 툭 들고 있던 주스 세트를 떨어뜨린다. 마을 인근을 둘러싼 나무들 중 하나에 목을 매고 숨져 있는 재경의 실루엣이다. 충격에 부들부들 떨려오는 대진의 눈빛에서..

씬/42 D, 동 장소

철거가 시작된 듯 여기저기 레인저들이 집 안에 버려진 가재도구들을 정리해 지게에 싣고 있다. 계희, 그런 레인저들을 둘러보면서 '거기, 문짝도 뜯어서 실어' 등등 지휘를 하면서 마을 안쪽으로 들어오는데.. 아직도 빛바랜 상등이 걸려 있는 재경 집 앞에 멍하니 서 있는 대진을 발견하고 보다가 천천히 다가온다.

대진   제가 만약 그분을 살렸다면.. 이 마을을 지킬 수 있었을까요..

계희, 어두운 대진의 낯빛을 보다가..

계희   이 일 그만두고 싶니?
대진   ...
계희   그만둔다고 끝이 아냐. 자꾸 산에서 죽은 사람들이 보이고 죄책감만 늘어날 뿐이야. 산은 도망치고 싶다고 도망칠 수 있는 데가 아냐.
대진   ...
계희   죄송한 마음으로 더 열심히 사람들을 구해. 그게 우리가 할 일이야.

대진, 상등 앞에서 눈가가 붉어진다.

씬/43 N, 2019년, 지리산 덕서령 비법정 입구

지원팀 레인저들 이미 출동한 듯 보이지 않고.. 순찰차량 곁에 남아서 산을 바라보고 있는 대진. 그때, 윤박사가 탄 생태복원센터의 차량들도 들어서

고... 뒤이어 119 앰뷸런스도 들어선다. 윤박사, 차에서 내려서서 대진에게 다가오며

윤박사   조난자는요?

대진, 가만히 산을 바라보며

대진   살릴 거야.. 저 녀석들은 나랑은 다르니까..

씬/44   N, 산 일각

지친 기색이 역력한 이강, 그 뒤쪽에 진옥을 업은 일해, 현조, 구영. 지쳤음에도 불구하고 빠른 속도로 산을 내려오고 있다. 일해, 발을 헛디뎌 절뚝이자, 뒤따르던 현조, 바로 다가와 일해 대신 진옥을 업고 뛰어 내려가고.. 일해, 무릎에 통증이 오는 듯 다리를 부여잡자 구영, 그런 일해를 부축해서 같이 내려간다.
고로쇠 수액 호스를 따라 내려가는 네 사람의 시야에 저 멀리 민가의 불빛이 보이기 시작한다. 서로가 서로를 도우면서 내려가는 일행의 모습 위로 그들의 거친 숨소리가 점점 커지면서 화면 암전된다.

씬/45   D, 한정식집

화면 밝아지면, 잔뜩 긴장한 얼굴로 맞은편을 향해 공손하게 인사하는 구영.

구영   처음 인사드리겠습니다. 정구영이라고 합니다.

맞은편에는 양선과 양선모다. 양선, 분위기를 띄워보려 미소 지으며

양선	내가 말한 그 선배님이셔. 어때? 잘생겼지?

양선모, 입가는 예의바르게 미소 짓고 있지만 어째 눈빛이 뜨뜻미지근하다.

양선모	우리 애 잘 봐주셔서 고마워요. (하다가) 그런데.. 키가 얼마..
양선	(양선모 허리 치면서) 초면에 뭘 그런 걸 물어봐.

분위기 어색해지는데.. 꽃다발을 들고 다가오는 한정식집 사장. 테이블 위에 꽃다발 내려놓으며

사장	이번 달 최우수 사원으로 선정되신 정구영씨께 지리산 국립공원 소장님께서 드리는 선물입니다.

구영도 양선도 이게 뭔 말인가 싶은 표정.

사장	더불어 오늘 드시는 음식 값도 소장님께서 모두 지불하신다고 합니다.

미소로 인사하고 사라지는 사장을 눈만 꿈벅꿈벅 바라보는 구영과 양선.

양선모	최우수 사원이요? 일을 정말 잘하시나 보네.
구영	(얼떨떨하지만) 아.. 네..
양선	(역시 아리송하지만) 그럼.. 선배님이 얼마나 일을 잘하시는데..
양선모	(꽃다발 보며) 아유, 꽃이 참 곱네.
구영	(퍼뜩 눈치 차리며) 꽃이 어머님을 닮았네요. 어머님 드리라고 소장님이 주셨나 봅니다.

그런 세 사람에서 조금 떨어진 창가 비추면 창밖에서 빼꼼히 얼굴 내밀고 안의 동태를 살피고 있는 이강과 현조다.

씬/46   D, 한정식집 건물 밖

창문 너머로 안을 살피는 이강과 현조.

이강   봐봐. 저거 저럴 줄 알았어. 첫 만남에 빈손으로 나갔네.
현조   분위기 좋아 보이는데요.
이강   몇 시야? 산신제 순찰 가야 되는데..

현조, 창문에서 내려서서 시간 확인하려는 듯 주머니에서 핸드폰 꺼내는데,
바닥에 툭 떨어지는 부적. 8씬에서 이강이 챙겨줬던 부적이다.

이강   뭐야. 그걸 아직도 갖고 있어? 버려.
현조   (다시 주머니에 넣으며) 버리든 말든 내 맘이죠. 나 줬으니까 이제 내 거잖
      아요.

현조, 앞서 걸어가며

현조   가죠. 산신제 시작했겠네요.

이강, 먼저 멀어지는 현조 보며

이강   저거 요즘 자꾸 기어오르네..

씬/47   D, 사찰, 대웅전 안

종소리가 울려 퍼지고 있는 대웅전 안. 경건한 몸짓으로 향불을 피우고 절
을 올리고 있는 진옥. 완전히 회복된 듯 건강해 보이는 얼굴로 절을 올린다.

- 시간 경과되면
극락왕생을 비는 연등에 이름을 적고 있는 스님. 옆에서 바라보고 있는 진
옥.

스님	매년 빠지지 않고 오시네요.

그저 미소로 스님을 바라보는 진옥. 스님, 대웅전 한 편에 연등을 거는데 연등에 적힌 이름 '김재경'이다.
연등에 대고 다시 합장하는 진옥. 그때, 열린 문 너머로 들려오는 제례악 소리에 문득 그쪽을 바라본다.

씬/48   D, 산신각 일각

제례악이 울려 퍼지고 있는 산신각 앞에 차려져 있는 제사상. 제복을 입고 양관을 쓴 제관들이 엄숙한 분위기에서 산신제를 지내고 있다. 주변을 가득 채운 사람들, 구경을 하고 있는데.. 그런 사람들 사이사이 일해를 비롯한 유니폼을 입은 레인저들이 안전사고를 대비한 듯 지켜보고 있다. 이강, 현조, 그런 산신각 주변으로 다가오는데.. 산신제를 구경 중이던 윤박사, 다가와서

윤박사	왔어.
이강	잘 만났다. 거기 검은다리골 쪽에 반달곰들 찾아봤어?
윤박사	찾아봤지. 35호 어미랑 이번 겨울에 태어난 애기들 둘이 있는데 정말 걔네들이 쫓아온 거 맞아? 완전 순한 애들이던데..
이강	그럼 우리가 없는 얘기 하겠어? (현조 보며) 뭐라고 좀 해봐.
현조	진짜예요.
윤박사	먼저 너네가 건드린 거 아냐?
이강	우리가 미쳤어?

윤박사, 잠시 생각하다가

윤박사	뭐 왜 그런 건지 모르겠지만 곰들한테 고마워해야겠네. 덕분에 사람을 살렸잖아.

이강, 현조, 어이없다는 듯 보는데

윤박사   곰들한테 쫓기다가 발견했다면서. 조난신고도 없었는데 저 넓은 지리산에
서 그것도 바위틈 사이에 꼭꼭 숨어 있던 조난자를 어떻게 발견했겠어.

'말도 안 돼. 뭘 곰이 구해. 우리가 구했지' '곰들이 구한 거라니까' 티격태격
하는 이강과 윤박사, 현조의 모습에서 조금 떨어진 주변에서 산신제를 지
켜보던 일해, 핸드폰 진동이 울리는 듯 핸드폰 확인하고 하.. 골치 아프다는
얼굴이 되다가.. 주변의 레인저들에게 잠시 나갔다 오겠다는 손짓한 뒤 멀
어진다.

씬/49   D, 산신각 밖 도로 일각

도로 쪽으로 걸어 나오는 일해. 저만치 앞에서 일해를 기다리고 있던 듯한
일해처(30대 후반, 여)와 시선 마주친다.

일해처   왜 이렇게 전화를 안 받아.
일해   이따 일 끝나고 전화할려고 했어.
일해처   이번 주에 올라온다며. 좀 더 큰 병원 한번 가자니까.
일해   뭐 병원 간다고 낫는 병도 아니라니까..
일해처   그럼. 이렇게 그냥 살겠다구? 산에 뼈라도 묻을 거야?

일해, 할 말이 없는 듯 머리만 긁적이고..

일해처   (못마땅하게 보다가) 원주 본소 쪽에 자리는 알아봤어?
일해   (말 돌리는) 이왕 내려온 거 사택 가서 쉬고 있어. 이따 맛있는 거나 먹자..

하는데, 울리는 핸드폰 진동. 보면 '전묵골 암릉지대에서 대형 낙석사고 발
생'이란 문자다.

씬/50 D, 산신각 일각

산신제를 지켜보고 있던 이강, 현조를 비롯한 레인저들에게 동시에 울리는 핸드폰 진동음. '전묵골 암릉지대에서 대형 낙석사고 발생'. 핸드폰 문자를 확인하자마자 신속하게 산신각 주변을 빠져나가는 레인저들.

씬/51 D, 한정식집

화기애애하게 식사를 하고 있는 구영, 양선, 양선모. 동시에 울리는 구영과 양선의 핸드폰 문자. '전묵골 암릉지대에서 대형 낙석사고 발생'.

구영 아.. 어머님, 너무 죄송한데.. 산에 가봐야 돼서요. 정말 죄송합니다.

씬/52 D, 산신각 밖 도로 일각

일해, 낯빛 굳어서 일해처에게

일해 미안한데 사택 가서 쉬고 있어.

그때, 산신각 쪽에서 다급히 뛰어나오는 이강, 현조와 레인저들.

일해 (일해처에게) 연락할게.

일해처 뭐라고 하기도 전에 일해, 레인저들과 합류해서 도로를 따라 산을 향해 뛰어가기 시작한다. 일해처, 그런 뒷모습을 걱정스럽게 바라보고..

씬/53   D, 사찰 밖 도로 일각

사찰을 천천히 빠져나오던 진옥. 사찰을 지나 산을 향해 뛰어 올라가는 이
강, 현조, 일해를 비롯한 레인저들을 바라본다. 뒤쪽에서 '야! 같이 가!' 외치
는 구영. 달려와서 레인저들과 합류하고..

씬/54   D, 해동분소, 사무실

무전기 앞에서 상황을 전파하고 있는 대진.

대진   분소, 상황실. 전묵골 암릉지대에 대형 낙석사고 발생. 불법 산행팀 다수가
부상을 당해 조난 중이다. 전 분소, 대피소의 레인저들. 전묵골로 출동 바란
다.

씬/55   D, 사찰 밖 도로 일각

진옥, 레인저들이 향한 산을 바라보는데.. 뒤이어 순찰차량들이 사이렌을
켜고 산으로 급하게 올라간다. 뒤늦게 사찰에서 나온 사람들, 뭐지? 바라보
다가 진옥에게

행인1   무슨 일이에요?

진옥, 엷게 미소 지으며 산을 바라보며

진옥   진짜 산신들이 산을 지키러 가는 거예요.

씬/56   D, 산 일각

이강, 현조, 구영, 일해를 비롯한 레인저들, 빠르게 산을 올라가고 있는 모습에서.. 서서히 암전.

씬/57   D, 검은다리골 마을터 일각

서서히 화면 밝아지면 비번인 듯 사복을 걸친 현조, 검은다리골 마을터로 들어서는데 어느새 레인저들이 설치해놓은 듯 '반달곰 출몰지역'이라는 경고 푯말들이 여기저기 붙어 있다. 현조, 마을터를 지나 앞으로 전진하는데 저만치 앞으로 검은다리골 대피소가 보인다.

씬/58   D, 검은다리골 대피소

바위틈 입구로 들어서는 현조, 랜턴을 달칵 켜다가 멈칫한다. 어두운 대피소 안에 앉아 있는 누군가의 뒷모습. 솔이다. 솔 역시 현조의 인기척에 놀란 듯 뒤돌아보며

솔   어.. 여긴 웬일이에요?
현조   (역시 의외라는 듯 보다가) 그게 좀.. 찾을 게 있어서요..
솔   뭐 잃어버린 거라도 있어요? 여기도 그렇고 이 주변에 있던 유실물들은 다 레인저들이 수거해 갔는데..

현조, 아.. 아쉬운 표정으로 보다가

현조   그런데 선배님은 여기 웬일이세요?

솔, 엷은 미소로 석실 안을 바라보며

솔   여기 내가 어렸을 때 아지트였어요. 우리끼린 검은다리골 대피소라고 불렀었죠.

현조	(멈칫해서 보다가) 그럼..
솔	맞아요. 여기가 내 고향이에요.
현조	(예상치 못한 말에 잠시 당황한) 여기가 선배 고향이라구요?

솔, 쓴웃음을 지으며 보다가

솔	그 영상 봤죠?
현조	아.. 네..
솔	그 사람이 한 말.. 다 틀렸어요. 이 마을이 사라진 건 케이블카도 아니고 강제철거도 아니에요. 사람들이 떠난 건 도깨비불 때문이에요.
현조	그게 무슨 말씀이세요?
솔	마을에 나쁜 일이 생길 때 언제나 도깨비불이 먼저 보였죠.

현조, 이해가 안 간다는 듯 솔을 보다가..

| 현조 | 어두울 때 야생동물의 눈이 빛에 반사되면 그렇게 보인다고 했어요. 이번에 저도 직접 봤습니다. 제가 본 건 반달곰의 눈이었어요. |

솔, 현조를 보다가 미소 지으며

| 솔 | 그때, 산에는 곰이 살지 않았어요. |

현조, 이해가 안 간다는 듯 솔을 바라보는데..
솔, 배낭을 메고 입구 쪽으로 다가가며

| 솔 | 뭘 찾는지 모르지만 꼭 찾길 바래요. |

솔, 입구를 통해 사라지고...

씬/59 D, 검은다리골 마을터 일각/인근 숲 일각

대피소를 나오는 솔, 무표정한 얼굴로 걸음을 옮기다가 주머니에서 뭔가를 꺼낸다. 검은 등산용 장갑이다. 아무렇지 않게 장갑을 끼면서 걸어가다가 솔, 문득 멈춰 서서 현조가 있는 검은다리골 대피소를 바라본다.

씬/60   D, 검은다리골 대피소

혼자 남은 현조, 잠시 생각하다가.. 군번줄이 있던 곳으로 다가가 혹시나 하는 얼굴로 주변을 살피기 시작하는데.. 또다시 서서히 커져오기 시작하는 '쿵쿵쿵' 심장 박동 소리. 또 시작이구나.. 현조의 눈빛 굳어오는데.. 더욱 커지는 심장 박동 소리와 함께 보였다 사라지는 편린.

- 인서트
- 쏟아지는 장대비. 흠뻑 젖은 나뭇잎들을 배경으로 어딘가를 손가락으로 가리키고 있는 검은 등산용 장갑을 낀 손. 손 뒤쪽의 관목들, 비바람에 꺾인 듯 나뭇가지들 몇 개가 특이하게 꺾여 있다.

- 다시 검은다리골 대피소로 돌아오면..
긴장한 기색이 역력한 현조, 뒤돌아 대피소를 뛰어나간다.

씬/61   D, 검은다리골 대피소 밖

대피소에서 뛰어나오는 현조, 불길한 눈빛으로 주변을 감싼 지리산을 바라본다. 솔의 모습은 보이지 않고.. 울창한 깊은 산에서 홀로 불안감에 휩싸인 현조의 모습에서..

11부

이 산은 누군가의 간절함을 들어주는 산이니까...
널 살리고 싶은 내 염원도.. 들어주지 않을까..

씬/1   D, 탐방로 입구

암전 상태에서 멀리서 희미하게 들려오는 '선배..' '이강 선배'.
서서히 소리가 커지면서 확실하게 들려오는 소리.

솔(소리)   이강 선배. 괜찮아요?

그 소리와 함께 암전에서 화면 밝아지면 9부 34씬, 탐방로 입구에 실신한
듯 쓰러져 있던 이강, 정신이 드는 듯 천천히 눈을 뜬다.
다시 들려오는 솔의 목소리.

솔   정신이 들어요?

이강, 고개 들어 바라보면 자신을 내려다보고 있는 솔이다.

솔   여기서 뭘 하고 있었던 거예요?

이강, 그런 솔 보다가 가만히 주변을 바라본다.

- 인서트
- 9부, 34씬. 현조를 만나러 올라가려고 몰려오는 아픔을 참으며 한 번 더 일어나려 애쓰는 이강. 비 오듯 흐르는 식은땀. 붉게 충혈되는 눈빛. 바들바들 떨면서도 어떻게든 일어나보려 하지만 고통을 이겨내지 못하고 쿵 바닥에 쓰러지며 정신을 잃는다.

- 다시 탐방로 입구로 돌아오면
이강, 무력감에 빠져 고개를 떨군다. 그런 이강을 이상한 듯 가만히 바라보는 솔.

* **자막 - 2020년, 가을**

씬/2   D, 차 안

순찰차량을 운전하고 있는 솔. 조수석엔 어두운 눈빛의 이강이다.

솔   (힐긋 이강 보며) 그 몸으로 산엔 왜 가려고 한 거예요?

이강, 말없이 창밖 보고 생각에 잠겨 있다. 솔, 그런 이강을 보다가

솔   대장님이 체포되셨다면서요.
이강   ...
솔   핸드폰이랑 장갑이 발견됐다고 들었는데 그건.. 어떻게 발견한 거예요?

이강, 여전히 대답이 없고..

씬/3   D, 해동분소 건물 앞

건물 앞에 멈춰 있는 순찰차량. 휠체어에 타는 이강을 도와주는 솔.

이강   ...고맙다.

이강, 돌아서서 분소 건물로 가려는데..

솔   그런데요. 장갑 같은 건 맘만 먹으면 누구나 가져갈 수 있잖아요.
이강   ... (보는)
솔   유니폼이랑 같이 분소에서 세탁하잖아요. 게다가 같은 직원이라면 더 쉬울
             것 같은데...

이강, 멈칫해서 솔을 본다.

솔   그냥.. 해본 말이에요. 그럼, 쉬세요.

순찰차량에 올라타서 멀어지는 솔을 보다가 생각에 잠기는 이강.

씬/4   D, 지리산 인근 경찰서 외경

씬/5   D, 경찰서 유치장 밖 복도

복도를 따라 이동하고 있는 이강과 웅순.

웅순   지금 조사 중이긴 한데 모든 혐의를 부인하고 계신가 봐. 형사들이 사실관
             계를 조사 중인데 곧 풀려나시지 않을까 싶어.

저 앞쪽으로 '면회실'이란 푯말이 보이고..

씬/6   D, 유치장 면회실

플라스틱 칸막이 앞에 앉아 있는 이강. 잠시 후, 칸막이 너머 방문이 철컹 열리면서 경찰과 함께 들어서는 대진. 이강을 잠시 바라보는 모습에서..

- 시간 경과되면
칸막이를 사이에 두고 마주 앉은 이강과 대진. 이강, 대진을 가만히 바라보다가..

이강   여쭤볼 게 있어서 왔어요. 그날.. 다원이가 죽던 날.. 전묵골에는 왜 가신 거예요?

대진, 이강을 바라보다가

대진   아직도 날 의심하는 거니?
이강   ..전 그저 그날 무슨 일이 있었는지 알고 싶을 뿐이에요.
대진   ...나도 몰라. 그날 다원이한테 무슨 일이 있었는지..

대진, 눈빛에 후회와 죄책감이 스친다.

대진   만약.. 그날 내가 다원이를 데리고 내려왔다면 다원이는 지금도 살아 있지 않을까.. 그 생각뿐이다.

이강, 그런 대진을 보다가..

이강   ...피 묻은 노란 리본들을 봤어요..
대진   (멈칫해서 본다)
이강   그게 왜 대장님 책상 서랍 안에 있었던 거죠?

대진, 긴장한 눈빛으로 이강을 바라보다가

대진   조난을 유도하는 길잡이 리본들.. 독이 든 요쿠르트.. 너도 그걸 알고 있었어? ..그것 때문에 돌아온 거니?

이강, 혼란스러운 눈빛으로 대진을 보다가

이강   그걸.. 어떻게 아신 거예요?

그때, 뒤쪽에 떨어져서 앉아 있던 경찰.

경찰   곧 면회시간 종료됩니다.

대진, 이강을 바라보다가

대진   일해를 찾아가. 일해한테 모든 걸 얘기해줬어.

이강, 멈칫해서 바라본다. 흔들림 없이 이강을 바라보는 대진의 모습에서..

씬/7   D, 경찰서 건물 외경

혼란스러운 얼굴로 건물을 나서는 이강, 가만히 생각에 잠기는데.. 울리는 핸드폰. 번호를 확인하고 '여보세요' 전화를 받는데.. 눈빛이 흔들린다.

씬/8   D, 종합병원 외경

현조가 입원해 있는 종합병원 건물.

씬/9   D, 병원 복도

'땅' 소리와 함께 열리는 엘리베이터에서 다급히 휠체어를 밀면서 나오는 이강. 복도를 따라 빠르게 이동하는데, 저 앞쪽에서 이강을 기다리고 있는 간호사1과 시선이 마주친다. 밝지 않은 간호사1의 낯빛을 보고 이강의 눈빛 역시 가라앉는데..

씬/10 D, 중환자실 밖 복도/중환자실

중환자실 복도에서 간호사1과 유리창 너머로 중환자실에 누워 있는 현조를 바라보는 이강. 벤틸레이터, 말초산소포화도 측정기 등 의료기기에 둘러싸인 현조를 안타깝게 바라보는 이강에게

간호사1 지금까지 의식은 없었어도 자기 힘으로 호흡은 가능했는데 이번에 발작 이후부터는 자가호흡이 안 되고 있어요.

이강 ...

간호사1 (어렵게 말을 잇는) 계속 이 상태가 유지되면.. 뇌사 판정이 날 수도 있어요.

맘이 내려앉는 듯 눈빛이 떨려오는 이강, 창백한 낯빛으로 힘겹게 호흡을 이어가는 현조를 바라본다.

간호사1 현조씨 가족들도 상황을 알고 계세요... 곧... 결정을 내리실 것 같아요...

이강, 맘이 점점 아파온다. 가만히 현조를 바라보다가...

이강 그 전에...

간호사1 (보는)

이강 만약에.. 현조를 보내야 한다면.. 꼭 그 전에 제게도 알려주세요.. 부탁입니다....

씬/11 D, 택시 안

지리산 자락을 낀 국도변을 달리는 택시 안. 뒷자리에 어두운 눈빛으로 앉아 있던 이강, 천천히 시선을 돌려 창밖의 지리산을 바라본다. 그런 모습 위로

이강(소리) 네가 산을 떠나지 못한 건 범인을 잡고 싶었던 염원 때문이겠지.. 그러니까 만약 내가 범인을 잡는다면.. 어쩌면 너도 깨어날 수 있지 않을까...

이강이 바라보던 창밖의 지리산에서 서서히 실제 웅장한 산의 전경으로 변하는 화면 위로

이강(소리) 이 산은 누군가의 간절함을 들어주는 산이니까... 널 살리고 싶은 내 염원도.. 들어주지 않을까..

씬/12   D, 해동분소, 사무실

텔레비전 뉴스에서 흘러나오는 지역뉴스를 굳은 얼굴로 바라보고 있는 구영.

앵커 지리산 국립공원에서 또다시 사망사고가 발생했습니다. 경찰은 이번 사고에서 타살의 정황이 포착되었고, 이에 유력 용의자를 체포해 조사 중이라고 밝혔습니다.

답답한 듯 보다가 리모컨으로 뚝 텔레비전을 꺼버리는데.. 문 쪽에서 들려오는 인기척. 보면 이강이다.

이강 얘기 좀 하자.
구영 뭔진 모르겠지만, 나중에 하자.

구영, 일어나서 나가려는데.. 이강과 함께 온 듯 문밖에서 들어서는 사복 차림의 일해. 한쪽에 지팡이를 짚고 절뚝거리며 들어서던 일해, 구영을 보며

| 일해 | 지금 해야 해. 중요한 얘기야. |

구영, 일해를 의외라는 듯 보다가

| 구영 | 뭐야.. 다리 평계 대고 본사로 내뺀 놈이.. 서이강이랑 같이 온 거냐? 너도 대장님을 의심하는 거야? |
| 일해 | 아니.. 대장님은 아냐. |

씬/13　D, 해동분소, 휴게실

테이블을 사이에 두고 마주 앉은 이강, 구영, 일해.

이강	내가 왜 돌아왔냐고 물어봤었지.
구영	(보면)
이강	누군가 산에서 사람들을 죽이고 있어. 사고를 위장해서.. 그 범인이 누군지 밝히려고 돌아온 거야.
구영	..무슨 소리야?
일해	대장님도 이강이랑 똑같은 생각을 하고 계셨어. 누군가 산에서 사람들을 죽이고 있다고..

구영, 믿기지 않는 듯 이강과 일해를 바라보는데..

– 시간 경과되면
사고일지 파일을 넘기고 있는 일해, 양근탁 사건에서 멈춘다.

일해	이분, 이석재에서 실종됐는데 시신은 정반대 개암폭포에서 발견됐지.
구영	.. (이강 힐긋 보다가) 맞아.
일해	조난자가 발견된 장소가 너무 이상해서 대장님이 직접 주변을 살펴봤는데 개암폭포 위쪽 계곡에서 이상한 리본을 발견하셨대.

구영	리본? 불법 산행팀이 묶어놓는 리본 말야?
일해	그래..

- 인서트
- 낮, 개암폭포 위쪽 산길을 둘러보고 있는 대진, 주변을 둘러보며 앞으로 나아가다가 뭔가를 발견하고 멈칫한다. 풀숲 사이 언뜻 보이는 노란 리본이다. 잘못 봤나 다가가서 풀숲을 헤쳐 보는데 안쪽에 떨어져 있는 피 묻은 노란 리본. 멈칫해서 보다가 리본을 주워 들고 주변을 불안한 눈빛으로 둘러보는 대진의 모습에서..

- 다시 해동분소 휴게실로 돌아오면
계속해서 말을 이어가는 일해.

일해	거기뿐만이 아냐.

파일철 넘겨서 외래계곡 최기영 사건을 펼치는 일해.

일해	이건 올해 2월, 외래계곡 조난사고야. 이 조난자도 실종된 장소에서 정반대 봉재암 쪽에서 발견됐지. 설마 해서 그 근방도 순찰을 해보가다 또 리본들을 발견하셨대.

- 인서트
- 사무실에서 굳은 눈빛으로 발견한 노란 리본들을 바라보며 생각에 잠긴 대진, 가만히 보다가 마지막 서랍 안에 리본들을 넣는 모습에서..

- 다시 해동분소 휴게실로 돌아오면
이해가 안 간다는 얼굴의 구영.

구영	개암폭포 위쪽도 봉재암도 불법 산행팀이 거의 오지 않는 위험한 곳이잖아. 왜 그런 곳에 리본이 있던 거야?
이강	...누군가 일부러 조난을 유도한 거야.

- 인서트
- 2부, 씬1의 타이틀.
나무에 묶인 노란 리본을 풀어 전혀 다른 길 쪽을 가리키는 나무에 묶어 놓는 검은 등산용 장갑. 얼마 뒤 거친 숨을 내쉬며 산길을 올라오고 있는 양근탁. 두리번거리면서 리본을 찾다가 정반대 길에 묶여 있는 노란 리본을 보고 전혀 의심 없이 그 길 쪽으로 오르기 시작한다. 그 뒤쪽에서 노란 리본을 풀면서 그 뒤를 따르는 검은 등산용 장갑의 모습 위로

이강(소리) 정상 쪽이 아니라 다른 길.. 조난당하기 쉬운 험한 산길 쪽으로 사람들을 유인한 거지.

- 다시 해동분소 휴게실로 돌아오면..
구영과 이강을 바라보며 말을 이어가는 일해.

일해 그 리본뿐만이 아니었대.

- 인서트
- 낮, 산 일각. 비법정 순찰 중인 대진. 불법 산행객들이 남기고 간 쓰레기들을 수거하며 산길을 오르는데, 저 앞쪽에 작은 동물의 이빨 자국이 난 채 옆으로 쓰러져 비어 있는 요쿠르트 병. 대진, 주우려고 다가가다가 멈칫한다. 조금 떨어진 수풀 속에 죽어 있는 족제비 시신이다. (작은 동물이면 됩니다) 대진, 동물의 시신을 보다가 이빨 자국이 난 요쿠르트 병을 주워 갸웃 바라보는데..

- 낮, 해동분소, 사무실.
음료수 세트를 대진에게 전해주는 학수.

학수 서이강이라구 그 아가씨한테 좀 전해주세요.
대진 (친절하게) 이런 거 안 주셔도 됩니다. 저희가 당연히 해야 할 일인데요.
학수 아이구 그래도 죽을 뻔한 걸 살려줬는데.. (하다가) 그런데 황씨가 그러는데

전묵골 쪽에도 누가 요쿠르트를 놔두고 갔다던데요?

대진, 요쿠르트란 얘기에 멈칫해서 보면 학수, 말실수를 한 걸 깨닫고 무안하게 웃으며

학수 아이구 뭐 그 약초 캐러 간 건 아니고..
대진 요쿠르트라뇨?
학수 나두 전에 누가 놔두고 간 요쿠르트 마시고 죽을 뻔했잖아요.

대진, 눈빛 멈칫한다.

- 낮, 전묵골 일각.
산길을 헤치면서 주변을 두리번거리며 위로 오르고 있는 대진. 저 앞 산길 쪽에 놓여 있는 요쿠르트 병. 오래전에 놓여진 듯 흙이 묻고 라벨이 흐릿하다.

- 다시 해동분소 휴게실로 돌아오면
일해, 가방 안에서 투명 지퍼백에 든 요쿠르트 병을 꺼내 책상 위에 놓는다.

일해 그날 대장님은 이걸 찾으러 전묵골에 가신 거야. 이걸 가지고 날 찾아오셨었어. 본사 국립공원 연구소에서 성분검사를 해달라고.
구영 그래서 어떻게 됐어? 뭐가 나왔어?

일해, 요쿠르트 병을 바라보다가 고개 가로젓는다.

일해 내용물이 너무 심하게 변질돼서 성분분석 자체가 불가능하대.

구영, 여전히 믿기 힘들다는 듯 요쿠르트 병을 바라보다가

구영 그럼 대장님 추측뿐이잖아. 그냥 우연이었을 수도 있어. 리본이 날라갔을 수도 있고 요쿠르트가 상했을 수도 있고.

이강   ...현조는 알고 있었어..

구영, 멈칫해서 이강을 본다. 일해는 이미 이강에게 얘기를 들은 듯 담담하고..

구영   무슨 말이야?
이강   ...현조는 범인에 대해 알고 있었다구..

놀라서 눈빛 멈칫하며 바라보는 구영.

구영   그게 누군데?

이강, 구영을 바라보다가 천천히 입을 연다.

이강   ...내가.. 우리가 왜 설산에 갔는지 물었었지.

과거를 회상하는 이강의 모습에서..

씬/14   D, 2019년, 산 일각

점점 굵어지는 눈발 사이를 걷고 있는 이강의 모습 위로

이강(소리) 그날도 현조는 혼자 범인을 쫓고 있었어.

이강, 답답한 눈빛으로 주변을 훑어보며 앞으로 나아가는데.. 저 옆쪽 숲길 쪽으로 흐릿한 발자국이 나 있다.
이강, 빠르게 그 발자국을 뒤쫓는다.

씬/15   D, 숲길/벼랑 위

발자국을 쫓아 숲을 빠져나오는 이강. 그런데 발자국이 중간에 끊겨 있다. 주변을 둘러보는데 숲에서 조금 떨어진 벼랑 위, 하얀 눈 위에 스틱이 하나 떨어져 있다. 놀라서 빠르게 다가와 스틱을 들어 확인하는데 현조의 스틱이 아니다. 이강, 멈칫해서 보는데 순간 느껴지는 진동.

무너지기 시작하는 하얀 눈. 코니스임을 직감하고 뒤로 몸을 날리지만, 피할 새도 없이 무너지는 이강의 발밑. 속절없이 벼랑 아래로 추락하기 시작한다.

씬/16   D, 벼랑 아래

음소거 된 채 보여지는 화면. 흐린 하늘, 소복이 쌓인 하얀 눈 위로 흘러내리고 있는 붉은 피. 피투성이가 된 채 눈 위에 쓰러져 있는 이강이다. 떨리는 눈빛으로 눈을 뜨는데 벼랑 저 위쪽으로 환상처럼 검은 그림자가 나타났다 사라진다.

아픔과 충격에 정신이 혼미한 와중에 저 멀리에서 환청처럼 '선배!!' 이강을 부르는 현조의 목소리가 희미하게 들려온다. 힘겹게 소리가 나는 쪽을 바라보면.. 내리는 눈 사이로 이쪽으로 뛰어오고 있는 현조다. 이강, 의식이 다시 사라지는 듯 서서히 흐려지는 시야.

씬/17   N, 검은다리골 대피소

잠시 의식이 돌아오는 듯 눈을 뜨는 이강. 응급처치를 한 듯 목에 경추보호대가 채워져 있고 보온담요가 덮여 있다. 옆에는 타오르고 있는 모닥불. 들려오는 목소리. 계속 곁에서 간호하고 있던 듯한 현조다.

현조   괜찮아요?

이강, 뭐라고 말을 하려다가 아픔이 몰려오는 듯 호흡 거칠어진다.

현조, 이강의 이마에 손을 올려본다. 열이 펄펄 끓는다.

- 시간 경과되면
다시 정신을 잃은 이강을 안타깝게 바라보는 현조. 이강의 이마와 목 등을
젖은 수건으로 닦아준다. 초조한 눈빛으로 바위틈 너머를 바라보는데 눈보
라는 더욱 거세어져 있다. 현조, 이강의 얼굴을 매만져주며

현조　　버텨요.. 선배.. 괜찮을 거예요. 조금만 더 기운 내요.

씬/18　D, 동 장소

이른 아침, 천천히 눈을 뜨는 이강. 설산장비를 갖추고 있는 현조가 보인다.
현조, 이강을 보고 다가와

현조　　괜찮아요?

이강, 기력이 없는 듯 그저 바라보는..

현조　　폭설 때문인지 무전기가 먹통이에요. 핸드폰이 되는 데까지만 다녀올 테니
까 조금만 기다려요.

이강, 할 말이 있는 듯 그런 현조의 손을 잡는다.

이강　　...누군가 일부러 코니스 위에.. 스틱을 뒀어..

힘겹게 말을 이어가는 이강을 바라보던 현조.

현조　　힘들어요. 그만해요.

이강, 그런 현조를 보다가

이강	..현조야.. 그때..

이강의 기운을 북돋아주려는 듯 부드럽게 미소 지으며 말을 끊고

현조	금방 올게요.

이강의 손을 잠시 바라보다가 조심스레 보온담요 안으로 잡은 손을 넣어주고.. 뒤돌아 뛰어서 바위틈 너머로 다가간다. 흐릿한 이강의 시선에 눈부신 바위틈 사이로 사라지는 현조의 뒷모습에서..

씬/19 D, 2020년, 해동분소, 휴게실

이강의 얘기를 듣고 있는 구영과 일해.

이강	신고를 하겠다고 나가고 나서 현조는 돌아오지 않았어..

구영, 이강을 보더기..

구영	그날 아침에 현조가 분소로 전화를 했다고 들었어..

씬/20 D, 2019년, 해동분소, 사무실

이른 아침. 아무도 없이 텅 빈 사무실. 울리기 시작하는 유선전화. '때르릉 때르르룽' 계속해서 울리지만 아무도 받지 않고.. 한번 끊겼다가 다시 울리는 전화벨.
순간, 대진의 손이 들어와 전화를 받는다. 방금 출근한 듯한 대진, 수화기에 대고

| 대진 | 해동분숩니다. |

'치치치칙' 잡음과 함께 들렸다 안 들렸다 하는 사이 들려오는 현조의 다급한 목소리.

현조(소리)	(치치치칙) 여기 검은다리 (치치치칙) 이강 선배가 다쳤어요.
대진	뭐? 현조니? 잘 안 들려. 어디라구?
현조(소리)	검은다리골이요! 빨리요. (치치치칙)

대진, 답답한 듯 '여보세요! 강현조!' 불러보지만, '치치치칙' 잡음만이 들려온다. 대진의 눈빛에 긴장감이 감돌고..

씬/21   D, 검은다리골 일각

대진, 구영을 비롯한 레인저들. '이강아!' '강현조!' 외치면서 설산을 타고 내려온다. 그때, 뭔가를 발견하고 놀라는 일행. 저 앞쪽에 기어서 여기까지 온 듯 피 흘리며 정신을 잃고 쓰러져 있는 현조다. 다급히 다가가 맥박, 호흡을 체크하는 사람들.

| 수색2 | 맥박이 안 잡혀요! |

곧바로 심폐소생술을 시작하는 대진. 구영, 주변을 두리번거리며

| 구영 | 이강이가 보이지 않아.. |

구영과 레인저들 일부, 이강의 이름을 부르면서 초조한 낯빛으로 주변을 수색하고..

씬/22   D, 검은다리골 대피소

수색하던 레인저들, 대피소 안으로 들어서다가 이강을 발견하고 놀란다.

레인저1   여기야!! 서이강! 여깄어!!

레인저2, 이강의 상태를 확인하면서

레인저2   아직 살아 있어!!

씬/23   D, 검은다리골 일각

낮, 눈부시게 빛나는 설산. 점점이 흩뿌려져 있는 피. 이강, 들것에 실려 어디론가 이동 중인데.. 가물가물해지는 이강의 시선에 저만치 쓰러진 누군가에게 심폐소생술을 실시하고 있는 대진이 보인다. 그 주변에는 무거운 낯빛의 레인저들.
바닥에 쓰러져 있는 누군가.. 피투성이가 된 설상복을 걸친 채 정신을 잃은 현조다. 피투성이가 된 채 정신을 잃은 현조의 가슴팍을 세게 압박하다 맥박을 확인해보는 대진, 눈빛 반짝한다.

대진   맥박이 돌아왔어!

주변에 선 레인저들, 낯빛 밝아지는데..

대진   헬기 한 대 더 불러! 빨리!

씬/24   D, 몽타주

- 낮, 병원 복도. 이동침대에 실려서 빠르게 수술실로 이동하는 이강과 함께하는 대진, 구영, 일해를 비롯한 레인저들. 이강이 들어간 수술실을 긴장

된 얼굴로 바라본다.

- 병원 복도에서 어두운 낯빛으로 중환자실에 있는 현조를 바라보는 대진, 구영, 일해를 비롯한 레인저들.

씬/25 D, 2020년, 해동분소, 휴게실

이강, 구영을 어두운 눈빛으로 바라보다가

이강 ...그건 그냥 사고가 아니었어.. 그날 산에 우리만 있었던 게 아냐..

- 인서트
- 낮, 2019년, 검은다리골 대피소.
어느새 꺼져가는 모닥불. 그 곁에서 의식을 잃은 채 누워 있던 이강, 천천히 눈을 뜬다. 환상인 듯, 환청인 듯 모든 것이 흐릿하고 흔들려 보이는데.. 바위틈 사이 햇살 사이로 들어서는 그림자.
현조인가.. 바라보는데 천천히 다가와서 이강을 내려다보는 누군가.. 역광 때문에 얼굴이 보이지 않는데 손을 보면 검은 등산용 장갑을 끼고 있다. 하얀 옷소매에는 피가 튀어 있고.. 이강, 어떻게든 손을 움직여보려 하지만, 꼼짝도 할 수 없다. 다시 흐려지는 의식.
그때 저 멀리에서 '이강아!' '서이강!' 레인저들의 외침에 순간 멈칫하는 검은 장갑. 바깥을 바라보다가 천천히 대피소 밖으로 멀어지는 모습에서..

- 다시 2020년, 해동분소 휴게실로 돌아오면
이강을 바라보는 구영, 이강의 얘기에 충격을 받은 듯 혼란스러운 낯빛이다.

구영 ..누가 일부러 너네를 죽이려고 했다는 거야? 그 사람이 누군데?. ..경찰한테는 얘기했어?

이강, 고개 끄덕인다.

씬/26   D, 2019년, 병실

초췌한 얼굴로 침대에 누워 있는 이강. 침대 옆에는 앉고 서고 한 형사들.

형사1   (이강에게) 그날 사고지점에 두 분 말고 다른 사람이 있었다구요?
이강   예. 누군가 눈처마 위에 스틱을 갖다났어요. 일부러 사고를 유도한 거예요.

형사들, 무슨 말인지 모르겠다는 듯 서로 한번 보다가

형사1   그런 거 말고 그 사람이 서이강씨한테 뭔가 직접적인 위협행위를 한 적이
있습니까?
이강   ...아뇨.. 하지만.. 그 사람 옷에 피가 묻어 있었어요. 현조도 그 사람 때문에
다쳤을 수 있어요.
형사1   강현조씨가 어떻게 다쳤는지 목격하셨나요?

이강, 말문이 막힌다.

씬/27   D, 2020년, 해동분소, 휴게실

이강, 어두운 낯빛으로 말을 이어가는..

이강   아무도 내 말을 믿어주지 않았어. 하지만 분명히 누군가 있었어. 얼굴은 보
지 못했지만..

구영, 믿기지 않는 눈빛으로 생각에 잠기는데..

일해   그 사람을 잡아야 해. 그러면 대장님 누명도 벗길 수 있어.
구영   하지만 누군지도 모르잖아.. 그런데 어떻게 잡으려고?

이강	...방법이 있어..

구영, 이강을 본다.

이강	..검은다리골.. 현조는 사고가 나기 전에 그곳에 갔어. 분명히 거기에 증거가 있을 거야.
구영	그게 뭔데?
이강	...아직은 몰라. 하지만 거기에 직접 가면 알아볼 수 있을 거야. 날 그곳으로 데려다줘.

구영, 혼란스러운 눈빛으로 이강을 보는데..

이강	나 혼자는 불가능해. 부탁이야.. 도와줘..

구영, 반신반의하는 눈빛으로 이강을 바라본다.

씬/28 D, 비법정 탐방로 입구

슬링을 이용해서 이강을 업는 구영, 옆쪽에 선 등산복 차림의 일해에게

구영	우리끼리 가도 된다니까.
일해	어시스트도 없이 거기까지 어떻게 가려구. 됐으니까 앞장서.

구영, 슬링을 연결한 카라비너를 단단히 고정시킨 뒤 이강에게

구영	꽉 잡아.

씬/29 D, 산길 일각

산길을 묵묵히 오르는 세 사람. 1년 만에 보는 지리산을 낯선 듯 바라보는 이강.

씬/30   D, 계곡 일각

계곡 바위에 앉아서 쉬고 있는 이강, 구영, 일해. 다들 말없이 고즈넉한 계곡을 바라보며 생각에 잠겨 있다.

이강   그런데...

구영, 일해, 이강을 본다. 이강, 천천히 고개 돌려 구영을 바라보며

이강   넌 그날.. 왜 산에 간 거야?

이강을 가만히 바라보는 구영의 모습에서...

- 인서트
- 9부, 2씬. 산기슭 비법정 입구에서 서서히 이강에게 다가오는 플래시 불빛. 플래시를 켠 누군가의 그림자가 가까워지면서 얼굴이 드러나는데.. 의아한 눈빛으로 이강을 바라보고 있는 구영이다.

- 다시 계곡 일각으로 돌아오면

이강   다원이가 실종된 날.. 왜 산에 갔던 거야?
구영   (이강의 시선을 피하며) 그럴 일이 있었어.

구영, 더 이상 말하고 싶지 않은 듯 일어나며

구영   출발하자.

구영, 장비를 챙기기 시작하고.. 이강, 그런 구영을 보다가 시선을 돌리면 일해와 시선 마주친다. 그런 두 사람의 모습에서..

씬/31   D, 기차역/이강과 일해의 회상

작은 간이역으로 들어오고 있는 기차. 기차에서 내리는 사람들 뒤로 내려서는 일해. 누군가를 찾아 두리번거리는데 저 앞쪽으로 휠체어를 탄 이강이 기다리고 있다.

- 시간 경과되면
플랫폼 한곳에 비치된 의자에 앉은 일해와 얘기를 나누고 있는 휠체어를 탄 이강.

일해   정구영? 그럴 리가 없어. 구영이가 왜...
이강   ...직원 중에 한 명이 분명해.. 범인은 직원 유니폼을 입고 있었어.

- 인서트
- 낮, 2019년, 검은다리골 대피소.
천천히 다가와서 이강을 내려다보는 그림자. 검은 등산용 장갑. 피가 튄 하얀 옷소매에서 서서히 위를 바라보면 직원들이 입는 설상복. 국립공원 마크가 확연히 박혀 있다.

- 다시 기차역으로 돌아오면
일해를 바라보며 얘기하는 이강.

이강   구영이는 다원이가 실종된 날, 산에 있었어. 대장님 장갑을 손에 넣기도 쉬웠을 거야.

일해, 여전히 납득되지 않는 표정이지만

일해	...그래서. 어쩌자구.. 구영일 신고라도 하겠다는 거야?
이강	아니.. 경찰들은 믿어주지 않을 거야. 그러니까 우리가 잡아야지.
일해	...
이강	결정적인 증거가 있다고 하면 날 죽이려고 할 거야. 그때 증거를 잡자.
일해	안 돼. 니가 위험해질 수도 있어.

- 인서트
- 새벽, 해동분소, 여자 숙소.
다원의 침대를 죄책감이 가득한 눈빛으로 바라보던 이강. 결심한 듯 영상
카메라와 전기충격기를 작은 배낭 안에 넣는다.

이강(소리) 또다시 누군가를 희생시킬 수는 없어. 내가.. 내 손으로 직접 잡아야 해..

씬/32   D, 또 다른 산 일각

구영에게 업혀 산을 오르고 있는 이강, 뒤따르는 일해를 한번 바라본다.

이강(소리) 너희에게 얘기하지 못한 한 가지.. 현조..

고개 들어 웅장한 지리산을 바라보는 이강의 모습에서..

이강(소리) 만약 정말 내가 죽는다면.. 나도 현조를 만날 수 있지 않을까.. 현조를 만나
면.. 그때 듣지 못한 얘기.. 하지 못한 얘기도 할 수 있지 않을까..

씬/33   D, 병원 중환자실

'삐.. 삐' 규칙적인 바이탈 사인. 의료기기에 둘러싸인 채 누워 있는 현조. 뇌
파측정 장치의 그래프가 크게 움직였다 사라진다.

씬/34 D, 검은다리골 일각

처음 쓰러져 있던 그 상태로 누워 있는 현조, 깜박.. 눈을 뜬다. 다시 산으로 돌아왔구나.. 천천히 몸을 일으키고 푸른 가을 하늘을 바라보는 현조의 모습에서..

씬/35 D, 검은다리골 입구

나무 덩굴에 휩싸인 장승이 있는 곳까지 올라온 이강, 구영, 일해.

일해   잠시 여기서 쉬자.

      - 시간 경과되면
      바위 위에 이강을 내려놓는 구영과 일해. 두 사람도 산길에 걸터앉아 물을 마시면서 숨을 고른다.

구영   그런데.. 현조랑 넌 언제부터 이 일을 알고 있었던 거니?
이강   ...
구영   계속 둘이 조사해왔던 거야? 그래서 그렇게 붙어 다닌 거였어?

      이강, 고개를 끄덕인다.

구영   설산 사고가 나기 전에 현조가 뭐라도 너한테 털어놓은 건 없었어?

      이강, 가만히 생각에 잠기다가 서서히 눈빛 어두워지며

이강   아니.. 작년 여름.. 그 일이 있고 나서부터.. 현조랑 연락을 하지 않았어..

      작년 여름이란 말에 조금 떨어진 곳에 앉아 있던 구영의 낯빛, 미미하게 흔들리고.. 일해의 눈빛도 가라앉기 시작한다.

일해　　...그래.. 작년 여름.. 아픈 일이 많았지...

이강, 구영, 일해, 모두 말없이 눈앞에 펼쳐진 늦가을 웅장한 지리산을 바라
보고.. 스산한 바람이 불어온다.

씬/36　D, 2019년, 지리산 전경

전 씬, 늦가을의 지리산에서 서서히 여름, 신록이 우거진 푸르른 지리산의
모습으로 변하는 화면 위로

* 자막 - 2019년, 여름

씬/37　D, 해동분소 건물 옥상

뜨거운 햇살이 내리쬐는 옥상으로 세탁기에서 꺼낸 빨랫감이 가득 담긴 고
무대야들을 각자 들고 낑낑거리며 올라오는 이강과 현조. 쾅, 열받은 얼굴
로 대야를 내려놓는 이강.

이강　　왜 게임만 하면 우리가 지는 건데?!

현조, 빨랫줄로 다가가 자기가 가지고 온 빨랫감 널면서

현조　　그러니까 윷을 놀 때 좀 힘 조절을 하라구요. 어떻게 된 게 맨날 낙이야. 힘
　　　　이 아주 넘쳐.
이강　　야, 니가 거기서 걸만 했어도 우리가 이겼어.
현조　　몸만 쓰지 말고 좀 머리를 쓰세요. 빨래에 부식 심부름까지.. 오늘 하루 다
　　　　갔네.

- 시간 경과되면

빨랫줄에 가득 걸려 있는 빨래들. 유니폼 티셔츠, 바지 등등 빨랫감들. 한쪽에 지친 얼굴로 주저앉아 있는 이강과 현조, 바람에 살랑거리는 빨랫감들 사이 일렬로 쭉 걸린 검은 등산용 장갑들을 바라보다가

이강　검은 등산용 장갑을 봤다고 했지.

현조　..네.

이강　보다시피 지리산에 검은 등산용 장갑은 널렸어. 직원들 장갑뿐이냐. 탐방객에 주민들 것까지 합하면 셀 수도 없을걸.

현조　...

이강　장갑만으론 범인이 누군지 알 수 없어.

현조, 검은 장갑들을 바라보다가

현조　분명히 산과 관련이 있어요.

이강　(보면)

현조　죽은 사람들은 다 산과 관계가 있었어요. 밀렵꾼이건 약초꾼이건.. 행군 때 죽은 현수도 이곳이 고향이라고 했구요.

이강　그것도 마찬가지야. 지리산 근처에 대대로 터를 잡고 산 사람들이 셀 수 없이 많아. 우연일 수도 있어.

현조, 답답해지는 눈빛으로 지리산을 본다.

현조　대체.. 왜일까요.. 왜 범인은 이 산에서 사람들을 죽이는 걸까요..

이강　하나 확실한 건 있지. 제대로 미친놈이라는 거..

씬/38　D, 해동분소 건물 외곽

계단으로 옥상에서 내려오는 이강과 현조. (건물 구조를 몰라서 임의로 쓴

거라서 현장에서 맞춰서 바꾸셔도 됩니다)

현조	그런데.. 그거 알아요?
이강	뭐?
현조	오늘 우리 만난 지 일 년째 되는 날이에요.
이강	(당황해서) 뭐.. 뭐래. 너랑 나랑 사귀는 사이야? 그걸 왜 세고 있는 건데?
현조	누가 사권대요? 오늘이 승훈이 살린 지 일 년 되는 날이란 거죠.
이강	(무안하고 괜히 발끈) 그래서 뭐? 케잌에 초라도 꽂아줘? 웃겨 진짜.

이강, 성큼성큼 먼저 걸어가다가 휙 돌아서서

이강	그리구 부식 심부름은 너 혼자 해.
현조	예? 같이 졌는데 그걸 왜 나 혼자..
이강	(도끼눈 뜨며) 난 워크샵 준비에 당직까지 서야 되잖아!

멀어지는 이강 보다가 피식 웃는 현조.

씬/39 D, 비담대피소 인근 산 일각

헉헉 거친 숨을 내쉬면서 산을 오르고 있는 현조. 등에는 엄청난 배낭에 양손에는 치킨박스들이 들려 있다. 미리 연락받은 듯 대피소 앞 나무 데크에 앉아 있다가 현조를 발견한 일해와 수색1.

일해	어이! 윷놀이 진 강현조! 빨리빨리 안 움직이지.
현조	(올려보다가) 예. 갑니다!

– 시간 경과되면
대피소 앞 데크에 배낭에 가지고 온 삼겹살에 라면, 감자, 김치 등등 부식을 꺼내놓는데 옆에서는 현조가 가지고 온 치킨박스들을 열면서 콜라캔을 따서 꿀꺽꿀꺽 마시는 일해와 수색1이다,

일해	야, 이거 뭐 이렇게 미적지근해.
현조	(억울) 올라오는 데 네 시간이에요.
일해	야, 나 때는 말야. 아이스박스에 넣어서 머리에 이고 올라왔어.

현조, 하.. 지친다. 한숨 내쉬고는 말릴 새도 없이 치킨박스에서 한 조각 들고 돌아서며

현조	저 갑니다

일해, 멀어지는 현조 어이없이 보는

일해	저게 선배가 손도 안 댄 치킨을.. (하다 치킨박스 내용물 확인하고는 울컥) 야! 감히 닭다리를!

내려가는 현조 비추면 닭다리 먹음직스럽게 뜯어 물면서 환하게 손 흔들며 멀어진다.

씬/40 D, 해동분소, 사무실

퇴근 준비를 하고 있는 구영과 양선. 프린터 앞에서 '2019 여름 재난 대책 기간 워크숍'이란 표지를 프린트하고 있는 이강이다.

구영	(손 흔들며) 그럼 윷놀이 진 서이강. 우린 퇴근한다.

으이그, 휙 째려보면 양선과 함께 사무실을 나가는 구영.

- 시간 경과되면
몇십 부의 워크숍 프린트물들을 각 맞춰서 스테이플러로 찍어 정리를 끝내는 이강. 그때 사무실 밖에서 누군가 달려오는 소리와 함께 문이 쾅 열린다.

보면 겁에 질린 듯 보이는 아줌마다.

이강	무슨 일이세요?
아줌마	(다급히) 산에서 내려오는데 어떤 아저씨가 쓰러져 있었어요. 흔들어봤는데 일어나지도 않고.. 숨도 안 쉬는 거 같구, 너무 겁나고 핸드폰 밧데리도 다 돼서 그냥 뛰어 내려왔는데..
이강	(낯빛 굳어 말 끊으며) 어디서 보셨는데요.

씬/41 D, 탐방로 일각

어둑어둑해지기 시작하는 탐방로. 현조, 내려오다가 랜턴을 꺼내는데
그때 울리는 무전기.

| 이강(소리) | 해동 하나. 탐방로 2.5킬로미터 손바위 지점 인근에 조난신고가 접수됐다. |

현조, 곧바로 무전기에 대고

| 현조 | 선배. 저 강현조에요. 손바위까지 2킬로 남았어요. 제가 내려갈게요. |
| 이강(소리) | 나도 지금 출발할 거야. 조난자가 호흡이 불가능한 것 같았대. 서둘러. |

현조, 무전을 끝내자마자 다급히 산길을 내려가기 시작한다.

씬/42 N, 탐방로, 손바위 인근

빠르게 뛰어 내려오고 있는 현조. 저 앞쪽 달빛 아래 바닥에 쓰러져 있는
중년남과 그 옆에 무릎을 꿇고 앉아 있는 이강이 보인다.
이강, 자신이 입고 온 바람막이 점퍼로 중년남의 시신을 덮어주고 반팔 차
림으로 시신 곁을 지키고 있는데.. 창백한 낯빛에 바들바들 떨리는 손. 겁먹
은 눈빛이 역력하다. 현조, 점퍼 아래 중년남의 상태를 확인하는데 맥박, 호

흡이 없다. 긴 한숨을 내쉬는 현조, 이강을 돌아보다가 자신의 바람막이 점 퍼를 벗어서 입혀주며

현조   괜찮아요?

이강, 보일 듯 말 듯 고개 끄덕이지만, 여전히 안색은 좋지 않다.

현조   경찰은요? 연락했어요?

다시 고개 끄덕이는 이강. 현조, 이강을 걱정스럽게 보다가

현조   경찰이 올 때까지 제가 지킬게요. 먼저 내려가요.
이강   ....괜찮다니까.. 나도 레인저야.

고집을 꺾지 않는 이강을 보다가 어쩔 수 없다는 듯 그 곁에 앉는 현조. 어 두운 밤, 함께 시신 곁을 지키기 시작하는데...

– 시간 경과되면
여전히 시신 곁을 지키고 있는 이강과 현조. 이강, 어느 정도 안정이 된 듯 보이는데.. 먹구름이 지나가고 휘영청 보름달이 나타나는 밤하늘. 현조, 그런 보름달을 올려다보다가

현조   예전에 산에서 죽었다는 내 부하 얘기 기억나요?
이강   (보다가 고개 끄덕)
현조   그때.. 그 아이 군번줄 하나를 끝내 찾지 못했어요. 계속 맘에 걸려서.. 그걸 찾으러 이 산에 한 번 온 적이 있었어요.

씬/43   2017년, 몽타주

– 새벽, 비법정 입구. 두려운 눈빛으로 지리산을 올려다보고 있는 현조의 모

습 위로

현조(소리) 죽은 현수를 보고 난 뒤에 이 산이 너무 두렵고 무서워졌었어요. 하지만 내 부하의 유품을 꼭 찾아서 유족들에게 돌려주고 싶었죠.

　　　- 스틱으로 수풀들을 헤치면서 이동하는 현조. 하늘 한번 보지 않고 굳은 얼굴로 땅만 보면서 앞으로 나아가고 있다.

현조(소리) 아무것도 보고 싶지 않아서 땅만 보고 걸었어요. 빨리 군번줄만 찾아서 돌아가자.. 그 생각뿐이었죠.

　　　- 능선 인근, 땅만 보고 앞으로 나아가는데 어디선가 불어온 바람에 문득 고개를 드는 현조. 눈앞에 아침 운해에 휩싸인 지리산이 펼쳐져 있다. 우뚝 멈춰 서서 그런 지리산을 바라보는 현조.

현조(소리) 그런데 그날 산이.. 너무 좋았어요.

　　　- 낮, 같은 곳에서 여전히 산을 바라보고 있는 현조.

　　　- 밤, 같은 곳에서 달빛에 비친 산을 바라보는 현조. 밤하늘에는 휘영청 밝은 보름달.

현조(소리) 그날 본 산은 두려운 곳이 아니었어요. 그냥.. 산이었어요.. 날 위로해주는..

씬/44　N, 2019년, 탐방로, 손바위 인근

중년남의 시신을 지키고 있는 이강과 현조의 모습에서..

현조 저분이 오늘 왜 이 산에 오셨는지 모르지만.. 나처럼.. 산에서 위로를 받고 가시는 길이었으면 좋겠네요..

가만히 시신을 내려다보는 이강. 그때 저 멀리 아래에서 들것을 들고 경찰들이 올라오는 듯 랜턴 불빛들이 다가온다.

- 시간 경과되면
들것을 내려놓고 중년남의 시신을 이동시키려는 경찰들. 이강과 현조, 옆에서 그런 모습을 물끄러미 바라보는데.. 엎어져 있던 중년남의 시신을 똑바로 뒤집어 들것에 싣는데 한쪽 손에 꼭 쥐고 있는 하얀색 도깨비부채 몇 송이. 멈칫 그 풀들을 바라보는 이강의 눈빛 미미하게 흔들린다.

- 인서트
- 산, 어린 이강에게 도깨비부채 꽃을 건네주는 이강부의 손.

이강부(소리) 이 꽃 꽃말이 행복이야..

- 다시 탐방로로 돌아오면
시신을 들고 멀어지는 경찰들. 그 모습을 지켜보는 이강의 모습에서..

씬/45 D, 해동분소 외경

아침, 맑게 갠 하늘 아래 해동분소 건물.

씬/46 D, 해동분소, 회의실

'2019 여름 재난 대책 기간 워크샵'이란 글씨가 적힌 회의실이다. 회의실에는 이미 레인저들이 앉아 있는데.. 뒤늦게 들어서는 현조, 이강을 찾는 듯 두리번거린다. 그때 뒤에서 들려오는 구영의 목소리.

구영 왜 실 찾나? 바늘군?

뒤돌아보면 양선과 함께 회의실로 들어서고 있는 구영.

현조   실과 바늘은 선배들 얘긴 거 같은데요.

구영, 양선이 앉을 의자를 빼주며 테이블 각각에 비치된 간식류 중 하나를 들어 양선에게 다정하게 권하며 살갑게

구영   아침 안 드셨죠? 맛있어요. 먹어봐요.

양선, 수줍게 한 입 베어 물고.. 레인저들 하.. 못 볼 꼴 봤다는 듯 시선 돌리고.. 현조, 역시 기가 막힌 듯 보다가 앉으며

현조   저도 아침 안 먹었는데요.
구영   알아서 먹어. 손이 없어. 발이 없어.

구영, 다시 간식 먹는 양선 보고.. 현조, 이강을 기다리는 듯 시계 한번 확인해보는데..

구영   오늘 이강이 비번 냈어. 뭐 좋은 얘기라고 듣고 싶겠냐.

현조, 갸우뚱하는데.. 회의실로 들어서는 대진, 단상으로 다가가며

대진   다 모였으면 시작할까?

- 시간 경과되면
불 꺼진 실내, 빔 프로젝터 화면 옆에서 설명 중인 대진.

대진   여름철 가장 대표적인 재해는 게릴라성 집중호우다.

- 인서트

- 낮, 검은 먹구름들이 천왕봉 인근으로 걸리듯 몰려든다. 거대한 먹구름 때문에 산 아래에 검게 그림자가 드리우기 시작하면서 한 방울, 두 방울씩 거센 비가 쏟아지기 시작한다. (인서트에 쓰이는 그림들, 기사 사진이나 뉴스 영상으로 쓰셔도 됩니다)

대진(소리) 산마루에 구름이 걸린다는 말이 있다. 천 미터가 넘는 큰 산을 비구름이 넘지 못하면서 국지성 호우가 발생하는데 이런 경우 기상예보로 예측이 불가능해서 매우 위험하다.

- 다시 회의실로 돌아오면

대진 또한 이런 국지성 호우가 위험한 이유는 산 위는 비가 쏟아지는데 산 아래는 맑은 날씨인 경우가 많아서 위험을 전혀 인지하지 못한다는 거다.

- 인서트
- 낮, 험한 계곡물로 퍼붓기 시작하는 집중호우. 점차 수량이 늘어나기 시작한다.

- 낮, 산 하류 계곡, 푸르른 하늘 아래 즐겁게 피서를 즐기고 있는 탐방객들.

대진(소리) 산세가 험한 계곡일수록 빗물이 몰려들어 수량이 기하급수적으로 늘어나게 된다. 빠를 때는 초속 3미터가 넘는 유속으로 하류를 덮치는데 나무뿌리가 뽑혀 나가고 건물이 떠내려갈 정도다.

- 낮, 계곡을 타고 폭포수처럼 아래로 아래로 향하는 물.

- 낮, 하류 계곡. 여전히 피서를 즐기고 있는 탐방객들. 이상한 소리가 서서히 들려오기 시작한다. 하나둘씩, 고개를 들어 상류 쪽을 바라본다. '쿠쿠 쿠쿠쿵' 점차 커져오는 소음. 놀라서 도망치기 시작하는 사람들의 모습에서..

- 다시 회의실로 돌아오면

대진 물이 서서 온다는 표현이 있지. 위험을 감지한 순간, 도망칠 시간도 없이 당할 수도 있어. 대표적인 예가 95년에 있었던 도원계곡 수해사고다.

도원계곡 얘기에 눈빛 굳는 현조를 비롯한 레인저들.
범람한 물에 잠긴 계곡 인근의 집들, 끊어진 다리, 물이 불어난 계곡에서 고립됐다가 구조당하는 사람들 등 과거 사진들이 보여지는 빔 프로젝터 화면들.

대진 당시 200밀리가 넘는 국지성 호우가 발생했고, 한 시간도 안 되는 시간에 계곡 안에 모든 게 쓸려 내려갔어.

현조, 참혹했던 당시 사진들을 굳은 얼굴로 바라본다.

대진 과거에는 속수무책으로 당했지만, 지금은 다르다.

- 인서트
- 산 위에 설치된 자동 기상관측 장비.

- 또 다른 산에 설치된 우량국, 중개국 등 자동 우량 경보시설을 비추는 화면.

대진(소리) AWS나 자동 우량 경보시설 같은 대응시스템의 영향으로 인명피해가 예전보다는 많이 줄고 있다.

* 자막 - AWS : 자동 기상관측 장비

- 다시 회의실로 돌아오면

대진 그러나 방심은 금물이다. 국립공원 내 불법 야영 및 취사행위와 수해에 취

약한 계곡 인근 캠핑장 순찰을 강화하는 등 재해 대책 기간 동안 수해사고
예방에 각별히 신경 쓰길 바란다.

씬/47   D, 해동분소, 창고

워크숍에 쓰인 빔 프로젝트 기기와 자료들이 담긴 박스를 들고 창고 안으
로 들어오는 현조와 구영.

구영   (현조가 들고 들어온 박스 보며) 그건 저기다 놓으면 돼.

현조, 구영이 얘기한 대로 갖다 놓는데

구영   아, 그리고 오늘 마을 제사다. 알지? 마을회관 와서 좀 도와.

현조, 마을 제사란 말에 멈칫해서 보다가..

현조   이강 선배 부모님은 어떻게 돌아가신 거예요?
구영   ...두 분이 피해 있던 건물이 통째로 계곡물에 휩쓸려갔어.

현조, 놀라서 구영 바라보는... 구영, 잠시 생각하다가

구영   .이강이가 제사 안 오는 거 난 이해가 가..
현조   예?
구영   그때 그 건물이 휩쓸리기 전에 기록들이 남아 있어.
현조   기록이요?
구영   그날 사람들의 대화를 적은 수기가 있었대. 혹시 몰라 금고 안에 넣어뒀었
던 게 나중에 발견된 거지.
현조   (보면)
구영   거기 있던 사람들 모두 가족들에게 유언을 남기셨는데 이강이 부모님만 아
무 말을 남기지 않으셨대. 그게 많이 힘들었나 보더라고.

구영의 얘기를 듣는 현조의 낯빛 가라앉는데...

씬/48   D, 감나무집 건물 밖

감나무집 문을 잠그고 나오는 문옥. 문밖에 '개인 사정으로 오늘은 일찍 문 닫습니다'라는 종이를 붙인다.

씬/49   D, 이강의 집

거실로 들어서는 문옥. 마침 방문 열리며 외출복 차림으로 나오는 이강과 마주친다.

문옥   또 어디 갈라구? 너 오늘은 절대 안 된다 그랬지. 올해는 우리가 제사상 당 번이야. 할미 혼자 전 부쳐?
이강   뭘 혼자 부쳐. 도와줄 사람 쌔구 쌨구만.
문옥   뭐?
이강   (현관 쪽으로 걸어가며) 그렇게 힘들면 할머니도 하지 말던지.
문옥   이놈의 기집애가 거기 안 서!

이강, 그러나 벌써 현관문을 열고 나가려고 한다.

문옥   너 언제까지 그럴 건데? 이 할미 죽어도 제사상에 술 한잔 안 올릴 거냐?
이강   그만 좀 해. 그 소리.

이강, 문 닫고 나가버리고.. 문옥, 화도 나고 안타깝기도 한 눈빛.

문옥   으이그, 저놈의 기집애..

씬/50   D, 국도 일각/비법정 입구/비법정 산 위

국도를 따라 달리고 있는 '지리산 케이블카 사업 동식물 생태평가단'이란 플래카드가 걸린 미니버스. 국도변 한 곳의 비법정 입구에 도착하는데 미리 도착해 기다리고 있던 일해와 수색1, 다가온다. 버스에서 내려서는 양근탁을 비롯한 10여 명의 생태평가단.

근탁   (일해에게 다가오며) 국립공원에서 나오셨죠. 오늘 잘 부탁드립니다.

일해, 주머니에 있는 명단 꺼내며 근탁의 뒤쪽 확인한다.

일해   총 열한 명, 다 도착하신 건가요?
근탁   예.
일해   요청하신 대로 덕서령까지 총 7킬로미터 산행이구요. 일단 오늘은 중간 지점인 비담대피소에서 1박 하고, 내일 나머지 일정 소화할 예정입니다.
근탁   잘 알겠습니다. 함께 가실 환경단체 분들은요?

그때 뒤쪽에서 들려오는 계희의 목소리.

계희(소리)   여기 왔습니다.

일동, 보면 자전거를 타고 다가오는 계희를 비롯한 네다섯 명 정도의 지리산 보존협회 회원들이다. 근탁과 계희 눈빛 마주치지만 인사도 없이 말도 섞고 싶지 않다는 듯 고개 돌려버리고.. 일해, 자전거를 세우고 다가오는 계희에게 깍듯하게 인사하며

일해   짐 다 챙기시면 출발하겠습니다.

버스에서 배낭들 꺼내면서 짐을 챙기는 생태평가단들. 그런 사람들을 멀리서 바라보는 시선. 비법정 위쪽에서 사람들을 힐긋 바라보면서 누군가와 통

화 중인 희원이다.

희원 어, 왜.. (사이) 지금 산이야. 왜 오긴 왜 왔겠냐. 복권 찾으러 왔지. (사이) 알 았어. 다시 전화할게.

전화 끊고 출발하는 희원, 이젠 베테랑이 다 된 듯 능숙하게 산을 타는데..

씬/51   D, 백토골 돌무지터

햇살이 내리쬐는 돌무지터로 천천히 들어서는 발. 1부 1씬의 중년남, 박재 일이다. 어두운 낯빛으로 주변을 둘러보는..

씬/52   D, 지리산 인근 야산 산마루

2부 23씬의 산마루로 주변을 둘러보며 올라오는 현조. 하지만 산마루 어 디에도 이강은 보이지 않는다. 현조, 이강에게 전화를 걸어보지만 전화기가 꺼져 있다.

씬/53   D, 마을회관 건물 앞

건물 외곽에 차양을 치고 있는 구영을 비롯한 레인저들. 그런 차양 아래 부 르스타에 지글지글 전을 부치고 있는 문옥을 비롯한 주민들. 양선과 또 다 른 주민들 역시 떡을 자르고 과일을 손질하는 등 분주한데.. 그런 건물 앞 쪽으로 두리번거리면서 다가오는 현조. 차양을 치던 구영, 현조를 발견하고 다가가

구영 야, 좀 빨리 오라니까. 왜 이렇게 늦어.
현조 이강 선배는 안 왔어요?

| 구영 | 걘 여기 안 온다니까. 걜 왜 여기서 찾아. |

하는데 누군가 구영의 등짝을 세게 내려친다. '아.' 아픈 표정으로 뒤돌아보면 문옥이다.

문옥	일은 안 하고 왜 농땡이야.
구영	예? 지금까지 저 얼마나 열심히 일했는데..
문옥	됐고, (뒤쪽 가리키며) 저 음식들 좀 제사상에 올려놔. (현조 보며) 현조씨도 좀 도와요.

현조, 바로 싹싹하게 '옙' 인사하고 음식이 담긴 쟁반 가지고 제사상으로 향한다. 구영, 이씨.. 열받는 얼굴로 다른 쟁반 들고 현조를 뒤따른다.

- 시간 경과되면

과일, 떡, 산적 등을 제사상에 내려놓는 현조. 제사상이 거의 다 차려진 상태인데.. 구영, 박스를 하나 들고 와서 제사상 앞에 주민들의 사진들을 하나씩 조심스럽게 내려놓는다.. 음식을 내려놓고 돌아서려던 현조, 무심코 사진 하나를 본다. '해동마을 민간의용대, 1995년 5월'이라고 적힌 현수막 아래에서 환하게 웃고 있는 사람들. 당시 잡지에 게재됐던 듯 아래쪽에 왼쪽부터 사진에 찍힌 사람들의 이름이 작게 적혀 있고.. (이 안에 장학수, 황길용도 있습니다) 그런 사람들 얼굴을 훑어보다가 젊은 시절의 일만의 얼굴을 갸웃 보는 현조. 아래쪽 이름을 확인해보면 최일만. 맞다.

현조, 죽은 일만 생각이 나는 듯 눈빛 가라앉다가 최일만, 바로 옆 이름을 보고 멈칫한다. 이종구다. 위쪽 사진의 얼굴을 확인하는 현조.

- 인서트
- 8부, 43씬. 낮, 겨울 설산 아래에 추락한 이종구의 모습.

- 다시 마을회관 앞으로 돌아오면

이름들을 훑던 현조, 또다시 낯익은 이름을 발견한다. '김진덕'이다. 위쪽 사진의 진덕을 보는 현조.

- 인서트
- 8부, 43씬. 등산 스틱을 주우려다가 절벽 아래로 떠밀려지는 진덕의 모습.

- 다시 마을회관 앞으로 돌아오면
다시 사진 속의 최일만을 보는 현조.

- 인서트
- 4부, 44씬. 감자폭탄을 집어 드는 최일만. 그 위로 '쾅' 폭발음과 함께 풀밭에 흩뿌려지는 붉은 피.

- 다시 마을회관 앞으로 돌아오면
굳은 눈빛으로 가만히 사진을 내려다보고 있는 현조다.

현조   왜.. 이 사람들이 같이 있지...

현조, 혼란스러운 시선으로 사진들 보다가 '1995년'이란 현수막 글씨에 시선이 멈춘다. 구영, 사진들 내려놓다가 그런 현조 이상한 듯 보는

구영   야, 뭐 해. 일 안 하고..
현조   ...그때 95년 수해사고 기록이 남아 있다고 하셨죠? 그거, 지금 어디 보관돼 있나요?
구영   본소, 보관실에 있는데. 그건 왜?

현조, 구영이 더 물을 새도 없이 마을회관에서 성큼성큼 멀어진다.

씬/54   D, 본소 건물 밖

본소 건물 주차장에 차를 대고 내려서 건물을 바라보는 현조.

씬/55 D, 본소, 보관실

오래된 캐비닛들이 주르륵 세워져 있는 보관실. '1991~1995'라고 적혀 있
는 캐비닛 문을 여는 직원의 손. 캐비닛 안엔 파일철들이 가득한데..

직원 여기서 찾아보면 돼요.

직원 옆에서 파일철들을 바라보던 현조, 1995년 7월 파일을 꺼낸다.

− 시간 경과되면
보관실 한 편의 책상 위에서 파일철 안의 내용을 확인하는 현조. 수해와 관
련된 사진들, 수해 피해자들 이름들이 적힌 리스트들 넘기다가 마지막 즈
음에 수기로 적힌 수첩에서 멈추는 현조.
'수해상황일지'
'작성자. 지리산 국립공원 00분소 소속 김남식.
1995년 7월 0일
4시 30분 가랑비가 폭우로 변함.
4시 40분 계곡물이 불어나기 시작함.
야영장 피서객들 철수하도록 계도'.

계속해서 다음 장으로 넘기는 현조. 한 장 두 장 수해상황들이 보여지다가

'17시 15분 인근 야영장에서 고립된 탐방객 다섯 명과 민간의용대,
주민 둘이 사무소로 피신.
17시 16분 탐방객, 다리가 골절된 할아버지와 부인.
20대 대학생 세 명.
민간의용대 최일만, 이종구, 김진덕,
주민 서영진, 윤수미.
직원 조대진, 김남식.
사무소 1층에서 구조를 기다리기로 함'.

최일만, 이종구, 김진덕 이름을 다시 확인하는 현조.

씬/56   N, 1995년, 사무소 건물 외경

'콰꽝' 번개 불빛에 드러나는 광경. 한 치 앞도 보이지 않을 정도로 장대비가 퍼붓고 있는 지리산 도원계곡. 불어난 물로 다리가 소실된 듯, 마치 섬처럼 계곡 사이에 고립된 작은 규모의 낡은 사무소 건물 외경.

씬/57   N, 사무소 건물 안

1층 건물 안. 오래되어 보이는 넓지 않은 목조건물 안. 밖에서 연속적으로 들려오는 '쿠르르릉' 소리에 불안한 듯 앉고 서고 한 십여 명의 사람들. 이미 건물은 정전이 된 듯 여기저기 켜진 촛불들.
당시의 이강 부모와 최일만, 이종구, 김진덕, 놀러 왔다가 다친 듯한 노인 부부와 젊은 남자 대학생 세 명. 대학생 중 한 명, 이쪽으로 피신하면서 뭔가에 찢긴 듯 손등에 피를 흘리고 있고.. 그리고 대진과 대진보다 좀 나이가 들어 보이는 직원, 김남식이다. 일만, 불안한 얼굴로 대진에게

일만	어떻게 된 거예요? 구조대랑 연락은 됐어요?
대진	(역시 불안하지만 안심시키려는) 예. 아까 출발한다고 했으니까 금방 도착할 겁니다.
일만	그냥 우리 힘으로 빨리 나가요. 여깄으면 다 죽어.
종구	그래요. 우리끼리 나가요.

그런 사람들 뒤쪽에 앉아 뭔가를 적고 있는 남식을 비추면 노트에 계속해서 필기를 하고 있다.
'19시 34분, 건물 다리 붕괴.
20시, 구조대 아직 도착하지 않음.

사무소 건물에서 탈출 여부에 대해 토론 시작.'

그때 더욱 크게 들려오는 '쿠르르릉 콰쾅' 돌 굴러가는 소리에 이어 사무소 건물이 끼이이익 소리와 함께 옆으로 기우뚱하면서 건물 안으로 물이 새어 들어오기 시작한다. 비명을 지르면서 물을 피하기 시작하는 사람들. 겁먹고 당황해서 어찌할 바를 모르는데..

일만   봐봐. 지금이라도 빨리 움직여야 해.

대진, 굳은 얼굴로 보다가 결심한 듯 한쪽에 놓여 있던 로프를 어깨에 메며

대진   제가 먼저 건너가서 로프를 연결하겠습니다.

긴장한 얼굴로 대진을 바라보는 사람들.

남식   위험해. 유속이 너무 빨라.
대진   한번 해보겠습니다. 가서 구조대를 데리고 올게요.
일만   나도 같이 갈게.

일만이 나서자, 종구, 진덕도 나서고, 젊은 대학생들도 '저도 갈래요!' 누가 먼저랄 것도 없이 나선다. 함께 뒤쪽에 남은 노부부, 겁에 질려 벌벌 떨고 있다. 누가 봐도 노부부는 건널 수 없다.

남식   난 남을게.

그때, 결심한 듯 나서는 이강부.

이강부   우리도 남겠습니다. 무슨 일이 벌어지면 직원분만으로는 힘들 거예요.

대진, 이강 부모와 노부부, 남식을 보다가

대진   조금만 기다리세요. 곧 구하러 오겠습니다.

씬/58 N, 동 장소

물이 더욱 높이 차오른 건물 안. 책상 위 등 높은 곳에 피해 있는 사람들.
그 와중에도 울고 있는 할머니 손을 잡고 위로하고 있는 이강모. 남식은 여
전히 기록을 남기고 있다.
**'21시 40분. 수위가 1미터 넘게 차오르고 건물이 왼쪽으로 더 기울기 시작
함.'**
노부부 중 할아버지, 남식을 보다가

할아버지   (수첩 가리키며) 그걸 왜 적어요. 어차피 아무도 못 볼 텐데..
남식   금고 안에 넣어두려고요. 그래도 여기서 무슨 일이 벌어졌는지는 남겨야죠.
할아버지   (보다가 손을 내밀며) .나도 좀 쓸 수 있을까요. 자식들한테 남기고 싶은 얘
            기가 있어서요..

남식, 보다가 수첩과 볼펜을 넘긴다. 할아버지 떨리는 손으로 **'원식, 원재야.
고맙고 또 고맙다. 앞으로도 건강하고 행복해야 한다'** 적고는 다시 수첩을 남
식에게 돌려준다. 남식, 수첩 보다가 이강부를 바라본다.

남식   적으실 말씀 있어요?

이강부, 가만히 수첩을 보다가 엷게 웃으며

이강부   아뇨. 없습니다.

남식, 그런 이강 부모 보다가 수첩에 계속해서 뭔가를 끄적거리고는 천천히
수첩을 덮는데.. 노부부 중 할머니, 그런 남식에게

할머니   아저씨는요.. 아저씨는 남길 말이 없어요?
남식   ...저도 남겼습니다.

씬/59   D, 2019년, 본소, 보관실

파일철에 남은 수첩의 마지막 장을 읽어 내려가고 있는 현조.
'21시 32분. 남은 인원 탐방객 두 분, 주민 두 명.'
뒤에 할아버지 글씨체로 남겨진 유언.
'원식, 원재야. 고맙고 또 고맙다. 앞으로도 건강하고 행복해야 한다.'
그리고 주저하는 듯 몇 칸 띄운 뒤 적혀 있는 글귀.
**'사랑하는 아들, 현수야. 엄마 잘 부탁한다. 그리고 지금까지처럼 건강하게 잘
자라주렴. 지리산 국립공원 직원, 김남식.'**
마지막 글귀를 멈칫해서 바라보는 현조.

현조   ...현수.. 김현수...

현조, 혼란스럽게 그 이름을 바라보다가 핸드폰을 꺼내서 최규연 중위에게
전화를 건다.

최중위(소리) (반갑게) 강대위님. 무슨 일이십니까?
현조   확인하고 싶은 게 있어서 전화했는데. 사망한 김현수 중사, 아버님 성함 좀
         알 수 있을까?
최중위(소리) 예?
현조   급한 일이야.
최중위(소리) 아 잠시만 기다리세요. 안 그래도 행정실이니까 컴퓨터로 한번 찾아보겠습
         니다.

현조, 가만히 기다리고 있는데..

최중위(소리) 강대위님. 찾았습니다. 김중사 아버님 성함은 김 남자 식자 되십니다.

현조, 최중위의 소리에.. 수첩 마지막 장을 바라보며

현조   알았어.

천천히 전화를 끊고 혼란스러운 떨리는 눈빛으로 남식의 이름을 본다.

현조   ....피해자들 모두... 1995년 수해사고와 연관이 있었어...

씬/60 D, 산 일각

특이한 모양의 바위가 있는 산마루에서 마을을 내려다보고 있는 이강, 가만히 마을을 바라보며 생각에 잠겨 있다. 뒤쪽에서 들려오는 부스럭 소리에 이강, 또 현조구나.. 귀찮은 얼굴로 한숨 내쉬며

이강   강현조. 여긴 또 어떻게 알고..

얘기하다가 뒤돌아보는데 뒤쪽에 서 있는 사람, 현조가 아닌 솔이다.

이강   너 뭐야. 제사 안 갔어? 웬일이냐. 제사 같은 거에 환장하는 애가..
솔   그냥.. 이젠 좀 지겨워져서요..
이강   지겨워? 그럼 여긴 왜 온 건데? (뒤쪽 바위 보며) 저거 땜에 왔냐? 뭐 기라도 받을라구?

솔, 바위를 한번 보고는 천천히 와서 이강 옆에 앉으며

솔   귀감석. 기가 좋은 바위긴 하죠. 선배도 저것 때문에 여기 온 건가요? 아니면.. 다른 이유라도 있어요?

솔, 이강을 바라보는데 눈빛이 서늘하다. 이강, 그런 솔을 이상한 듯 보다가 문득 고개 들어 하늘을 보는..

이강	...어... 이상한데..
솔	(이강을 따라 하늘을 본다)
이강	좀.. 공기가 무거운 거 같지 않니?

이강이 바라보는 하늘 쪽을 향해 날아오르는 화면. 부감으로 이강과 솔을 비추다가 서서히 지리산 쪽을 향해 이동하기 시작한다.

씬/61   D, 몽타주

맑고 화창한 여름, 지리산 기슭 야영장을 찾은 사람들을 비추는 화면. 점점 더 위로 이동해서 탐방로를 이동하고 있는 탐방객들을 비추다가 더더 위쪽 비법정 구역을 비추면 여전히 복권을 찾아다니고 있는 희원. 더 위쪽을 비추면 일해, 수색1과 함께 이동 중인 근탁과 계희 일행. 조금 더 위쪽 산 정상 쪽을 비추는데.. 빠른 속도로 검은 먹구름이 몰려들고 있다.

씬/62   D, 산 일각

불안한 느낌이 오는 듯 천천히 일어나서 산 쪽을 바라보는 이강의 모습 위로 순간 들려오기 시작하는 사이렌 소리. 놀라서 바라보는 이강.

씬/63   D, 몽타주

- 야영장에 모여 있던 탐방객들. 갑자기 울리는 사이렌 소리에 놀라서 산 쪽을 바라본다.

- 탐방로의 탐방객들 역시 놀라서 바라보고

- 백토골, 돌무지터. 돌무더기 위에 돌을 올려놓고 합장하고 있던 재일, 고

개 들어 산을 바라본다.

- 비법정을 오르던 일해 일행, 역시 놀라서 바라보고

- 마을회관 앞, 제사를 준비하던 구영, 양선, 문옥을 비롯한 사람들 역시
놀라서 산을 본다.

- 본소, 주차장으로 걸어 나오던 현조 역시 사이렌 소리에 놀라서 바라보
고..

- 산마루, 떨리는 눈빛으로 산을 바라보는 이강의 모습에서...

12 부

괜찮습니다. 가족들만 함께 있으면 다시 일어설 수 있을 거예요.

꼭 그럴 겁니다.

씬/1   D, 산 일각

산마루에서 하늘을 바라보는 이강.

이강   공기가 좀 무거운 것 같지 않니?

씬/2   D, 해동분소 건물 앞

역시 뭔가 이상함을 감지한 듯 건물에서 걸어 나와 하늘을 바라보는 대진.

* 자막 – 2019년, 여름

씬/3   D, 계곡 일각

계희, 근탁, 수색1, 생태조사반과 함께 계곡을 따라 오르고 있는 일해. 무전기가 울리기 시작한다.

대진(소리) 해동분소 상황실. 박일해 현재 위치가 어디야?

일해 무진계곡 3.5킬로미터 지점 지나고 있습니다.

씬/4   D, 해동분소, 상황실

일해에게 무전을 치고 있는 대진.

대진 느낌이 좀 안 좋아. 양석봉 상황 좀 확인해봐.

씬/5   D, 계곡 일각

무전을 받던 일해, 일행을 두고 앞으로 전진해서 올라가면 저 멀리 보이기 시작하는 양석봉. 배낭에서 망원경을 꺼내서 양석봉을 확인하는데..

- 인서트
- 양석봉 봉우리. 빠른 속도로 모이고 있는 검은 먹구름.

- 계곡 일각으로 돌아오면
망원경으로 양석봉 확인한 일해의 낯빛이 삽시간에 굳는다.

일해 (무전기에 대고) 대장님! 산마루에 구름이 걸렸어요!

씬/6   D, 양석봉 산봉우리

해를 가리는 먹구름. 삽시간에 어둑어둑해지는 사위. 한 방울, 두 방울씩 빗방울이 떨어지다가 투두둑 눈앞이 안 보일 정도로 거센 비가 쏟아지기 시작한다. 산 한쪽에 세워진 자동 기상관측 장비.

씬/7   D, 해동분소, 상황실

일해의 무전을 듣고 낯빛 변하는 대진. 상황실에 설치된 관측시스템을 확인해보는데 양석봉 쪽의 강수량이 미친 듯이 뛰어오르고 있다.
순간, 울리기 시작하는 사이렌 소리.

씬/8   D, 본소, 상황실

본소에도 울려 퍼지는 사이렌 소리. 달려와서 강수량을 확인하는 직원들의 심상치 않은 눈빛들.

씬/9   D, 계곡 일각

양석봉 위에도 울리는 사이렌 소리. 굳은 얼굴로 양석봉을 바라보던 일해. 이상함을 느끼고 발을 내려다보면 계곡물 수위가 급격히 높아지고 있다. 그리고 서서히 느껴지는 진동. 잔돌들이 흔들리고 있다. 일해, 다급히 일행에게 뛰어가며

일해   계곡에서 벗어나요! 빨리!

씬/10   D, 본소, 상황실

사이렌이 울려 퍼지는 가운데 직원1, 다른 직원들에게 다급한 어조로

직원1   119, 경찰, 면사무소 다 연락하고 모든 직원들 대기시켜!

씬/11   D, 몽타주

사이렌 소리가 울려 퍼지면서
- 탐방로 입구, 차단기가 내려간다.

- 탐방안내소 전광판에 '현재 집중호우로 인해 입산이 금지되었습니다'라는 입산통제 문구.

- 계곡 일각. 불어난 황톳물이 하류를 향해 빠른 속도로 쏟아지고 있다.

- 계곡 입구 야영장으로 뛰어나오는 레인저들. 사이렌 소리에 놀라서 당황하는 야영객들에게 '빨리 피해요!!' 외친다. 놀란 야영객들 텐트를 걷거나 물건들을 챙기기 시작하는데 '그럴 시간 없습니다! 어서 피해요!' 어린아이들을 먼저 안고 뛰기 시작하는 레인저들. 그 뒤를 따라 달리는 야영객들.

- 마을회관, 먹구름에 휩싸인 지리산을 불길한 눈빛으로 올려다보는 문옥을 비롯한 주민들 모습 위로 울려 퍼지는 면사무소의 안내방송 소리.

(소리)   현재 지리산에 국지성 호우가 발생하였으니 계곡 근처와 하천 인근에 계신 주민들께서는 주의하시기 바랍니다.

씬/12   D, 국도 일각

흐려진 하늘 아래 차를 몰고 분소로 복귀 중인 이강. 조수석에 놓인 핸드폰에는 연신 '전 직원, 소속 분소 혹은 사무소로 복귀 바람'이란 문자가 울리고 있고.. 운전하는 이강. 국도 한 편에 세워진 '낙석주의'라는 표지판을 본다.
그때 들려오는 '쿠쿠쿠쿵' 돌 무너지는 소리. 차 앞유리 쪽으로 잔돌들이 떨어지기 시작하고.. 끼이이익 차를 유턴해서 반대편으로 달려가는 이강. 저 앞쪽으로 차들이 달려오고 있다. 차체를 끼이익 돌려 차도를 막아버린

다. 달려오던 차들, 놀라서 차를 멈추고.. 차에서 뛰어내리는 이강, 그런 차들을 향해 수신호를 보내며

이강   돌아가세요! 위험합니다!!

씬/13   D, 해동분소 외경

먹구름이 잔뜩 몰려온 해동분소 건물. 빗줄기가 떨어지고 있다.

씬/14   D, 해동분소, 장비실

장비실에서 로프들, 하네스, 도르래, 로프건, 구조용 들것과 구명조끼, 스피커와 핸드마이크 등 수해구조 장비들을 챙기고 있는 현조, 구영. 이제 도착한 듯 장비실로 뛰어 들어오는 이강, 곧바로 장비 챙기는 걸 도와주면서

이강   피해상황은?
구영   불법 산행객들이 고립됐대. 도로도 일부 유실돼서 그쪽에도 난리가 났나봐.
현조   무진계곡 쪽에 현장사무소가 차려졌대요. 대장님은 먼저 그쪽으로 가셨어요.

씬/15   N, 계곡 인근 공터 일각

공터에 현장사무소로 쓰이는 대형 캐노피들이 설치되어 있고 그 주변에 레인저들의 순찰차량과 경찰차들, '지리산 민간의용대'란 글씨가 적힌 봉고차. 오가면서 장비들을 싣고 있는 이강, 현조, 구영을 비롯한 레인저들과 119 구급대들.

씬/16 N, 현장사무소 안

대형 캐노피 안. 상황판에 본소와 분소 인원들, 장비 숫자들 체크하고 있는
양선. 한 편에서 회의 중인 대진과 웅순, 소방대장과 민간의용대장. 테이블
위에 놓인 지도에 표시를 하는 대진.

대진　　　(지도 가리키며) 범바위에 다섯 명, 석실에 세 명, 매화나무골에 일가족 다
　　　　　섯 명이 고립됐어요. 노약자와 아이들도 다수 섞여 있습니다.
소방대장　(지도 한 곳 가리키며) 이곳 도로도 산사태로 유실돼 버스가 고립됐어요.
　　　　　기사와 승객 열두 명입니다.
대진　　　저지대 주민들은?
웅순　　　안내방송을 하긴 했지만 저희가 한 번 더 순찰해서 대피시키도록 하겠습니
　　　　　다.

그때, 뒤쪽에서 무전기가 세팅되자마자 울리기 시작하는 무전기.

일해(소리) 대장님. 비담대피소, 박일햅니다.

씬/17 N, 비담대피소, 사무실

여기까지 오느라 고생을 한 듯 여기저기 진흙투성이의 일해.

대진(소리) 생태조사팀은 어떻게 됐어? 대피소에 도착했어?
일해　　　이동하던 도중에 산사태가 발생해서 양근탁 회장이랑 김계희 소장님이 낙
　　　　　오되셨어요.

씬/18 N, 현장사무소 안

무전기에서 흘러나오는 일해의 목소리를 듣고 있는 대진과 사람들.

일해(소리) 산사태로 길이 무너져서 산 위쪽에서는 구조가 불가능합니다.
대진 위치는?
일해(소리) 무진계곡, 여우고갭니다.

무전을 듣던 대진, 지도로 다가와 무진계곡 위쪽에 하나 더 표시를 남기는데 천막 밖에서 들어오는 구영.

구영 장비 점검 끝났습니다.

대진, 사람들을 둘러보며

대진 구조 시작하죠.

씬/19 N, 몽타주

- 현장사무소 밖. 장비를 챙겨 들고 차량에 탑승하는 레인저들, 민간의용대, 119 구급대. 출발하는 차량들.

- 낙석과 침수로 유실된 도로 위 고립된 버스 한 대.
버스 안 비추면 아이를 안은 엄마, 할머니, 중학생들 등 불안해 보이는 승객들. 창밖으로 다시 비가 내리기 시작하자, 울음을 터뜨리는 중학생 한 명.

대진(소리) 진계리 도로 유실 현장은 119 구급대와 본소 소속 레인저들.

- 불어난 계곡물에 고립된 조난객들, 불안한 눈빛으로 오들오들 떨고 있다.

대진(소리) 석실 현장은 민간의용대.

- 장비를 들고 산을 오르고 있는 레인저들.

대진(소리) 범바위, 매화나무골은 무진, 해동팀.

- 헤드랜턴을 켜는 이강과 현조, 장비들을 갖추고 산을 오르기 시작한다.

대진(소리) 무진계곡 여우고개는 해동분소 서이강, 강현조가 맡는다.

- 범바위에 고립된 조난객들. 맞은편 계곡으로 보이기 시작하는 레인저들의 랜턴 불빛들. '여기요!!' '여기예요!!' 조난객들의 얼굴에 희망이 보이기 시작하고..

- 범바위 건너편 계곡에서 구조 준비를 하기 시작하는 구영을 비롯한 레인저들. 구영, 핸드마이크와 스피커로 '국립공원에서 나왔습니다! 이제 구조를 시작하겠습니다'.

- 시간 경과되면
로프건을 잡고 발사 준비를 하고 있는 구영과 레인저들. 레인저1 '잠시 뒤로 물러나주세요! 로프총 발사합니다!' 범바위 위 사람들 뒤로 물러나자 로프총을 발사하는 구영. 계곡물을 지나 범바위 쪽으로 날아가는 로프. 그런 모습들 위로

대진(소리) 기상청 얘기로는 대기가 여전히 불안정하다고 한다. 다시 집중호우가 발생할 수 있어. 그 전에 모두를 구조해야 해.

씬/20 N, 지리산 전경

먹구름에 휩싸인 어둡고 위험해 보이는 지리산.

험한 비법정을 오르고 있는 이강과 현조. 현조, 이강을 따라 오르다가 문득

현조	작년이랑 비슷하네요.
이강	뭐가?
현조	비 오는 산에 둘이 있는 거요.
이강	그때랑 다른 게 있지. 니가 봤다는 검은 장갑..

빗줄기가 오락가락하고 있는 산을 바라보는 이강.

이강	비가 오고 있었다고 했지.
현조	예.
이강	조심해. 범인은 널 노리고 있어.

범인 얘기가 나오자 현조, 멈칫 이강을 본다. 이강, 그런 현조를 의아한 듯 보는

이강	왜? 무슨 일 있어?

– 인서트
– 11부, 53씬. 제사상 위의 사진.

– 11부, 59씬. 본소, 보관실에서 남식의 수해일지를 굳은 얼굴로 바라보던 현조.

– 다시 무진계곡 산 일각으로 돌아오면
현조, 망설이다가

현조	피해자들 말이에요.. ..모두 95년 도원계곡 수해와 관련이 있었어요.

이강, 수해 얘기에 눈빛 흔들리며 현조를 본다.

현조   죽은 현수 아버님도 수해 때 돌아가셨어요. 범인이 그 수해사고와 관련이 있는 것 같아요.

이강, 눈빛 가라앉는다. 현조, 그런 이강 보며 조심스럽게

현조   혹시 그때 무슨 일 없었어요? 범인이 이런 일을 벌일 만한 사건이요.

어두운 낯빛으로 생각에 잠기는 이강의 모습에서..

씬/22 D, 1995년, 장례식장/이강의 회상

나란히 걸려 있는 환하게 웃고 있는 이강 부모의 영정사진. 분향소 앞에 넋이 나가 앉아 있는 어린 이강. 이강의 어깨 너머 조금 떨어진 곳에 마주 앉아 얘기를 나누고 있는 슬픔에 잠긴 문옥과 보험사 직원의 모습. 대화하는 목소리가 작게 들려오고.. 그저 가만히 엄마 아빠의 영정사진을 바라보고 있는 모습에서..

씬/23 N, 2019년, 무진계곡 산 일각

전 씬의 어린 이강에서 현재의 이강으로 오버랩 되는 화면.
과거 아팠던 기억으로 눈빛 어두워지는 이강.

이강   수해는.. 자연재해야. 범죄하곤 상관없어.. 그날 비가 쏟아질 거라는 걸 안 사람은 없어. 하필 그날 그 시간에 산에 있었던 거고, 운이 없는 선택을 했던 거야. 우연에 우연이 겹쳤던 거지..

이강, 고개 들어 여전히 비가 오고 있는 지리산을 바라본다.

이강   오늘도 마찬가지야.

씬/24   N, 무진계곡 또 다른 산 일각

비 오는 산길을 나아가고 있는 재일. 두려운 눈빛으로 주변을 두리번거리는데. 그때 저 앞쪽으로 누군가가 헤치고 간 듯 풀이 누워 있다. 잠시 그 길을 보는데 저 멀리 앞쪽에서 흔들리는 흐릿한 랜턴 불빛.

이강(소리)   산에서 누군가 사고를 당할 수도.. 죽을 수도 있어. 무슨 일이 일어날지 아무도 몰라.

씬/25   N, 인근 산 일각/바위틈

수풀을 헤치면서 미끄러운 산길을 조심스럽게 전진하고 있는 희원. 그때 희원의 랜턴 불빛에 보이는 바위틈. 희원, 바위틈 안으로 들어가 휴.. 한숨을 내쉬며 주저앉는다. 랜턴, 스틱, 장갑 등 등산장비들을 내려놓고 주섬주섬 배낭도 내려놓고는 그 안에서 물과 초콜릿 등 간식을 꺼내려 하다가 순간 멈칫.. 떨려오는 눈빛. 배낭 아래쪽 젖은 흙 사이에 삐죽 나와 있는 색 바랜 하얀 종이. 순간 숨을 참으며 부들부들 떨리는 손으로 흰 종이를 주워 확인해보는데.. 잃어버린 로또 영수증이다. 믿기지 않는 눈빛으로 기쁨에 찬 비명을 지르는데..
순간 느껴지는 인기척에 멈칫.. 고개 들어 보면 어두운 바위틈 밖에서 희원을 가만히 내려다보고 있는 재일이다. 놀라서 그런 재일을 바라보는 희원의 모습에서..

씬/26   N, 무진계곡 여우고개 아래 산 일각

어두운 산길을 위태위태하게 걷고 있는 계희와 근탁. 흙투성이에 지친 표정의 계희, 머리를 붕대로 감싼 근탁을 부축하며 힘겹게 산을 내려오고 있는데.. 근탁, 거친 숨을 내쉬면서도

근탁   거봐요. 우리가 케이블카에 있었으면 이런 사고는 당하지 않았을 겁니다.
계희   (지긋지긋한 표정) 이 와중에 그런 얘기가 나와요? 케이블카 공사가 시작돼서 나무가 다 잘렸으면 우린 죽었을 거예요. 그나마 나무들이 흙을 막아줘서 우리가 산 거라구요.
근탁   나무는 다시 심으면 돼요.
계희   아 진짜 이 양반, 나무가 레고 장난감인 줄 알아요? 다시 심는다고 뚝딱뚝딱 예전처럼 돌아갈 수 있는 게 아니라고.
근탁   마을도 똑같아요.
계희   (뭔 얘기야, 보는)
근탁   저 아랫마을은 내가 태어나고 자란 고향입니다. 그런데 점점 사람들이 빠져나가고 있다구요. 일자리가 없으니까. 계속 한 명 두 명 빠져나가다가 마을 자체가 사라지겠죠.

계희, 그 소리에 울컥 감정이 올라오는 듯 바위 위에 근탁을 내려놓는다. 근탁, 옆구리 쪽에 아픔이 몰려오는 듯 인상 찌푸리는데

계희   그렇게 고향을 생각하는 양반이 그딴 짓을 해? 검은다리골 마을은 당신 때문에 없어졌어. 그 사람들한테 고향을 뺏은 거라구.

근탁, 옆구리가 점점 더 아파오는 듯 힘겹게 말을 내뱉는다.

근탁   또 그 얘기예요? 우물에 죽은 동물을 넣은 건 내가 아니라니까요.. 진짜예요.

계희, 아파하는 근탁을 보다가 근탁의 바람막이 점퍼 안쪽 옆구리를 확인해보면 부러진 나뭇가지가 박혀서 피가 흐르고 있다. 놀라서 표정이 굳는 계희.

씬/27 N, 무진계곡 산 일각

험한 비법정을 빠른 속도로 오르고 있는 이강과 현조. 말없이 산을 오르는 이강의 뒤를 쫓던 현조, 의아한 듯

현조 선배. 이 길 여우고개로 가는 길이 아닌데요?

이강 한번 산사태가 난 곳에 계속 계실 리가 없어. 부상을 당하셨더라도 어떻게 든 이동하셨을 거야.

현조 어디로요?

이강 긴급 통신 중계기가 있는 곳.

씬/28 N, 광대바위 인근 산 일각

비가 내리는 산길 일각에 세워진 긴급 통신 중계기를 비추는 화면.

이강(소리) 일시적으로 단말기 신호를 증폭시켜서 기지국과 연결시켜주는 기계야. 한 마디로 핸드폰을 쓸 수 있게 된다는 거지.

순간, '쾅' 화면 안으로 들어오는 검은 등산용 장갑, 긴급 통신 중계기의 버 튼을 누른다. 25씬에 비해 마치 몸싸움을 한 듯 흙투성이에 다리를 심하게 다친 듯 절룩거리고 있는 재일이다. 버튼을 누른 뒤 자신의 스마트폰을 꺼 내서 안테나를 확인해보지만, 여전히 발신제한구역이다. 답답한 눈빛으로 핸드폰을 껐다 켜보려는데 뒤쪽에서 들려오는 계희의 목소리.

계희(소리) 그 핸드폰은 안 돼요.

재일, 놀라서 돌아보면 거의 실신 직전의 근탁을 부축해서 내려오고 있는 계희다. 계희, 나무에 근탁을 기대듯이 내려놓고 긴급 통신 중계기로 다가오

며 핸드폰 꺼내는데 구식 2G폰이다.

계희, 안테나선을 꺼내 자신의 핸드폰에 연결시키려는데 아래쪽에서 다가오는 랜턴 불빛들. 보면 헉헉 거친 숨을 내쉬며 올라오는 이강과 현조. 국립공원 레인저복을 입은 두 사람을 본 재일의 눈빛, 반짝하고..

이강   소장님! 괜찮으세요?

이강의 뒤를 따라오던 현조, 나무에 기대어 거의 정신을 잃은 근탁을 보고 놀라서 다가간다. 옆구리를 감싼 압박붕대가 피로 젖어 있다. 이강, 그 모습을 놀라 보다가 계희에게 다가가며

이강   어떻게 된 거죠?
계희   아까부터 피를 많이 흘렸어. 지원팀 불러야 해.

근탁의 상태를 확인하던 현조, 다급한 어조로

현조   몸이 너무 차가워요! 출혈성 쇼크 같습니다!

놀라서 바라보는 이강과 계희.

이강   (무전기에 대고) 해동 하나, 현재 위치 광대바위. 조난자 한 명이 위독합니다. 지원팀 출동 가능합니까?

씬/29   N, 현장사무소 안

'도로 유실 현장, 대체 접근로로 접근 중' '매화나무골, 구조 진행 중. 바람이 강해져서 작업이 더뎌지고 있습니다' 이쪽저쪽에서 정신없이 무전 소리가 들려오고 있는 현장사무소. 대진, 뒤쪽의 양선에게

대진   범바위 쪽 구조 끝났어?

양선　예!

씬/30　N, 무진계곡 비법정 입구

비법정 입구에 세워져 있는 앰뷸런스들. 범바위에서 구조한 조난객들을 인솔해서 내려오고 있는 구영을 비롯한 레인저들. 땀과 비가 범벅이 되어 쫄딱 젖어 있는데.. 울리는 무전기 소리.

대진(소리)　정구영. 무진계곡 광대바위에 또 다른 조난신고가 들어왔다. 지원 가능해?

구영, 지친 얼굴이지만

구영　예. 지금 출발하겠습니다.

무전기 끄고 레인저들에게

구영　김준영! 류형수! 나랑 올라가야겠다.

구영, 배낭 고쳐 메면서

구영　오늘, 제대로네.

씬/31　N, 광대바위 인근 산 일각

근탁을 업고 있는 현조. 그 옆에서 돕고 있는 이강과 계희.

계희　(이강에게) 강현조가 업고 내가 어시스트해서 지원팀이랑 합류할게. 넌 저분 옆을 지켜.

이강　예.

불안한 눈빛으로 지켜보던 재일, 절뚝거리며 앞으로 나선다.

재일 나도 같이 갈게요.
계희 환자 상태가 위독해서 최대한 빠른 속도로 내려가야 합니다. 곧 지원팀이
      올 거니까 여기서 대기해주세요.

재일, 실망감에 낯빛 굳어지는데.. 근탁을 업던 현조의 시선, 재일이 끼고 있
는 검은색 등산용 장갑에 멈춘다.

- 인서트
- 10부, 60씬. 현조가 본 편린.
낮, 쏟아지는 장대비. 산길 어딘가를 가리키고 있는 검은 등산용 장갑을 긴
손.

- 다시 산 일각으로 돌아오면
불안한 시선으로 재일의 장갑을 바라보는 현조. 계희, 그런 현조에게

계희 서두르자.

이강, 근탁에게 보온담요를 뒤집어씌우는데.. 현조, 이강에게 낮은 목소리로

현조 무슨 일 있으면 무전 해요.
이강 너나 조심해서 내려가.

출발하는 계희와 현조. 재일, 더욱 불안한 눈빛으로 이강에게

재일 나도 내려갈 수 있습니다. 같이 내려가야 해요.
이강 그 다리론 위험합니다. 저 뒤쪽에 동굴이 있어요. 조금만 가면 되니까 그쪽
      으로 이동하시죠.

먼저 앞서는 이강. 재일, 어쩔 수 없다는 듯 이강의 뒤를 따르다가 원망스럽고 불안한 눈빛으로 멀어지는 현조 일행을 바라본다.

씬/32   N, 무진계곡 하류 일각/계곡 건너편 절벽 위

불어난 계곡물을 피해 산 위쪽을 향해 이동 중인 구영과 레인저들. 그때 계곡물 흘러가는 소리에 섞여 희미하게 들려오는 '여기요!! 살려주세요!!' 소리에 멈춰 서는 일행.

구영   잠깐, 무슨 소리 들리지 않았어?

주변을 두리번거리는 구영과 레인저들. 구영, 빗줄기 너머 계곡 너머를 보다가 망원경을 꺼내 바라보면 계곡 건너편, 절벽 위에 서서 '살려주세요!' 소리 지르고 있는 희원이다. 배낭, 스틱, 랜턴 등 등산장비 하나 없이 쫄딱 젖은 채 필사적으로 소리를 지르고 있는 희원.

구영   (무전기에 대고) 레인저 A팀, 정구영입니다. 무진계곡 1.5킬로미터 지점. 남서쪽 절벽 위에 조난자 발견.

씬/33   N, 현장사무소 안

무전을 듣고 있는 대진.

구영(소리) 장비가 없어서 우리 쪽에선 구조가 불가능합니다. 출동 가능한 지원팀 있습니까?

대진의 뒤쪽에서 안타까운 눈빛으로 함께 무전을 듣던 양선.

양선   매화나무골 아직 구조 진행 중이구요. 레인저A팀은 도로 유실된 진계리로 합류했어요. 우회 접근밖에 방법이 없어서 구조에 다섯 시간 이상 걸릴 거라고 합니다. 민간의용대는 지금 석실에 도착했구요.

대진, 잠시 생각하다가 양선에게

대진   여기 혼자 지킬 수 있지?
양선   직접 가시려구요?

대진, 양선의 뒤쪽에서 장비를 챙기고 있던 앳돼 보이는 신입 레인저3을 향해

대진   김동협! 산에 갈 준비 해.

대진, 일어서는데

양선   대장님은 여길 지키셔야죠. 제가 가겠습니다.
대진   .. (멈칫 놀라서 보는)
양선   절 못 믿으시는 거 압니다. 근데 저 몇 달 동안 구영 선배님한테 계속 훈련을 받았어요. 자신 있습니다. 제가 올라가게 해주세요.

대진, 가만히 양선을 바라본다.

씬/34   N, 무진계곡 하류 일각/계곡 건너편 절벽 위

대진의 무전을 기다리고 있는 구영과 레인저들. 치치칙 소리에 이어 들려오는 대진의 목소리.

대진(소리) 지원팀 출동했어. 두 시간 정도면 도착할 거야.
구영   (무전기에 대고) 알겠습니다.

구영, 무전기 끄고 핸드마이크 꺼내서 희원을 향해 소리친다.

구영   레인저들이 구조하러 갈 거예요! 거기서 움직이지 말고 기다리세요!

계곡 건너편 절벽 위 희원, 알겠다는 듯 고개 끄덕인다. 저 멀리 구영과 레
인저들, 다시 출발하면서 시야에서 사라지자, 맥이 풀린 듯 근처 절벽 위 나
무로 다가가 아래에 툭 걸터앉는데 다리를 다친 듯 절뚝거리고 있다. 비에
젖어 바들바들 떨리는 몸. 파랗게 변한 입술. 불안한 얼굴로 주저앉아 무릎
을 감싸 안는 희원의 모습에서..

씬/35   N, 광대바위 인근 동굴 일각

불안한 얼굴로 바위에 걸터앉은 재일의 다리에 임시로 부목을 대고 압박붕
대로 감으며 마무리를 하는 이강.

이강   또 불편하신 데 있나요?

재일, 그저 이 상황이 불만인 듯 말없이 고개 가로젓는다. 이강, 배낭 안에
서 발열조끼와 핫팩을 꺼내 건넨다.

이강   비가 오는 산에선 저체온증을 조심하셔야 합니다.

재일, 말없이 한쪽 장갑을 벗고 핫팩을 손에 쥐는데 손등 위 눈에 띄는 흉
터. 이강, 잠시 재일의 검은 장갑을 한번 보고는

이강   더 필요하신 게 있으면 말씀하세요.

이강, 일어서려는데 순간 저 멀리에서 산사태가 나는 듯 '쿠르르릉' 들려오
는 굉음. 재일, 겁에 질린 눈빛으로

재일	저거.. 무슨 소리예요?
이강	..산사태인 것 같아요.
재일	(더욱 겁에 질리는) 산사태요?
이강	지리산은 흙산입니다. 큰 비가 오면 땅 안에 물을 머금고 있어서 산사태가 일어나기 쉬워요.
재일	그럼 여기도 무너질 수 있잖아요. 우리도 내려가요. 빨리요.

패닉이 돼서 배낭을 메고 장갑을 챙기는 재일을 진정시키려는 이강.

이강	걱정 마세요. 여긴 암반지역이라 안전합니다.
재일	거짓말하지 마. 그때도 걱정하지 말라고 했지만, 건물이 떠내려갔어.

이강, 멈칫해서 재일을 본다.

이강	그게.. 무슨 소리예요?
재일	우리가 떠나고 나서 건물이 떠내려갔다구!

이강, 설마.. 하는 눈빛으로 보다가

이강	설마.. 95년, 도원계곡 얘기예요?
재일	맞아..

- 인서트
- 11부, 57씬. 전 씬의 굉음과 비슷한 돌 구르는 소리가 들려오고 있는 사무소 건물. 이강 부모와 최일만, 이종구, 김진덕, 놀러 왔다가 다친 듯한 노인 부부와 젊은 남자 대학생 세 명. 대학생 중 한 명, 이쪽으로 피신하면서 뭔가에 찢긴 듯 손등에 피를 흘리고 있는데 그런 손을 비추는 화면.

- 다시 광대바위 인근 동굴 안으로 돌아오면
또다시 바깥에서 들려오는 '쿠르르릉' 굉음. 재일, 패닉이 돼서 부들부들 떨리는 눈빛으로 재일   떠난 사람들은 다 살았지만.. 남은 사람들은 다 죽었어..

이강, 흔들리는 눈빛으로 재일을 본다.

재일   비켜. 난 여기서 죽을 수 없어.
이강   안 됩니다. 위험해요.

그러나 막무가내로 이강을 밀쳐버리는 재일, 비가 쏟아지는 동굴 밖으로 절
뚝거리면서 뛰쳐나가고.. 이강, 다급히 그 뒤를 쫓아나간다.
바닥을 비추면 남아 있는 이강의 배낭과 무전기.

씬/36　D, 광대바위 인근 산 일각

서서히 동이 트는 듯 밝아오기 시작하고.. 동굴에서 뒤늦게 뛰쳐나온 이강,
다급히 주변을 둘러보는데 그 어디에도 재일의 모습이 보이지 않는다.
산길을 뛰어 전진하면서 주변을 확인하는데 저 앞쪽으로 절룩거리면서 멀
어지는 재일의 모습이 보이기 시작한다. 그 앞쪽을 보면 경사진 한쪽 면, 나
무들이 눈에 띄게 기울어져 있다. 다급히 다가가 앞을 가로막는 이강.

이강   나무들이 기울어져 있어요. 무너질 수 있습니다. 위험해요. 돌아가세요.
재일   비키라구!
이강   수해가 일어났을 땐 자기 자리를 지키면서 구조를 기다리는 게 원칙이에
          요!
재일   아까 내 말 못 들었어?
이강   그 사람들은 남아서 죽은 게 아니에요! 선택을 했을 뿐이에요. 그 선택이..
          운이 나빴던 거예요.
재일   아냐. 그 사람들은 포기한 거야. 겁이 나서 포기해버린 거라구.

이강, 눈빛 크게 흔들리면서 바라본다. 재일, 그런 이강의 몸을 세게 밀치는

데 순간 검은색 장갑을 낀 재일의 손, 마치 현조가 본 편린과 비슷한 각도로 보여지고..

균형을 잃고 바닥에 '쿵' 세게 부딪치는 이강의 모습에서..

씬/37   N, 1995년, 문옥의 집, 이강의 방/거실

거실에서 얘기를 나누고 있는 문옥과 이강 부모.

문옥 (답답한) 그러니까 보증 서지 말라고 몇 번을 얘기했어.

문옥의 맞은편에 앉은 이강부, 어두운 낯빛으로 고개 숙이고 있고..

이강모 (편들어주는) 이이도 그럴려고 한 게 아니라..
문옥 아니 다 됐고, 그래서 어쩔 셈이냐? 집도 뺏기고 앞으로 어쩔 셈이냐구?

그런 어른들의 모습에서 서서히 화면, 조금 열려 있는 이강의 방문 쪽을 비춘다. 짐가방들이 어지럽게 놓인 불 꺼진 이강의 방. 어린 이강, 벽에 기대서 숨죽여 눈물을 훔치고 있다.

씬/38   D, 1995년, 장례식장/이강의 회상

22씬에 이어지는..
엄마 아빠의 영정사진을 바라보고 있는 어린 이강의 귓가에 뒤쪽에서 두런두런 얘기를 나누고 있는 문옥과 보험사 직원의 얘기가 들려오기 시작한다. 문옥 앞에는 사망보험증서가 놓여 있고, 그 옆에는 보험사 직원의 명함.

직원 (조심스럽게) 사망하신 아드님과 며느님 앞으로 사망보험이 가입돼 있었습니다. 그런데 이런 재해사망의 경우 몇 가지 절차가 필요해서요.
문옥 …..

직원 자살인 경우에는 보험금 지급이 불가능할 수도 있어요.

어린 이강, 직원의 얘기를 듣는데 눈에서 눈물이 한 줄기 떨어진다.

직원 경찰 조사가 모두 끝나면..

그때, '쾅' 자리에서 일어서는 어린 이강, 돌아서서 보험사 직원에게

이강 아니에요!

직원, 당황해서 어린 이강을 바라보는데..

이강 우리 엄마 아빠.. 그러지 않았어요. 우리 엄마 아빠 나만 놔두고 그럴 리 없어요..

울음을 터뜨리는 어린 이강의 모습에서..

씬/39 D, 2019년, 광대바위 인근 산 일각

바닥에 머리를 부딪친 채 먹구름이 잔뜩 낀 하늘을 바라보는 이강. 서서히 의식을 잃는 듯 눈을 감는데 눈가에서 눈물이 한 줄기 떨어진다.

씬/40 D, 무진계곡 하류 쪽 산 일각

근탁을 업고 빠르게 내려오고 있는 현조. 그 뒤를 어시스트하고 있는 계희. 현조, 환자 상태 때문에 무리해서 속도를 높인 듯 숨이 턱까지 차 있는데 저 앞쪽에서 들려오는 인기척. 구영과 레인저들이다. 인사말을 할 새도 없이 현조에게서 근탁을 건네받고 뛰어 내려가는 레인저들.
계희, '한 명이 더 있어. 광대바위 쪽이야' 구영과 얘기를 나누는 사이, 현조,

거친 숨을 고를 새도 없이 불안한 눈빛으로 이강에게 무전을 치기 시작한다.

현조   이강 선배..

그러나 '치치치직' 소리만 이어질 뿐, 답이 없다.

현조   이강 선배. 내 말 안 들려요?

현조, 이강이 무전에 대답이 없자, 더욱 불안해지는 눈빛. 근탁과 계희와 함께 내려가고 있는 레인저 한 명.
구영과 다른 레인저 한 명, 현조에게 다가오며

구영   강현조!

현조, 올라오는 구영에게 불안한 얼굴로

현조   이강 선배랑 무전이 안 돼요.
구영   (하늘 보며) 비구름 때문일 거야. 우리가 올라가 볼 테니까 넌 먼저 내려가.

현조, 불안한 눈빛으로 잠시 생각하다가 말릴 새도 없이 뛰어 올라가기 시작하고.. 그런 현조를 의아하게 바라보는 구영.

씬/41   D, 광대바위 인근 동굴 안

정신이 드는 듯 천천히 눈을 뜨는 이강. 동굴 안을 둘러보면 저만치 앞쪽에 주저앉아 있는 재일이다. 인기척에 고개 돌리는 재일.

재일   괜찮아요?

이강, 힘없이 바라보자 재일, 어두운 낯빛으로..

재일   미안합니다.. 그쪽 말이 맞았어요. 흙더미가 무너졌습니다. 그대로 내려갔다
면 아마 전 죽었을 거예요.

이강, 가만히 재일을 바라본다. 재일, 미안함과 두려움에 가득한 눈빛으로
고개 떨구다가..

재일   ...산에.. 죽으러 왔었어요..

이강, 멈칫해서 보면...

재일   사업이 망하고.. 가족들도 뿔뿔이 흩어진 지 오래예요. 더 이상 살 이유가
없어서.. 그냥 죽으려고 산에 왔다가 마지막으로 그곳에 갔는데.. 갑자기 살
고 싶다는 생각이 들었어요.. 백토골 돌무지터.. 95년.. 처음 지리산에 왔을
때 갔던 곳이죠

씬/42   D, 1995년, 백토골 돌무지터/재일의 회상

백토골 돌무지터로 들어서고 있는 당시의 재일과 대학생1, 2. 돌무지터를
희한하게 둘러보는 재일 일행.

재일   와, 여기 이런 데가 있냐.

돌무지터를 지나서 걸어 들어가는데 저만치 앞 돌무더기 위에 돌을 올려놓
고 있는 이강 부모의 모습. 뭐지? 희한하게 바라보는 재일 일행. 합장을 하고
뭔가를 기원하는 이강 부모의 모습을 보다가 방해하지 말자는 듯 조용히
지나가려던 일행.

재일   (낮게) 야, 우리 사진 한 장 찍어달라 그러자.

- 시간 경과되면

돌무더기 앞에서 포즈를 취하고 있는 재일 일행. 맞은편에는 이강부가 사진을 찍어주고 있다. 다 됐다는 듯 사진기를 돌려주는 이강부. 곁에 있던 이강모, 사람 좋은 미소로

이강모   요기는 했어요? 우리 주먹밥 싸 왔는데 같이 먹을래요?

- 시간 경과되면

함께 주먹밥에 보리차 마시며 화기애애 웃고 있는 이강모와 재일 일행. 재일, 문득 고개 돌려 보면 이강부가 돌을 올려놓은 돌무더기 근처의 잡초를 제거하고 있다. 그런 이강부에게 다가가는 재일.

재일   근데 진짜 이러면 소원이 이뤄져요?

이강부, 인근 돌무더기들을 둘러보며

이강부   여기가 언제부터 있었을 것 같아요?
재일   언제부터 있었는데요?
이강부   나도 몰라요. 아주 오래전부터 여기에 사람들이 돌을 쌓았대요. 가끔 수해 때문에 다 쓸려가기도 하는데 또다시 마법처럼 돌무더기들이 쌓여지죠.

재일, 가만히 주변의 돌무더기들을 둘러본다.

이강부   그 정도로 오랫동안 사람들이 소원을 빌어온 곳이면 뭔가 이유가 있지 않을까요?
재일   (문득) 아저씨는 뭘 비셨어요?

이강부, 눈빛이 어두워지면서 생각에 잠기다가 쓴웃음 지으며

이강부   ...좋은 아빠가 되게 해달라고 빌었어요.

재일, 그런 이강부를 바라보다가 미소 지으며

재일   그런 생각을 하시는 게 벌써 좋은 아빠 아닌가요?

이강부   (엷게 미소 지으며) 보증 한 번 잘못 섰다가 집안 말아먹은 아빠가 좋은 아빠 아니죠.

재일, 아.. 머쓱해져서 이강부의 눈치를 보는데..

이강부   괜찮습니다. 가족들만 함께 있으면 다시 일어설 수 있을 거예요. 꼭 그럴 겁니다.

재일   (미소 지으며) 예. 화이팅입니다!

서로 미소 지으며 바라보다가 문득 뭔가 기운이 이상한 듯 하늘을 바라보는 이강부.

이강부   공기가 좀 무거운 것 같지 않아요?

하늘에 몰려드는 먹구름에서..

씬/43   D, 2019년, 광대바위 인근 동굴 안

재일의 이야기를 들으며 눈빛 떨려오는 이강.

재일   그때.. 그분이 생각났어요.. 가족들만 함께 있다면.. 다시 일어설 수 있다..

이강, 그저 말없이 재일을 바라보는데 그때, 동굴 밖에서 들려오는 소리. '이강 선배!' 부르는 현조의 목소리. '이강아!' 구영과 레인저의 목소리다.
재일, 낯빛 밝아지는데 동굴 안으로 뛰어드는 현조, 낯빛이 안 좋은 이강을 보자

| 현조 | 선배. 괜찮아요? |

뒤이어 뛰어드는 구영과 레인저. 역시 이강을 보다가 뒤쪽에 재일을 보고 다가가며

| 구영 | 괜찮으세요? |
| 재일 | 예. 괜찮습니다. |

구영, 무전기에 대고

| 구영 | 레인저A, 정구영입니다. 광대바위 뒤쪽 동굴에서 조난객 발견. 하산하겠습니다. |

옆에서 재일의 배낭 등을 챙겨주는 레인저. 구영, '일어나실 수 있겠어요?' 재일을 부축해서 동굴을 빠져나간다.
멀어지는 재일을 가만히 바라보는 이강. 그런 이강이 걱정스러운 현조.

| 현조 | 괜찮은 거예요? 무슨 일 있었어요? 어디 다친 거 아니죠? |

이강, 그저 말없이 고개 떨군다.

| 현조 | 선배.. 왜 그래요? |

가만히 바닥을 바라보는 이강의 모습에서..

씬/44 D, 1995년, 산 일각/이강의 회상

어린 이강에게 도깨비부채 꽃을 건네주는 이강부의 손.

이강부(소리) 이 꽃 꽃말이 행복이야..

꽃에서 화면 빠지면 초췌한 낯빛이지만 따뜻한 미소로 어린 이강을 보고 있는 이강부. 맞은편에 선 잔뜩 화가 난 듯한 이강, 이강부가 건네는 도깨비 부채를 바닥에 내팽개치며

이강 이딴 거 됐어.

이강부, 눈빛 어두워지지만 다시 힘내려는 듯한 미소로

이강부 왜 이렇게 화가 났어. 너 산 좋아했잖아.
이강 산 좋아한댔지. 산에서 살고 싶다고 했어? 친구도 한 명도 없구 이게 뭐야. 나 서울 갈 거야!..

이강부, 그런 이강을 달래주려는 듯

이강부 서울 가면 아무도 없잖아. 엄마, 아빠 다 여기 있는데 여기 같이 있자.
이강 싫어! 산두 싫고, 엄마두 싫고 아빠두 싫고 다 싫어.

차갑게 돌아서서 산을 내려가는 이강.
슬픈 눈빛으로 그런 이강을 바라보는 이강부의 모습에서..

씬/45 D, 2019년, 광대바위 인근 동굴 안

전 씬의 어린 이강에서 현재의 이강으로 오버랩 되는 화면.

이강 그날.. 엄마랑 아빠가 왜 산에 갔는지 아무도 몰랐어.. 할머니나 나한테 한 마디 말도 없이 산에 가셨거든.

현조, 가만히 이강을 바라본다.

이강	...사람들이 그랬어.. 보험금이라도 남겨주려고 산에 갔다가 그냥 죽어버린 게 아니냐고..
현조	....
이강	아닐 거라고 절대 그런 분들이 아닐 거라고 생각했지만.. 혹시라도 진짜면 어떡하지.. 내가 너무 못된 말을 해서.. 날 위해서.. 그런 선택을 하셨으면 어쩌지.. 무서웠어..
현조	....
이강	무서워서.. 생각하지 않으려고 했어. 다 잊고 싶었어..
현조	....
이강	그런데.. 잊혀지지가 않아.. 너무 보고 싶어.. 엄마 아빠가 너무.. 보고 싶어..

- 인서트
- 11부, 58씬에서 이어지는..
일어나서 수첩을 들고 작은 금고 쪽으로 다가가던 남식, 뒤돌아 이강 부모를 바라본다.

남식	정말 남길 말씀이 없으세요?
이강부	예. 살아서 직접 얘기할 겁니다.

애써 미소 지으며 이강모의 손을 잡는 이강부. 이강모, 옆에 앉은 겁먹은 할머니의 손을 잡는다. 할머니는 할아버지의 손을 잡고..

이강부	우리 모두.. 살 수 있을 거예요.

침수되고 무너져가는 사무소 건물에서 마지막 희망으로 가족들을 떠올리는 사람들의 모습에서..

- 다시 광대바위 인근 동굴 안으로 돌아오면
지금까지 참아왔던 감정을 털어놓은 이강과 그런 이강을 옆에서 지켜주는 현조의 모습 위로 어느새 비가 그친 듯 동굴 밖에서 햇살이 비친다.

씬/46 D, 광대바위 인근 산 일각

재일을 부축해서 조심스럽게 하산하고 있는 구영과 레인저. 햇살이 비치자, 문득 고개 들어 하늘을 바라본다.

구영 비가 그쳤네요..
재일 ...다행이네요.. (하다가 문득) 아! 저 위에서 여학생을 한 명 봤어요.
구영 예?

– 인서트
– 25씬에 이어지는..
로또 영수증 보고 좋아하다가 재일과 눈이 마주치자 소스라치게 놀라서 벌떡 일어서는 희원, 영수증을 뒤로 숨기며

희원 저.. 절루 가세요.

재일, 영문을 모르고 의아한 눈빛으로 보다가..

재일 괜찮아요?

한 발자국 앞으로 다가가는데 '으악!' 바위틈에서 나와 뒤로 물러서는 희원. 재일, 이상한 듯 그런 희원을 보는데.. 희원, 불안감이 몰려오는 듯

희원 절루 가세요!

뒤돌아 뛰어서 멀어지기 시작한다. 재일, 어쩌지? 보다가 바위틈에 남겨진 희원의 배낭을 발견한다. '저, 이거요!' 배낭을 들고 희원을 쫓아가려다가 빗길에 넘어지면서 다리를 다치는 재일. '아...' 다리를 부여잡는데..

씬/47   D, 무진계곡 남서쪽 절벽 위

나무 아래에서 쫄딱 젖은 채 훌쩍거리고 있는 희원.

희원   이게 뭐야.. 왜 온다 그러구 안 와..

울먹이다가 주머니 안에 꼭 넣어둔 로또 영수증을 꺼내서 바라본다.

희원   니가 내 목숨값이구나..

그때, 절벽 아래쪽에서 들려오는 양선의 목소리.

양선(소리)   계세요? 국립공원에서 나왔습니다!!

희원, 반색하며 엉금엉금 기어서 절벽 아래를 바라보면 힘겹게 올라온 듯 땀범벅이 된 양선과 레인저3이다. 희원, 거의 울듯이 기뻐하는..

희원   여기요!! 여기 있어요!!

그런 희원을 보고 밝게 미소 짓는 양선.

씬/48   D, 도로 유실 현장 인근 공터

몇 대의 앰뷸런스 차량들이 세워져 있고 몇 대는 구조된 조난객을 태운 듯 사이렌을 켜고 출발하고 있다. 세워진 앰뷸런스 차량 앞에는 담요를 뒤집어 쓰고 초조하게 선 일가족 조난객들과 구급요원들.
그때 저 멀리에서 마지막 조난객으로 보이는 아저씨 한 명을 모시고 오는 119 구조대원들과 소방대장. 앰뷸런스 앞에서 기다리던 일가족, 무사히 구조된 아저씨를 보고 울음을 터뜨린다.

씬/49   D, 현장사무소 안/밖

캐노피 천막 걷혀 있고.. 장비 들고 오가는 레인저들 사이, 천막 근처에 설
치된 테이블에 힘 빠진 듯 널브러져 있는 계희에게 다가오는 대진.

대진   양근탁 번영회장, 병원 도착했는데 상태가 좋아져서 수술실 들어갔답니다.

계희, 안도의 한숨 내쉬다가..

계희   ...괜히 살렸나?

대진, 피식 웃으며 계희 어깨 툭툭 치고 다시 천막 안으로 돌아가 무전기
앞에 앉는데 무전기 너머에서 소방대장의 목소리 들려온다.

소방대장(소리)   도로 유실 현장 구조 무사히 끝났어요.

안도의 한숨을 내쉬는 대진. 그때, 현장사무소 쪽으로 다가오는 봉고차. 차
에서 내려서는 문옥과 서너 명의 주민들. 계희와 사무소 안에 있던 대진, 나
와서 인사하는

대진   무슨 일로 오셨습니까.
문옥   무슨 일이긴 무슨 일이야. 밤새 김밥 같은 걸로 때웠을 거 아냐.

봉고차 뒤쪽에서 음식들 꺼내는 주민들.

문옥   어제 제사도 못 지내서 제사음식들 좀 싸 왔어. 다들 배고프죠? 먹고들 하
세요.

때마침 도착하는 순찰차량들. 내려서는 레인저들.

대진, 다가가서

대진 마무리 다 끝났어?

레인저1 예. 범바위, 매화나무골, 석실 모두 무사히 구조 끝났습니다. 올해는 그래도 무사히 넘어가네요.

계희, 의자에서 일어나서

계희 자, 수고들 했으니까 요기들 좀 하지.

문옥과 주민들이 가지고 온 음식들 보고 '와' 좋아하는 레인저들. 함께 먹을 테이블을 붙이고 의자들을 가지고 오면서 왁자지껄해지고.. 문옥과 주민들 태우고 온 봉고차 주인, 문옥에게 '그럼 전 남은 음식 소방대에 전달할게요' 인사하고 차에 올라타서 출발하고.. 문옥과 주민들, 가지고 온 접시에 음식들 덜어 담기 시작하는데 그때, 산에서 내려오는 구영과 재일, 레인저. 구영, 내려오다가 벌어진 한 상 차림을 보고

구영 어, 뭐야. 우리만 빼고 먹는 거야?

그런 구영의 소리에 캐노피 밖으로 걸어나오는 대진.

대진 어떻게 됐어?

구영 조난자, 모시고 왔습니다.

대진, 재일의 상태를 보고 뒤쪽 레인저들에게 '앰뷸런스 좀 불러' 외치고 담요 가지고 와서 재일에게 둘러주며 한쪽 의자에 앉히면서 상태 확인하는 레인저1. 구영, 눈치 보다가 부다다 테이블 쪽 가서 음식들 집어 먹기 시작하는데.. 산 쪽을 바라보는 대진.

대진 이강이랑 현조는?

구영 (음식 먹으며) 저기 오네요.

돌아보면, 뒤늦게 산에서 내려오는 이강과 현조. 이강, 좀 기운이 없어 보이지만 홀가분해진 낯빛. 하지만 여전히 그런 이강이 걱정스러운 현조의 눈치.

이강   (대진에게 인사하며) 다녀왔습니다.
대진   수고했다. 가서 뭐라도 좀 챙겨 먹어.

이강, 현조 테이블 쪽으로 가는데 달려오는 문옥.

문옥   어디 다쳤어? 얼굴이 왜 이래?
이강   (퉁명스러운) 됐어. 뭐 내가 애야.

이강, 문옥 지나쳐서 걸어가려다가 멈칫 돌아보며

이강   할머니.
문옥   (보면)
이강   ...고마워.

한 마디 하고는 테이블 쪽으로 멀어지는 이강.

문옥   (보다가) 저게 뭘 잘못 먹었나..

현조, 그런 이강 보다가 보일 듯 말 듯 미소 짓고 뭔가 생각난 듯 주변을 둘러보다가 재일을 발견하고 다가간다. 재일의 상태 체크하던 레인저1.

레인저1   곧 앰뷸런스 도착하니까, 잠시 쉬고 계세요.

레인저1, 멀어지면 맞은편 의자에 앉는 현조. 재일, 뭐지? 보는데..

현조   안녕하세요. 저 위에서 잠시 뵀었죠. 국립공원 레인저 강현조라고 합니다.
재일   (뭐지? 바라보는)

현조	뭐 좀 하나 여쭤보고 싶은 게 있어서요.
재일	뭔데요?
현조	95년 수해 때 사무소 건물에 계셨다고 들었습니다.
재일	그런데요?

현조, 핸드폰 꺼내서 사진함에 저장해뒀던 사진들을 재일에게 보여준다. 사건보고서에 첨부됐던 일만과 종구, 진덕의 사진들이다.

현조	이분들 기억하십니까?
재일	...글쎄요.. 잘..
현조	그때 사무소 건물에 같이 계셨던 분이에요. 민간의용대 분들하고 같이 있었을 겁니다.

재일, 생각하다가

재일	그때, 그런 분들이 있었던 것 같긴 해요. 이분들은 왜요?
현조	당시에 이분들하고 관련해서 특별한 일이 있진 않았나요? 다툼이 있었다던지 공통된 관심사가 있었다던지..
재일	..뭐 그런 건 잘 모르겠네요. 워낙 목숨이 왔다 갔다 하던 때라서.. 그냥 같이 건물을 빠져나왔다는 것밖에는 기억이 나질 않아요. 그런데..
현조	그런데요?
재일	다툰 것 같긴 않았어요. 굉장히 친해 보였거든요.

현조, 실망한 듯 옅은 한숨 내쉬고 인사하며 일어서는..

- 시간 경과되면
어느 정도 식사가 끝난 테이블. 레인저들, 식기들 치우고 있는데 구영, 떡과 음식들 챙기면서 두리번

구영	근데 왜 아까부터 후배님이 안 보이지? 본소 가셨나?

여기저기 사람들한테 '양선 후배님 못 봤어?' 물어보기 시작하는 구영. 그 뒤쪽으로 장비들 챙기고 있는 이강과 레인저들. 한쪽 옆으로는 주차된 지리 산 케이블카 생태탐방단 미니버스. (이 플래카드는 반대편에 걸린 걸로 해 서 지금은 보이지 않게 처리해주세요) 그런 미니버스에 주민들 짐 실어주고 있는 현조. 그런 현조와 실랑이 중인 문옥. '우리 그냥 내려가서 버스 타고 가면 된다니까 그러네'. '타고 가세요. 짐도 많은데' 한사코 괜찮다는 문옥을 버스에 태우는 현조.

조금 떨어진 곳에서 장비 옮기던 이강, 현조를 발견하고 '야, 빨리 와서 이것 좀 도와'. 현조, 버스 안에 앉는 문옥에게 인사하고 달려가서 이강과 함께 장비를 옮기기 시작하고..

그때까지도 계속 여기저기 레인저들에게 '양선 후배님 못 봤어?' 묻는 구영. 품 안에 떡과 과일들 한아름 안고 현장사무소로 쓰인 캐노피 쪽으로 다가 가서 무전기 앞에서 무전기에서 흘러나오는 소리를 듣고 있는 대진에게

구영	양선 후배님 본소 갔어요?
대진	출동했어.

구영, 잘못 들었나? 싶은 얼굴

구영	예?

그때, 무전기 너머에서 들려오는 현장음.

양선(소리)	로프건 쏠 테니까 로프를 잡아서 나무에 묶어주세요!

무전기 너머에서 들려오는 양선의 목소리에 헉 놀라는 구영.

구영	이거 진짜 양선씨예요?

대진, 고개 끄덕이자 구영, 자기가 더 긴장되는 듯 무전기에 초집중하는데.. 잠시의 시간이 지난 뒤 무전기 너머에서 들려오는 양선의 목소리.

양선(소리) 대장님. 절벽 위 도착했습니다.

대진 조난자 상태는?

양선(소리) 다리를 다치긴 했는데 위급한 상황은 아닙니다. 바로 모시고 내려갈게요.

대진 그래. 무전기 계속 켜놓고.

양선(소리) 예.

구영, 자기도 모르게 무전기에 대고

구영 후배님! 조심해서 내려오세요!!

양선(소리) 예!

그때 뒤쪽에서 들려오는 '오...' 소리. 보면 뒤에서 현장사무소 안에 장비 내려놓는 이강과 현조다.

이강 이양선, 멋있는데..

구영, 자기가 더 뿌듯하고..

씬/50   D, 산길 일각

비에 젖어 반짝거리는 나뭇잎들 사이로 쑥 들어오는 젊은 남자의 손. 천천히 검은색 등산용 장갑을 끼기 시작한다. 뒤쪽에 보여지는 배경이 현조가 본 편린과 일치한다.

씬/51   D, 현장사무소 안

무전기 앞에 있던 구영, 품 안에 들고 있던 음식들 훑어보다가 구영   후배님, 첫 출동인데 음식 좀 더 챙겨놔야겠다. 단백질이 부족해. 고기 없나?

구영, 이강과 현조 지나쳐서 천막 밖으로 나가려고 하는데 순간, 무전기 너머에서 들려오는 다급한 양선의 목소리.

양선(소리)   조심하세요!

뒤이어 들려오는 쿵쾅 부딪치는 소리. 희원의 '끼아아아악' 비명 소리.
구영도 놀라서 보고, 이강, 현조도 놀라서 무전기를 바라보는데.. 대진, 역시
놀라서 무전기에 대고 다급히

대진   이양선!

대답이 없는 무전기.

대진   양선아!!

놀라서 무전기를 바라보는 이강, 현조, 대진, 구영의 모습에서..

13부

근데 그게 우리 일인 것 같아. 여기서 무슨 일이 벌어졌는지 기억하는 거.
저 산에 어떤 사람들이 올랐는지.. 무슨 일을 겪었는지..
산이 얼마나 무서운 곳인지 또 얼마나 위로를 주는 곳인지..
그 산을 지키기 위해서 누가 어떤 희생을 했는지.. 다 기억해줘야지..

씬/1 D, 무진계곡 남서쪽 절벽 위/절벽 밑

12부, 47씬에 이어지는..
위에서 환하게 웃으며 내려다보는 희원. 아래에서 올려다보던 양선과 레인
저3.

양선 로프건 쏠 테니까 로프를 잡아서 나무에 묶어주세요!

희원, 고개 끄덕끄덕하고는 뒤로 물러나면 로프건을 쏘는 레인저3. 희원, 절
벽 위로 올라온 로프를 잡아서 나무에 묶는다.

– 시간 경과되면
절벽 밑, 나무에 연결된 로프들에 등강기를 설치하는 양선과 레인저3.

양선 내가 먼저 올라갈게. 조난자가 여자라 내가 하강준비를 시키는 게 나을 거
야.

레인저3, 고개 끄덕이고.. 절벽을 먼저 오르기 시작하는 양선.

씬/2 D, 현장사무소 안

무전기 앞에 앉은 대진에게 음식 들고 와서 묻는 구영.

구영 양선 후배님 본소 갔어요?
대진 출동했어.

구영, 잘못 들었나? 싶은 얼굴

구영 예?

씬/3 D, 무진계곡 남서쪽 절벽 위

먼저 올라온 양선, 앉아 있는 희원의 다리 상태를 체크하며 무전을 하고 있다. (현장음이 들리는 프로그램이 깔려 있다는 설정입니다. 어깨에 달린 무전기를 누르지 않고 약간 고개 정도만 돌려서 얘기하면 될 듯합니다)
레인저3은 로프를 타고 올라오고 있고..

양선 대장님. 절벽 위 도착했습니다.
대진(소리) 조난자 상태는?
양선 (희원의 다리를 살펴보며) 다리를 다치긴 했는데 위급한 상황은 아닙니다. 바로 모시고 내려갈게요.
대진(소리) 그래. 무전기 상시모드 계속 켜놓고.
양선 예.

그때 들려오는 구영의 목소리.

구영(소리) 후배님! 조심해서 내려오세요!!

미소 지으면서 무전기를 내려다보는 양선.

양선 예!

양선, 기분 좋은 얼굴로 배낭에서 하네스를 꺼내며 희원에게

양선 이걸 착용하셔야 합니다. 잠시 일어나주세요. 다리 조심하시구요.

이제 내려갈 수 있다. 희망찬 눈빛의 희원, 기운차게 일어나는데 다리에 아픔이 몰려오자 자기도 모르게 균형을 잃고 절벽 쪽으로 넘어진다. 양선, 놀라서 희원을 잡으며

양선 조심하세요!

희원을 잡아주려던 양선, 순간 빗물에 젖은 미끄러운 돌을 밟으며 균형을 잃는다. 흩어지는 먹구름 사이로 보이는 햇살 아래 기우뚱 절벽 쪽으로 무너지는 양선의 모습에서..

씬/4   D, 현장사무소 안

쿵쾅 부딪치는 소리에 뒤이어 들려오는 희원의 '끼아아악' 비명 소리. 놀라서 무전기를 바라보는 일동. 대진, 역시 놀라서 무전기에 대고 다급히

대진 이양선!

대답이 없는 무전기.

대진 양선아!!

놀라서 무전기를 바라보던 구영, 불길함에 휩싸여 들고 있던 음식들을 떨구고 사무소를 뛰쳐나간다. 이강 역시 그 뒤를 따라 뛰어나가고, 현조도 그 뒤를 따르다가 다급히 장비들 쌓여 있는 데서 배낭을 들고 뛰어나간다.
현장사무소 밖에 있던 레인저들, 영문을 모르고 멀어지는 세 사람 보다가 무전기 앞의 대진에게

레인저1   무슨 일이에요?
대진   따라가 봐! 빨리!

레인저들, 대진의 불안한 눈빛에 일단 배낭을 들고 그 뒤를 쫓기 시작하고..
대진, 다시 무전기에 대고

대진   양선아. 내 말 안 들려?

씬/5   D, 무진계곡 산 일각

산길을 미친 듯이 뛰어 올라가고 있는 구영. 그 뒤를 따르고 있는 이강과 현조. 그런 세 사람의 무전기에서 연신 들려오는 대진의 목소리.

대진(소리)   거기 누구 없어? 대답 좀 해!

씬/6   D, 비담대피소, 사무실

사무실, 굳은 얼굴로 무전 소리를 듣고 있는 일해와 수색1.

수색1   (일해에게) 뭐야? 사고야?

일해, 수색1에게 조용하라는 수신호 보낸 뒤 무전기에 집중한다.

대진(소리) 양선아! 김동협!

씬/7   D, 현장사무소 안

무전기 앞의 대진, 초조한 눈빛으로 다시 한번 무전을 치려는데 들려오는 레인저3의 목소리.

레인저3(소리)   대장님.

씬/8   D, 무진계곡 산 일각

뛰어 올라가던 구영과 이강, 현조, 레인저3의 소리에 멈춰 서서 무전기에 집중한다. 다급한 대진의 목소리가 들려온다.

대진(소리) 어떻게 됐어? 무슨 일이야?

씬/9   D, 무진계곡 남서쪽 절벽 위

절벽 위, 망연자실 주저앉아 있는 희원. 그 옆에는 뒤늦게 절벽 위에 올라온 레인저3, 당황한 눈빛으로 절벽 아래를 내려다보며 무전기에 대고

레인저3 양선 선배가 떨어졌어요. 계곡물에 휩쓸렸습니다.

씬/10   D, 현장사무소 안

놀라서 굳는 대진의 눈빛.

씬/11   D, 무진계곡 산 일각

역시 놀라서 낯빛 굳는 이강, 현조. 구영, 패닉으로 눈빛 떨려오다가

구영   남서쪽 절벽에서 휩쓸렸으면 이제 곧 이쪽으로 내려올 거야!

구영, 산 위쪽이 아닌 계곡 쪽으로 방향을 틀어 내려가기 시작한다. 그 뒤를 따라 뛰어가는 현조. 이강, 저 아래쪽 자신들을 쫓아 올라오는 레인저들에게

이강   구명환! 구명환 가져와!

씬/12   D, 비담대피소, 사무실

어찌할 바를 모르고 무전 소리에 귀를 기울이던 일해와 수색1. 일해, 문득 불길한 기운에 고개를 들어 창문을 바라보면 한 방울, 두 방울 다시 시작된 빗줄기.

씬/13   D, 비담대피소 건물 밖

다급히 사무실에서 뛰어나오는 일해, 천왕봉 쪽 하늘을 바라보는데 먹구름이 몰려들고 있다. 일해, 무전기에 대고 다급한 말투로

일해   대장님! 또 시작입니다!

씬/14   D, 몽타주

- 현장사무소. 일해의 무전을 들은 대진, 천막 밖으로 뛰어나와 하늘을 바라본다. 서서히 검게 변하고 있는 하늘. 그리고 저 멀리에서 불길하게 들려오는 사이렌 소리.

- 본소 상황실. 또다시 치솟는 강수량을 긴장한 눈빛으로 바라보는 직원들.

- 국도 일각에서 바리케이드를 세우며 차량 통제를 하고 있던 경찰들. 역시 사이렌 소리를 듣고 불길하게 산 쪽을 바라본다.

- 또 다른 국도 일각을 달리고 있는 문옥과 주민들을 태운 미니버스. 살짝 '지리산 케이블카 사업 동식물 생태평가단'이란 플래카드가 보이는데.. 사이렌 소리를 듣고 불안한 눈빛으로 차창 밖을 바라보는 문옥과 주민들.

씬/15   D, 무진계곡 인근 산길

계곡을 향해 달려가고 있는 구영. 그 뒤를 따르는 이강과 현조의 귓가에도 사이렌 소리가 들려오기 시작한다. 이강과 현조, 긴장해서 멈춰 서지만 구영은 아무것도 들리지 않는 듯 미친 듯이 계곡 쪽을 향해 달려간다.
이강, '정구영!' 부르면서 구영을 향해 달려가고 현조도 그 뒤를 따른다.

씬/16   D, 현장사무소 안

본소에 다급한 어조로 무전을 치고 있는 대진.

대진   상황이 어때?
(소리)   천왕봉 남서쪽에 100미리가 넘게 쏟아졌어요. 어제보다 심각합니다!

대진, 눈빛 흔들린다.

씬/17   D, 무진계곡 인근 산길

계곡 쪽으로 달려가는 구영. 그 뒤를 따르는 이강과 현조.
점차 저 앞쪽으로 계곡이 보이기 시작하는데..

씬/18   D, 현장사무소 안

흔들리던 대진, 마음을 다잡은 듯 무전기에 대고

대진   서이강, 철수해.

씬/19   D, 무진계곡 인근 산길

여전히 달려가고 있는 구영. 그 뒤를 따르는 이강과 현조. 저 멀리에서 뒤이어 달려오고 있는 레인저들. 그런 모습 위로 들려오는 대진의 무전 소리.

대진(소리) 서이강! 철수시켜! 지금 계곡으로 가는 건 자살행위야!

이강과 현조, 더욱 속도를 높이는데 앞서 달려가던 구영, 빗길에 미끄러지면서 휘청, 균형을 잃고 넘어진다. 빠르게 달려가서 잡아 일으키는 현조. 구영, 다시 일어나 계곡 쪽으로 가려는데 달려와 구영을 막아서는 이강.

이강   구영아. 안 돼.

구영, 현조의 손을 뿌리치며

구영   이거 놔.

하지만 현조, 더욱 강하게 구영을 잡는다.

현조　선배. 피해야 해요.

그때 달려온 레인저들 현조와 함께 구영을 잡아 뒤쪽으로 잡아끈다. '이거 놔!! 놓으라구!!!' 제정신이 아닌 듯 사람들의 손을 뿌리치고 계곡 쪽으로 가려는 구영을 어떻게든 제지하고 있는 현조와 레인저들. 이강 역시 그런 구영을 안타까운 눈빛으로 바라보는데.. 그런 모습 위로 들려오는 '쿠쿠쿠 쿠쿵' 계곡물이 내려오기 시작하는 굉음.

씬/20　D, 국도 일각

비가 퍼붓고 있는 국도 일각. 길이 갈라지는 삼거리 한쪽 길에 세워진 '안전 제일'이라고 적힌 플라스틱 차단 펜스로 다가서는 그림자. 검은 등산용 장 갑을 낀 손으로 펜스를 옆쪽으로 치운다. 서서히 화면 빠지면 국립공원 마 크가 붙은 후드를 깊게 뒤집어쓴 누군가의 뒷모습. 삼거리 중앙으로 다가와 뭔가를 기다리는 듯 가만히 선다.
서서히 들려오기 시작하는 자동차 엔진음. 저 멀리에서 다가오고 있는 미니 버스. 검은 등산용 장갑을 낀 누군가.. 가만히 다가오는 버스를 보다가 방향 을 유도하는 듯 한쪽을 가리킨다. 버스 안의 운전기사, 검은 등산용 장갑이 가리키는 쪽으로 깜박이를 켜면서 방향을 틀고 멀어지는 버스를 바라보는 검은 등산용 장갑.

씬/21　D, 다리 인근 도로/다리 위/버스 안

좁은 계곡 사이를 연결하는 다리 쪽으로 다가오는 버스, 다리 위로 진입하 는데 다리를 지탱하고 있는 철제 프레임이 '끼이이익' 위태롭게 흔들린다. 버 스 안에 탄 문옥을 비롯한 주민들 불안한 얼굴로 말없이 앉아 창밖을 바라보고 있는데..

버스가 앞쪽으로 나아갈수록 무게를 이기지 못한 듯 다리를 지탱하고 있던 철제 프레임이 더욱 크게 '끼이이익' 흔들리고 순간, 위태롭게 흔들리는 다리. 덜컹, 버스가 흔들리면서 한쪽으로 쏠리고.. 운전기사 당황해서 버스를 멈춰 세우는데 저 멀리에서 들려오는 '쿠쿠쿠쿵' 계곡물 흘러내려오는 굉음. 놀라서 뒤로 후진을 시작하는 운전기사. 그러나 다리가 흔들리면서 운전이 여의치가 않은데.. 더욱 크게 들려오는 굉음. 주민들 놀라서 비명을 지르고..

문옥, 말없이 창밖을 바라보는데 차창에 비치는 장면. 좁은 계곡을 타고 엄청난 속도로 밀고 내려오는, 서서 내려오는 흙탕물이다. 그런 모습을 가만히 바라보는 문옥의 모습 위로 귀청이 찢어질 듯 화면을 압도하는 굉음.

씬/22 D, 현장사무소 안

믿기지 않는 눈빛으로 핸드폰을 받고 있는 대진. 힘없이 핸드폰을 들고 있던 손을 떨군다.

씬/23 D, 무진계곡 인근 산길

어느새 비가 그친 산길. 여전히 울부짖고 있는 구영. 그 주변에 서서 말없이 고개 떨구고 있는 이강과 현조를 비롯한 레인저들.
이강, 안타까운 눈빛으로 구영을 바라보고 있는데 울리는 핸드폰. 발신인, 웅순이다. 가만히 액정화면을 보다가 천천히 전화를 받는다. 수화기 너머에서 들려오는 웅순의 울먹이는 목소리를 가만히 듣는다. 믿기지 않는 소식에 떨려오는 이강의 눈빛, 초점이 흐려진다. 아무것도 들리지 않고 보이지 않는 듯 그저 멍하니 선 이강의 모습에서 화이트 아웃되는 화면.

씬/24 D, 해동마을 전경

어스름한 새벽. 인기척 하나 없는 마을 곳곳에 달린 조등. 그 위로 누군가의 울음소리가 희미하게 들려온다.

씬/25   D, 강가

무진계곡에서 이어지는 강가. 배를 타고 긴 막대기로 강 중앙을 수색 중인 민간의용대.

수심이 얕은 강가 쪽, 물 안에 들어가 수풀 안을 수색 중인 현조, 일해를 비롯한 국립공원 직원들. 일해, 온몸이 젖은 채로 수풀들을 헤치는데 수해로 밀려온 듯한 스틱을 발견하고는 강변 쪽으로 나온다. 강변에는 지금까지 발견된 유류품들이 커다란 비닐 위에 모아져 있고.. 거기에 스틱을 내려놓는 일해.

다른 수풀을 수색 중인 현조, 강물 안에서 뭔가가 반짝. 꺼내 보면 낡은 핸드폰. 뒤쪽 면에는 꿀벌 모양의 스티커가 붙어 있다. 강변 한편에는 지금까지 수색을 하고 나온 듯한 대진, 수건으로 물을 닦아내는데 뒤쪽에서 다가오는 계희.

계희   어떻게 됐어?

대진, 어두운 눈빛으로 계희를 한 번 보고는

대진   버스 사고로 숨진 분들의 시신은 모두 찾았는데.. 아직.. 양선이를 못 찾았어요.

계희, 역시 어두운 눈빛으로 강가를 둘러보다가

계희   스킨스쿠버팀은 철수한단다.

대진, 말없이 흘러가는 강물을 본다.

계희	벌써 며칠이 지났잖아. 물도 빠질 만큼 빠졌고.. 이미 바다로 빠져나갔을 수
	도 있어.
대진	...
계희	시신 수색 종료하자..

대진의 낯빛 더욱 어두워진다. 천천히 고개를 돌려 강변 어딘가를 바라보면 강가 한 편에 온몸이 젖어 물을 뚝뚝 떨어뜨리면서 멍하니 앉아 있는 구영이다.

씬/26 D, 해동파출소 건물 앞

건물 앞으로 다가와 멈춰 서는 순찰차량. 일해와 현조가 내려선다. 순찰차량 뒤쪽에서 강에서 발견된 유류품들이 담긴 박스를 꺼내려다가 마을을 둘러보는 현조. 지나다니는 사람 하나 없이 조용하기만 하다. 어두운 눈빛으로 그런 마을을 바라보다가

| 현조 | ...95년도 이랬을까요.. |

일해, 현조의 시선 따라 마을을 둘러보며

| 일해 | 그때는 훨씬 더 심했을 거야. 한 집 건너 한 집이 초상집이었다니까.. |

씬/27 D, 해동파출소 안

유류품이 든 박스를 테이블에 내려놓는 현조와 일해.
다가오는 웅순과 박순경. 두 사람의 낯빛도 밝지만은 않은데..

| 웅순 | (일해에게) 다 강에서 발견된 거야? |

| 일해 | 응. |
| 웅순 | (박순경에게) 유류품 서류철 좀 가져와봐. |

박순경, 웅순의 말에 자기 자리로 가서 서류철 찾는데 보이지 않는 듯 주변을 두리번거린다.

| 웅순 | (일해에게) 구영인 좀 어때? |
| 일해 | ..뭐.. 그렇지 뭐.. |

현조, 대화 나누는 두 사람 보다가 서류철 찾는 박순경을 힐긋 보고.. 도와주려는 듯 주변을 두리번거리다가 웅순의 책상에 쌓여 있는 서류철 중 '유류품 목록'이라고 적힌 서류철을 발견하고 다가가 서류철을 뽑아 박순경에게 건넨다.

| 현조 | 여기 있는데요. |
| 박순경 | 아, 감사합니다. |

현조에게서 서류철 건네받고 웅순과 일해에게 다가가는 박순경. 현조도 그쪽으로 가려다가 문득 웅순의 책상 위, 유리 아래에 끼워져 있는 사진 한장을 발견하고 멈춰 선다. 고등학교 졸업사진인 듯 교정에서 꽃다발을 들고 환하게 웃고 있는 어린 웅순과 40대 후반으로 보이는 웅순부다. 가만히 그 사진을 내려다보던 현조, 웅순에게

| 현조 | 이 사진... |

유류품들 확인하다가 뭐지? 하는 얼굴로 다가오는 웅순, 현조가 보는 사진 확인하는

웅순	이거요? 고등학교 졸업식이에요.
현조	그런데.. 할머님은 왜 이리고 계신 거에요?
웅순	(의아하게 보는) 이강이 빼고 딴 사람은 아무도 몰라봤는데 현조씨는 알아

보네요.

현조의 시선 따라가 보면 사진 속 어린 웅순의 뒤쪽으로 오가는 졸업생들과 가족들의 모습 너머 꽃다발을 들고 혼자 힘없이 서 있는 문옥이다.

씬/28 D, 2002년, 고등학교 건물 밖

'00고등학교, 졸업을 축하합니다. 일시 2002년, 2월 0일'이라는 플래카드가 붙어 있는 교문.

씬/29 D, 고등학교 교정 일각

졸업식이 끝난 듯 교정으로 쏟아져 나오는 졸업생들. 그 사이를 두리번거리며 이강을 찾아다니고 있는 문옥. 한복을 곱게 차려입고 립스틱도 바르는 등 한껏 꾸민 차림새에 한 손에 꽃다발을 들고 있다. 지나가던 이강의 친구를 발견하고 멈춰 세우며

문옥   이강이 못 봤니? 집에서 일찍 나갔는데 졸업식에두 없구 통 보이질 않네.
친구1 저두 못 봤는데요.

친구1, 가족들과 함께 멀어지고.. 문옥, 답답한 표정으로 주변을 두리번거리며

문옥   대체 어디 간 거야...

교정, 여기저기를 다니면서 이강을 찾아다니는 문옥. 지나다니는 이강의 친구들에게 '이강이 못 봤니?' 물어보지만, 다들 고개를 가로젓고 지나간다. 문옥, 답답한 얼굴로 다시 주변을 둘러보며 앞으로 나아가는데 문옥을 알아보고 다가오는 이강의 친구들.

친구2	할머니! 여기서 뭐 하세요?
문옥	너 잘 만났다. 이강이 못 봤니?
친구2	아까 기차역 앞에서 만났는데 서울 간다던데요.
문옥	(기가 막힌) 뭐?

친구들, '안녕히 가세요' 인사한 뒤에 멀어지고.. 문옥, 기가 막히고 화가 나는 듯

| 문옥 | 이놈의 기집애를 그냥 확. |

화난 얼굴로 성큼성큼 뒤돌아 걸어가다가 멈칫. 초봄, 따스한 햇살 아래 가족끼리, 친구끼리 웃음을 터뜨리며 사진을 찍고 있는 사람들. 주변에는 모두 행복한 가족들뿐이다.
문옥. 힘이 풀리는 듯 꽃다발을 든 손을 떨군다.

| 문옥 | ...할미랑 사진이라도 한 장 찍고 가지.. |

행복해 보이는 가족들 사이 외롭게 섬처럼 서서 꽃다발을 들고 선 문옥.

씬/30 D, 2019년, 해동파출소 안

전 씬에서 웅순의 책상 위 사진 속 흐릿한 문옥의 모습으로 오버랩 되는 화면. 현조, 가만히 그런 사진을 내려다보는데.. 문 열리는 소리와 함께 들어서는 마을 이장.

| 웅순 | (인사하며) 이장님 오셨어요? |

일해도 박순경도 현조도 목례하는데.. 이장, 속상한 낯빛으로 웅순에게

이장	김경장. 이강이 좀 어떻게 좀 해봐.
웅순	예? 이강이가 왜요?
이장	걔 혼자서 장례 치르기가 좀 힘들겠어. 그래서 합동장례를 치르자고 얘기해봤는데 고집이 쇠심줄이네. 죽어도 혼자 하겠대.

현조, 낯빛 어두워진다.

씬/31   D, 감나무집 밖

감나무집 밖에 걸린 조등을 바라보는 현조.

씬/32   D, 이강의 집

'똑똑' 현관문을 노크하는 소리에 뒤이어 문을 열고 들어서는 현조. 들어서다가 거실에 차려진 빈소를 보고 멈칫한다. 병풍이 쳐져 있고, 그 앞쪽에 놓인 제단. 아직 영정사진은 없고, 제단에 놓을 음식들도 보이지 않는다. 현조, 빈소를 보다가 주방 쪽으로 다가가면 검은 상복을 입은 이강, 현조의 인기척에도 쳐다보지도 않고 무덤덤한 표정으로 제단에 놓일 음식들을 만들고 있다.

현조	(보다가) 선배...

이강, 여전히 음식을 만들며

이강	문상하려면 나중에 와. 아직 준비가 덜 됐어.

현조, 자신을 쳐다도 보지 않고 음식 준비를 하는 이강을 안타깝게 보다가

현조	선배.. 몸은 괜찮아요?

이강, 여전히 음식에만 집중한다.

현조   선배..

이강, 여전히 현조 무시한 채 음식 담을 접시들을 꺼내려는 듯 수납장으로
다가가 문을 여는데.. 현조, 성큼성큼 다가가서

현조   나도 도울게요. 그릇들 꺼내면 되는 거죠?

이강, 그런 현조를 막아서며

이강   됐으니까 가.
현조   ...
이강   나 혼자 할 거야. 그러니까 가.

현조, 자기와 시선도 마주치지 않고 얘기하는 이강을 보다가

현조   ..그러지 말아요..

이강, 여전히 현조의 시선을 외면한다.

현조   예전처럼 혼자서 감추고 안 아픈 척하고 그러지 말라구요.

이강, 눈빛이 떨려온다.

현조   힘들면 누구한테라도.. 나한테라도 털어놔요.

순간, 현조의 가슴을 '쾅' 뒤로 밀어버리는 이강.

이강   너 때문이야...

현조, 흔들리는 눈빛으로 이강을 본다.

이강 그 차에만 안 탔어도 할머니 아무 일 없었을 거야. 그 차에만 안 탔어도.. 너만 아니었어도.. 나한텐 할머니뿐이었는데..

이강, 얼굴을 감싸 안으며 서서히 무너진다. 현조, 가슴 아픈 눈빛으로 이강을 바라본다.

이강 ...가.. 제발.. 가줘..

차마 어떤 말도 꺼내지 못하고 가만히 이강을 바라보는 현조.

씬/33 D, 이강의 집 밖

현관문을 열고 밖으로 나오는 현조. 가만히 서서 고개를 떨구는데 안에서 들려오는 이강의 숨죽인 흐느낌.
현조, 가슴이 아프다. 벽에 가만히 기대어 서서 아픈 한숨을 내쉰다.

씬/34 N, 이강의 집, 거실

향, 촛대, 국화들, 제단에 정성스럽게 차려진 음식들. 거의 완성된 분향소. 단 하나 영정사진만이 걸려 있지 않다. 그런 분향소 앞에서 앨범을 천천히 한 장 두 장 넘기고 있는 이강. 옆에는 영정사진에 쓰일 텅 빈 액자가 놓여 있고..
어렸을 때 부모님과 찍은 사진들 외에는 이강의 사진은 찾아볼 수가 없고, 문옥의 사진 역시 개인 사진은 없고 '해동마을 벚꽃 놀이' 같은 단체 사진들뿐이다. 한 장 두 장 넘길 때마다 사진들 한 편에 남아 있는 작게 웃고 있는 문옥을 발견하며 떨려오는 이강의 눈빛. 마지막 장까지 넘겨보지만 문옥의 개인 사진은 발견할 수가 없다. 앨범을 덮고 가만히 내려보다가 소중하게 앨범을 꼬옥 안는 이강. 서서히 흐느끼기 시작한다.

이강   ...할머니.. 미안해...

떠나버린 할머니의 모습이 담긴 앨범을 더욱 소중하게 안으며 오열하는 이강의 모습에서 서서히 암전.

씬/35   D, 섬진강변

화면 서서히 밝아지면 햇살이 반짝이는 섬진강변. 가족 단위로 나들이를 나온 가족들의 웃음소리. 함께 셀카를 찍는 행복해 보이는 커플들. 한쪽 강가에서 낚싯대를 드리운 낚시꾼들.
평화롭고 따뜻해 보이는 풍경 속, 사람들과 조금 떨어진 모래톱에 가만히 앉아서 흘러가는 강물을 바라보고 있는 구영. 몸도 마음도 초췌하기만 하다.
시간의 흐름과 함께 그림자도 흘러가는데.. 구영의 귓가에 들려오는 뚝딱뚝딱하는 소리. 문득 고개 돌려 뒤를 바라보는 구영. 바로 뒤쪽에 텐트를 치고 있는 일해다. 가만히 바라보는 구영과 시선 마주치는 일해.

일해   캠핑 온 거야. 신경 쓰지 마.

구영, 가만히 보다가 다시 고개 돌려 강물을 본다. 그런 구영을 보는 일해, 눈빛 가라앉았다가 일부러 너스레 떨듯 가벼운 말투로

일해   아우, 텐트 좋다. 뭐 이렇게 쉽게 쳐져.

구영, 일해의 말이 들리지 않는 듯 그저 강물만 바라보고 있다. 일해, 눈빛 가라앉는다.

- 시간 경과되면

버너 위에서 끓고 있는 코펠 안의 물을 들어 커피 잔 두 개에 붓는 일해. 두 개의 커피 잔을 가지고 가 구영 앞에 하나를 놓고, 옆에 와서 앉는 일해.

구영, 커피 잔을 쳐다도 보지 않는다. 일해, 그런 구영 보다가 일부러 밝은 척하며

일해 왜 커피 싫어? 그럼 차 줄까? 딴 거 다시 타줘? 화력이 죽여. 금방 끓어.

구영, 그저 조용히 강물만 바라본다. 일해, 그런 구영을 보다가 옅은 한숨을 내쉬며 말없이 함께 강을 바라본다.

바람이 불어오고 강물은 흘러가고 햇빛은 반짝인다. 그런 두 사람의 귓가에 들려오는 나들이객들의 행복한 웃음소리. 일해, 가만히 강물을 바라보다가

일해 ...저 사람들은 모르겠지.. 얼마 전에 이곳에서.. 무슨 일이 벌어졌는지..

구영 ...

일해 근데 그게 우리 일인 것 같아. 여기서 무슨 일이 벌어졌는지 기억하는 거.

구영 ...

일해 저 산에 어떤 사람들이 올랐는지.. 무슨 일을 겪었는지.. 산이 얼마나 무서운 곳인지 또 얼마나 위로를 주는 곳인지.. 그 산을 지키기 위해서 누가 어떤 희생을 했는지.. 다 기억해줘야지..

구영, 눈빛 흔들린다.

일해 ...양선이 마지막 멋있었어. 최고로 멋진.. 레인저였어..

구영, 눈가에 눈물이 맺힌다. 고개를 파묻는 구영. 강변을 바라보는 구영과 일해의 뒷모습 위로 구영의 흐느낌이 흐른다. 그런 구영을 내려다보는 듯 우뚝 선 지리산의 모습에서..

씬/36   D, 해동분소, 사무실

텅 빈 사무실. 컴퓨터 앞에 가만히 앉아 있는 현조. 모니터에는 '수해사고일
지'라는 제목만이 적혀 있다. 차마 더 이상 적어 내려가지 못하겠는 듯 깜박
이는 커서만 바라보고 있는데.. 똑똑 노크 소리와 함께 문 열리며 들어서는
웅순. 현조, 마음을 추스르며 일어나

현조   오셨어요?
웅순   (둘러보며) 아무도 안 계세요?
현조   대장님하고 일해 선배는 순찰 나가셨구요. 구영 선배랑 이강 선배는 아직..
        휴가 중이세요.

        웅순, '아...' 낯빛 가라앉는데..

현조   ..무슨 일로 오신 거예요?
웅순   그게.. 이번 수해 때 직원들 근무일지를 볼 수 있을까요?
현조   그건 왜..
웅순   이번에 그 버스 사고가 왜 났는지 조사 중이거든요. 그 다리는 붕괴 위험이
        있어서 통제를 했던 구간인데 왜 그쪽으로 갔는지 이상해서요.

        멈칫해서 웅순을 보는 현조.

웅순   뭐 비가 많이 내려서 차단 펜스를 못 봤을 수도 있어요. 버스가 치고 갔는
        지 길 옆에 쓰러져 있었거든요.

        현조, 설마.. 하면서도 점차 불길함에 사로잡힌다.

웅순   그런데 주변에 CCTV가 없어서 정확하게 어떤 상황이었는지 알 수가 없네
        요.
현조   ...
웅순   그때 직원들이 산 근처에서 근무 중이었으니까 근무 위치를 파악하면 혹시

라도 목격자가 있을 수도 있지 않을까 해서요.

현조　...근무일지는 아직이에요.

웅순　그래요.. 그럼 다 작성되면 그때 연락 좀 부탁드립니다.

웅순, 돌아서서 나가려는데

현조　저기요.

웅순　(돌아보는)

현조　그때 그 버스가 어떤 길로 다리까지 갔는지 알 수 있을까요?

씬/37　D, 국도 일각

아무 일도 없었다는 듯 푸른 신록에 휩싸인 국도를 따라 걷고 있는 현조. 한 걸음 한 걸음 나아가는데 저 앞쪽으로 안전 펜스가 놓여 있던 삼거리가 나온다. 웅순에게 받은 현장사진인 듯 빗물이 고인 삼거리 한쪽 면에 쓰러져 있던 차단 펜스 사진을 확인하는 현조. 여기구나.. 삼거리 쪽으로 다가가서 주변을 꼼꼼하게 둘러보다가.. 뒤쪽의 관목들을 보고 눈빛 크게 흔들린다. 특이한 모양으로 꺾여 있는 관목들을 믿기지 않는 듯 바라보는 현조의 모습에서

현조(소리)　...사고가 아니었어...

서서히 한두 방울씩 떨어지기 시작하는 장대비. 현재 현조의 맞은편에 환상처럼 나타나는 과거의 검은 등산용 장갑. 우비의 후드를 깊게 눌러쓴 채 다리 쪽을 향해 장갑 낀 손을 올린다. 손 뒤쪽의 꺾여진 관목이 현조의 편린과 정확하게 일치한다. 깜박이를 켜고 다리 쪽으로 방향을 꺾는 버스. 저 멀리 다리 쪽으로 사라지고.. 멀어지는 버스를 확인하는 검은 등산용 장갑. 한쪽으로 치워뒀던 차단 펜스를 마치 버스가 치고 간 듯 한쪽 바닥에 쓰러뜨려놓는다. 서서히 사라지는 검은 등산용 장갑.
빗방울도 서서히 그치기 시작하면서 다시 화창한 날씨의 현재로 돌아오면

뭔가에 얻어맞은 듯 그 자리에 서 있는 현조.

현조(소리) 그놈이.. 사람들을.. 죽인 거야..

씬/38   D, 계곡 일각

사고가 났던 계곡가로 천천히 들어서는 현조. 충격과 죄책감에 휩싸인 눈빛으로 계곡을 바라보다가 무릎을 꿇고 무너진다.

현조(소리) 나 때문이야.. 내가 막았어야 했는데.. 어떻게든 막았어야 했는데..

- 인서트
- 12부, 49씬. 버스 안의 문옥에게 인사하는 현조의 시선으로 보여지는 버스 안의 사람들. 웃으면서 각자 자리로 가면서 대화를 나누던 주민들. 그리고 활짝 미소 지으면서 현조에게 손 흔들던 문옥.

- 다시 계곡으로 돌아오면
죄책감과 후회에 휩싸여 차마 계곡을 바라보지도 못하는 현조.

현조(소리) 내가 막았다면.. 지금도 살아 있을 텐데.. 나 때문에.. 나 때문에 그 사람들이 죽었어...

그 어느 때보다 아름답게 햇살에 비춰지는 계곡. 붉게 물든 눈빛으로 아프게 자책하는 현조의 모습에서.

씬/39   D, 해동분소 외경

이른 아침, 해동분소.

씬/40   D, 해동분소, 사무실

출근하는 듯 사무실로 들어서던 대진, 뭔가를 보고 멈칫한다. 유니폼을 입고 사무실을 청소 중인 이강이다. 초췌한 얼굴이지만 눈빛은 담담해진 이강, 대진을 보고 인사하는

이강   오셨어요.

대진, 그런 이강을 가만히 바라본다.

씬/41   D, 해동분소, 휴게실

마주 앉아 있는 이강과 대진. 이강을 바라보는 대진의 눈빛엔 연민이 담겨 있다.

대진   괜찮니?
이강   ......
대진   힘들면 얘기해. 다른 곳에 자리를 알아볼게.

이강, 대진의 얘기를 듣다가

이강   ...여길.. 떠나려고 했었어요..

씬/42   D, 감나무집 건물 밖/이강의 회상

새벽, 어딘가로 떠나는 듯 가방을 들고 건물을 나서는 이강. 천천히 추억이 깃든 감나무집 건물을 훑어보다가 뒤돌아 새벽 안개 사이로 멀어진다.

씬/43   D, 버스 정류장/이강의 회상

새벽, 6부, 18씬. 철경과 만났던 그 버스 정류장으로 가방을 들고 다가오는 이강, 아무도 없는 버스 정류장에 앉아서 버스를 기다린다.
시간이 흐르고.. 저 멀리에서 헤드라이트를 켜고 다가오는 버스. 그런 버스를 바라보는 이강의 눈빛. 정류장에 정차하는 버스. 잠시 뒤 출발하는데 여전히 자리에 앉아 있는 이강의 모습 위로.

이강(소리)   언제나 여길 떠나고 싶었어요. 그래서 여길 떠나는 아이들이 너무 부러웠는데.. 막상 가려고 하니까.. 갈 곳이 없더라구요.

씬/44   D, 해동분소, 휴게실

대진에게 얘기를 이어나가는 이강.

이강   여기 남고 싶어요. 엄마도 아빠도.. 할머니도.. 여기 계시니까.. 저도.. 여기 있겠습니다.

대진, 꿋꿋하게 상처를 이겨내려는 듯 담담하게 얘기를 이어가는 이강을 안쓰러운 마음에 바라본다. 그런 두 사람의 모습에서 열려 있는 문밖 비추면 두 사람의 얘기를 어두운 눈빛으로 듣고 있는 현조다.

씬/45   D, 해동분소, 사무실

테이블에 모여 앉아 있는 이강, 현조, 대진, 구영.

대진   (사무적인 말투로) 오늘부로 여름철 재난 대책 기간이 종료된다. 이번 수해 때 탐방로와 시설물 다수가 유실됐다. 수해 복구공사 관리, 우회로 안내 등

각자 맡은 구역 순찰에 힘써주기 바란다.

대진의 얘기 깔리면서 보여지는 이강, 현조, 구영의 모습. 상처를 애써 감춘 담담한 모습이지만 예전과 비교해 분위기는 사뭇 가라앉아 있다.

대진　　그리고 이번에 비담대피소에 결원이 생겼다. 대피소 근무 어렵고 힘든 건 다들 알 거다. 순번대로 교대근무가 원칙인데..

현조, 잠시 고개 들어 서류를 바라보고 있는 이강을 본다.

대진　　혹시 지원자가 있으면 우선적으로 받겠다.

대진의 말과 오버랩 되는 현조의 목소리.

현조　　제가 가겠습니다.

이강, 구영, 대진, 모두 현조를 바라본다. 현조, 이강의 눈빛 회피하며 대진을 바라보는

현조　　제가 갈게요.

씬/46　　D, 해동분소, 장비실

수해장비들을 체크하고 있는 이강과 구영. 구영은 장비들 상태를 살펴보고 이강은 뒤쪽에서 서류에 기입을 하고 있다.

구영　　로프건 하나 파손됐네.

이강, 서류에 기입하다가 장비들 상태 훑으며

이강	로프도 하네스도 상태가 안 좋아. 시간 내서 정비 좀 하자.
구영	그래.

담담한 말투로 사무적인 대화를 나누는 두 사람.

씬/47 D, 해동분소, 복도

장비실에서 나서는 이강과 구영. 그때 저만치 앞 사무실 쪽에서 박스에 짐을 챙겨 나오는 현조와 시선 마주친다. 구영, 다가가서

구영	가니?
현조	예.
구영	잘 하고 와라.
현조	감사합니다.

먼저 사무실 쪽으로 걸어가는 구영. 이강, 현조를 보는데.. 현조, 시선 피하는 듯 눈 내리깔고 목례하며

현조	다녀올게요.

인사한 뒤 바로 입구 쪽으로 걸어가는 현조. 이강, 멀어지는 현조의 뒷모습 보다가 현조 이름을 부르려다 멈칫.. 잠시 머뭇거리다가 사무실 쪽으로 몸을 돌리는데.. 엇갈리듯이 입구 쪽으로 걸어가던 현조, 멈춰 서서 뒤돌아본다. 멀어지는 이강의 뒷모습을 죄책감에 휩싸인 눈빛으로 바라본다.

씬/48 D, 차 안

주차장에 세워진 차에 올라타는 현조, 조수석에 짐이 실린 박스 올려놓다가.. 박스 안 짐들 중에서 이강이 줬던 부적을 꺼내서 가만히 바라본다.

현조(소리) 반드시 잡을게요. 범인.. 누군지 꼭 밝혀낼 거예요.. 범인을 잡으면.. 그때..

부적을 주머니 안에 넣고는 차를 출발시키는 현조.

씬/49   D, 일만네 집

약초 끓인 물을 컵에 따르고 있는 일만처. 쟁반에 담아 거실로 가져가 누군
가의 앞에 내려놓는다. 사복 차림의 현조다.

일만처   집 안에 드실 게 이것밖에 없네요.
현조   아뇨. 갑자기 찾아와서 제가 죄송하죠.
일만처   그런데 무슨 일로..
현조   몇 가지 여쭤보고 싶은 게 있어서요.

현조, 핸드폰에 담겨진 이종구와 김진덕의 사진을 일만처에게 보여주며

현조   이 두 분, 돌아가신 남편분하고 많이 친하셨다고 들었어요. 맞죠?
일만처   그럼요. 맨날 일 끝나면 술 마시고 산에도 같이 다니고.. 친형제 같은 사이
였어요. (하다가) 그렇게 친하더니 죽는 것도 사이좋게 비슷한 시기에 가버
렸죠.
현조   (조심스럽게) 돌아가실 때 세 분 사이에 무슨 일이 있진 않았나요? 싸우셨
다던지 갑자기 사이가 틀어졌다던지..
일만처   싸우긴요. 어렸을 때부터 한 번도 싸워본 적이 없다고 늘 말버릇처럼 얘기
했어요.
현조   어렸을 때부터 친구셨어요?
일만처   예. 같은 마을에서 나고 자랐대요.

– 시간 경과되면
낡은 앨범 하나를 현조 앞에 두고 한 장 두 장 넘기고 있는 일만처.

일만처 저랑 결혼 전에 살았던 마을이라, 전 얘기만 들었어요. 산 위쪽에 있던 마을이라고 했는데..

한 장 더 넘기다가 사진 하나를 발견하고는

일만처 아, 여깄네요.

앨범 안의 사진을 내려다보던 현조의 눈빛, 흔들린다. 빛바랜 컬러 사진 안에서 환하게 웃고 있는 일만과 젊은 시절의 이종구, 김진덕의 모습. 검은다리골 마을 입구에 있는 장승 앞에서 찍은 사진이다.

현조 ...검은다리골 마을..
일만처 맞아요. 그런 이름이었어요.

현조, 가만히 떨리는 눈빛으로 사진을 내려다보는데..

씬/50 D, 국도 일각

국도를 운전 중인 현조, 블루투스로 누군가에게 전화 중인데 '고객 전화기의 전원이 꺼져 있어..'라는 안내 멘트. 거치대에 놓인 핸드폰 액정화면 비추면 '김솔 선배'다. 솔이와 통화가 안 되자 답답해지는 현조의 얼굴.

씬/51 D, 대진의 집 앞

대진이 사는 빌라 현관문 앞에서 초인종을 누르는 현조. 잠시 시간이 지난 후 문을 여는 사복 차림의 대진, 의아한 눈빛으로 현조를 본다.

씬/52   D, 대진의 집, 거실

마주 앉아 있는 현조와 대진.

대진   무슨 일로 쉬는 날 여기까지 왔어?
현조   검은다리골 마을이요.
대진   (멈칫) 그 마을은 갑자기 왜?
현조   그 마을은 왜 갑자기 사라진 건가요? 그때 무슨 일이 있었는지 알고 싶습니다.
대진   왜 그 마을이 궁금한 건데?
현조   ..이유는 나중에 말씀드리겠습니다.

대진, 의아한 눈빛으로 현조를 보다가

대진   1991년에 그 마을에 케이블카 사업이 추진됐었어. 그러던 중에 좋지 않은 사건들이 연이어 발생했었지..
현조   좋지 않은 사건이요? 그게 뭔데요?
대진   누군가 공동 우물에 죽은 동물 사체를 넣기도 했고.. 주민들 중 몇 명이 목숨을 잃기도 했어.
현조   (멈칫) 사람들이 죽었다구요? 왜죠?
대진   안타까운 사고들도 있었고.. 스스로 목숨을 끊기도 했지.
현조   ...대체 그 마을에 무슨 일이 있었던 건가요?
대진   우린 사고를 수습했을 뿐이라서 정확히 무슨 일이 있었는지는 몰라. 그 마을에 살진 않았으니까..
현조   (보는)
대진   결국 케이블카 사업은 흐지부지돼버렸고, 이후에 국립공원 차원에서 이주 사업을 벌인 뒤에 마을이 철거됐어.

현조, 잠시 생각하다가

현조   ..우물에 동물 사체를 넣은 건 누가 그런 거죠?

대진	당시 케이블카 사업을 추진했던 양근탁이란 사람이 의심을 받긴 했어.
현조	양근탁씨라면 이번에도 케이블카 사업 때문에 오신 분 아닌가요?
대진	맞아. 하지만 결국 누가 그랬는지 밝혀지진 않았어.
현조	..그게 다인가요?
대진	내가 아는 얘기는 거기까지야.
현조	..그럼 거기 살았던 주민들이 누구누군지 알 수 있을까요?
대진	워낙 오래전 일이라 난 기억이 나지 않지만, 본소에 이주사업 기록이 남아 있을 거야.

씬/53   D, 본소, 보관실

테이블 위에 놓여 있는 '1991년, 검은다리골 마을 이주사업 보고서'. 그 앞에 앉아 한 장 두 장 서류를 넘기기 시작하는 현조. '이주사업 대상자' 목록에 멈춘다. 열세 가구. 열세 명의 세대주들의 이름이 적혀 있다. '김재경' '최일만' '이종구' '김진덕' '김남식' '이재근' '서금자' '이금례' '허진옥' '황길용' '장학수' '김성국' '최태구'.
명단을 읽어 내려가는 현조의 시선에서.

현조(소리) 최일만.. 이종구.. 김진덕.. 현수의 아버지, 김남식.

'이재근'이란 이름에서 멈추는 시선.

현조(소리) 양선 선배의 할아버지.

- 인서트
- 4부, 73씬. 양선의 대학 졸업사진에 양선과 함께 있던 이씨 할아버지.

- 5부, 34씬. 해동분소, 사무실에서 대화를 나누던 직원들.

구영	통발에도 일부러 넣어놓은 걸 거야. 할아버지한테 누명을 씌우라고.

현조	그게 아니라 다른 목적이었을 수도 있어요.
구영	뭐?
현조	할아버지를 죽이려고 거기에 넣어뒀을 수도 있죠.

- 다시 본소 보관실로 돌아오면
다음 명단 '서금자'다

현조(소리) 2017년, 양석봉에서 숨진 서금자.

- 인서트
- 8부, 43씬의 인서트 중 낮, 가을. 가파른 너덜길을 내려가고 있는 배낭을 멘 서금자(70대, 여). 절벽같이 위험한 바위에 예전부터 설치돼 있던 듯한 낡은 로프를 잡고 내려가기 시작하는데.. 로프의 가장 위쪽, 바위와 마찰되는 부분 보면 누군가 반쯤 로프를 끊어놓은 자국.

- 다시 본소 보관실로 돌아오면
'이금례'란 이름을 바라보는 현조.

- 인서트
- 3부, 25씬. 총알나무 뒤쪽, 고운 들꽃과 함께 놓인 요쿠르트 두 병을 갸웃하며 바라보는 금례할머니.

- 3부, 36씬. 산에서 숨겨 있는 금례할머니의 모습.

- 다시 본소 보관실로 돌아오면
명단을 보면서 생각에 잠기는 현조.

현조(소리) 수해가 아니었어.. 검은다리골 마을.. 지금까지 죽은 사람들 모두 이 마을에 살았었어..

명단을 끝까지 살펴보는 현조. 그러나 문옥의 이름은 없다.

현조(소리) 하지만.. 이강 선배 할머님은 이 마을 출신이 아닌데... 그런데.. 왜...

순간, 뭔가가 스치고 지나간 듯 현조의 눈빛 떨려온다.

- 인서트
- 52씬, 현조와 얘기하는 대진.

대진 1991년에 그 마을에 케이블카 사업이 추진됐었어. 그러던 중에 좋지 않은 사건들이 연이어 발생했었지..

- 다시 본소 보관실로 돌아오면
더욱 떨려오는 현조의 눈빛.

현조(소리) 케이블카 사업...

- 인서트
- 20씬, 삼거리에서 방향을 트는 버스에 달린 '지리산 케이블카 사업 동시물 생태평가단' 플래카드가 선명하게 보인다.

- 11부, 50씬. 생태평가단 버스에서 환하게 웃으면서 내려서는 양근탁. 멀리서 그런 근탁을 바라보는 누군가의 시선에서..

- 다시 본소 보관실로 돌아오면

현조(소리) 버스 안의 사람들을 노린 게 아니었어.. 양근탁.. 그 사람을 노렸던 거야..

혼란스러움에 더욱 떨려오는 현조의 눈빛.

현조 케이블카 사업.. 검은다리골 마을.. 그때.. 무슨 일이 있었던 거지..

명단을 바라보는 흔들리는 현조의 시선, 문득 한 이름에 멈춘다. '허진옥'이
다.

- 인서트
- 10부, 26씬. 검은다리골 대피소에서 쓰러져 있는 진옥을 발견하는 현조
와 이강. 이강, 진옥에게 다가가 맥박, 호흡을 확인하는데 현조의 시선, 순간
옆에 놓인 진옥의 배낭에 멈춘다. 배낭에 걸려 있는 이름표. '허진옥'이다.

씬/54   D, 거리 일각

지방 소도시. 종합병원을 걸어 나오는 창백한 낯빛의 진옥, 힘이 부치는 듯
벤치에 앉는데 가방 안에서 울리는 핸드폰.

진옥   여보세요. (듣다가 반가운) 국립공원 레인저요? 안녕하세요. 그때 제대로
인사도 못 드렸네요.

씬/55   D, 본소, 복도

복도에서 진옥과 통화 중인 현조.

현조   찾아뵙고 몇 가지 여쭐 게 있어서요. 잠시 시간 내주실 수 있을까요?
진옥(소리)   안 그래도 내일 산에 갈 일이 있어요. 산에 가서 연락드릴게요.

진옥, 전화를 끊고는 가방 안에 핸드폰을 넣다가 문득 생각난 듯 핸드폰을
열어 문자를 확인한다. '검은다리골, 3시'라는 문자를 어두운 눈빛으로 내
려다본다.

씬/56   D, 본소, 주차장

주차장으로 걸어 나오던 현조. 순간 또다시 편린이 찾아오는 듯 커지는 심장 박동 소리.

- 인서트
- 낮, 검은다리골 마을. 무성하게 난 수풀 위로 툭 떨어지는 누군가의 핸드폰. '검은다리골, 3시'라는 문자가 적힌 액정 위로 뚝뚝 떨어지는 붉은 피.

- 다시 주차장으로 돌아오면
굳은 얼굴로 차에 올라타 출발시키는 현조.

씬/57   D, 덕서령 산 일각

빠른 속도로 산을 타기 시작하는 현조, 땀범벅이 되어 위로 위로 오른다.

씬/58   D, 검은다리골 마을터 일각

수풀이 무성한 마을로 들어서는 현조. 여전히 한낮임에도 어둑어둑한 사위. 또다시 스멀스멀 피어오르기 시작하는 안개. 현조, 긴장한 눈빛으로 시간을 확인하면 두 시 반.

현조(소리) 세 시.. 여기에 범인이 온다..

범인에 대한 분노와 잡겠다는 의지가 가득한 눈빛으로 주변을 바라보는 현조의 모습에서..

씬/59   D, 2020년, 동 장소

전 씬의 주변을 감싸고 있던 안개와 함께 현조의 모습, 서서히 흐려지며 사라지고.. 마을을 감싸고 있던 여름의 신록이 늦가을의 모습으로 변하면서

* 자막 - 2020년, 가을

마을 안으로 들어서는 사람들의 발걸음. 이강을 업은 구영과 일해. 마을 한 편에 있는 나무등걸에 이강을 내려놓는 구영, 거친 숨을 고르며..

구영   그래서. 범인이 누군지 밝힐 수 있는 증거가 뭔데?

이강, 일해와 시선 마주치다가

이강   아직 몰라. 하지만 분명히 여기 어딘가에 있을 거야.

구영, 가만히 이강을 바라보다가

구영   ..여기.. 정말 증거가 있긴 있는 거야?

이강과 일해, 말없이 구영을 바라본다. 구영, 답답한 듯 한숨 내쉬고는

구영   너희들.. 처음부터 이상했어. 나한테 뭐 숨기는 게 있는 거지?

이강, 긴장해서 구영을 보는데.. 일해, 앞으로 나서며

일해   아까 이강이가 물어봤던 거.. 나도 알고 싶다.
구영   뭐?
일해   이다원이 죽던 날, 왜 산에 갔었니?
구영   (보다가) 그럴 일이 있었다니까.
일해   그러니까, 무슨 일이냐구?
구영   양선씨한테 갔다 왔어. 됐어?!

이강, 일해, 멈칫해서 구영을 본다. 감정이 몰려오는 듯 옆에 있는 바위에 걸 터앉아 고개를 떨구는 구영.

씬/60   D, 몽타주/구영의 회상

- 가을. 산을 오르고 있는 구영. 저 앞쪽에 소박하게 피어 있는 야생화. 가 만히 그 꽃을 바라본다.

- 9부, 39씬의 그 능선 위로 올라서는 구영. 손에는 야생화가 들려 있다. 능 선 위, 어딘가를 가만히 바라보면 환상처럼 과거, 즐겁게 대화를 나누던 자 신과 양선의 모습. 천천히 다가가면 어느새 사라져버린 양선. 양선이 있던 그곳에 야생화를 내려놓는 구영. 이미 꽤 자주 꽃을 갖다두었던 듯 말라버 린 꽃다발들이 놓여 있다. 구영, 그 옆에 주저앉아 드넓게 펼쳐진 지리산을 바라본다. 눈가가 붉어진다.

씬/61   D, 검은다리골 마을터 일각

고개를 떨구고 있는 구영, 일해에게

구영   니가 그랬잖아. 기억하라고.. 다 잊어도 난 기억해줘야지..

예상치 못한 구영의 대답에 쉽게 입을 열지 못하는 이강과 일해. 말없이 앉 고 서고 한 세 사람.
그런 세 사람이 한눈에 내려다보이는 언덕 위쪽으로 은밀하게 다가오는 누 군가의 발. 손에는 검은 등산용 장갑. 멀리서 그들을 바라보는 시선. 세 사 람 모두 전혀 눈치채지 못하고 그저 말없이 앉아 있는데 '치치치칙' 울리는 구영의 무전기.

(소리)   비담 하나. 덕서령 까치고개에서 조난신고가 접수됐다.

놀라서 서로 시선 마주치는 세 사람.

| (소리) | 지병으로 심장병을 앓고 있었는데 가슴 통증이 심한가 봐. 근처에 출동 가능한 레인저 없어? |

이강, 구영과 일해를 보며

이강	까치고개는 여기서 이십 분 거리야.
구영	(무전기에 대고) 해동 하나. 현재 위치 덕서령 검은다리골. 이십 분 거리다. 우리가 출동하겠다.
(소리)	헬기 출동했어. 서둘러.

무전을 끊고 구영, 일해에게

| 구영 | 어시스트가 필요해. |

순간, 이강을 걱정스럽게 바라보는 일해.

| 이강 | 난 괜찮으니까 빨리 가봐. |

일해, 배낭 안에서 무전기 하나 꺼내서 이강에게 건넨다.

| 일해 | 헬기 떴으니까 얼마 안 걸릴 거야. 무슨 일 있으면 연락해. |

먼저 뛰어가는 구영, 일해에게 '서둘러!' 외치고.. 일해, 구영의 뒤를 따라 절뚝거리면서도 최선을 다해 뛰어간다. 멀어지는 두 사람을 바라보는 이강. 그런 이강을 바라보는 언덕 위 누군가의 시선.

씬/62   D, 검은다리골 인근 일각

11부 34씬에 이어지는.. 천천히 몸을 일으켜 푸른 가을 하늘을 바라보는 현조. 순간, 다시 편린이 시작되는 듯 주변의 소리들이 멀어진다. 긴장하는 현조의 눈빛. 벌떡 일어선다.

씬/63   D, 검은다리골 마을터 일각

조용하기만 한 검은다리골 마을터. 나무등걸에 앉아 있는 이강, 무전기를 무릎 위에 놓고 배낭 안에서 영상카메라를 꺼내 한쪽에 설치하고 녹화 버튼을 누른다. 빨간 불이 들어오는 영상카메라.
순간, 뒤쪽 산길에서 들려오는 바스락 소리. 긴장해서 뒤돌아보는 이강. 하지만 아무도 없다.

씬/64   D, 검은다리골 인근 산길 일각

산길을 달려 이동하던 현조, 뭔가를 보고 멈칫한다. 맞은편에서 이쪽을 향해 빠르게 다가오고 있는 구영과 다리가 아픈 듯 조금 뒤처져서 따라오고 있는 일해. 현조, 반가움에 자기도 모르게..

현조   선배..

그러나 전혀 현조를 보지 못하고 통과하듯이 지나치는 구영. 현조의 눈빛, 순간 어두워지는데.. 구영, 뒤따라오는 일해 뒤돌아보며

구영   서둘러!

일해, 다리는 아프지만 이를 악물고 속도를 높이며 다가오다가

일해   이강이 혼자서 괜찮을까?

순간, 놀라서 낯빛 굳는 현조.

구영   조난객부터 구하고 빨리 돌아가면 돼.

더욱 속도를 높여서 멀어지는 구영과 일해. 믿기지 않는 듯 떨려오는 현조
의 눈빛. 천천히 고개를 돌려 두 사람이 뛰어온 방향을 바라본다.

현조(소리) 이강 선배...

한 걸음, 두 걸음 빨라지는 현조의 발걸음. 속도를 높여 그쪽을 향해 달려가
기 시작하는 현조의 모습 위로

현조(소리) 이강 선배가.. 산에 있어..

씬/65   D, 검은다리골 마을터 일각

불안한 눈빛으로 앉아 있는 이강. 이번엔 다른 쪽 산길에서 잔돌들이 떨어
진다. 그쪽을 또다시 바라보는데 역시 아무도 없다. 주변을 둘러보면 이강을
위압적으로 둘러싼 나무들. 그 사이사이 불길해 보이는 그림자들.
이강, 불안감이 엄습하는 듯 전기충격기를 꺼내는데 그 와중에 무릎에서
떨어지는 무전기. 내리막길 아래쪽으로 데굴데굴 굴러간다.
놀라서 저만치 아래 떨어진 무전기를 바라보는 이강. 그런 이강을 멀리서
바라보다가 서서히 빠르게 다가가는 누군가의 시선.

씬/66   D, 검은다리골 인근 산길 일각

산길을 빠르게 달려 검은다리골로 향하고 있는 현조.

씬/67   D, 검은다리골 마을터 일각

부들부들 떨면서 나무등걸에서 일어나려는 이강. 몇 걸음 걷다가 쿵, 쓰러지면서 데굴데굴 내리막길을 구른다. 고개 들어 무전기에 손을 뻗어보지만 닿지 않는다.

순간 뒤쪽에서 들려오는 '바스락 바스락' 발자국 소리. 불안한 눈빛으로 그쪽을 바라보던 이강. 어떻게든 기어서 무전기 쪽을 향해 다가가는 이강과 산길을 뛰어 이강에게 달려오는 현조의 모습 교차되면서..

14부

여기서 있었던 일 다 잊고.. 산을 떠나..
다 잊어버리고.. 행복하게 살아..
절대.. 돌아오지 마..

씬/1   D, 2020년, 덕서령 까치고개

헉헉 거친 숨을 내쉬면서 까치고개로 올라서는 구영과 일해.

* 자막 – 2020년, 가을

그런데 아무도 보이지 않는다. 당황한 눈빛으로 주변을 둘러본다.

일해   뭐야.. 여기 아냐? 왜 아무도 없어?

구영, 역시 당황해서 주변을 둘러보다가

구영   (무전기에 대고) 해동 하나. 까치고개 도착했는데 아무도 없어.
(소리)   잘 찾아봐. 분명히 거기라고 했어.
구영   개미 새끼 한 마리 없다구.

일해, 불안한 눈빛으로 주변을 둘러보다가

일해   ...누군가 일부러 신고를 한 거야..

구영	뭐?
일해	이강이를 혼자 남게 할려고 허위신고를 한 거라구.

씬/2   D, 검은다리골 마을터 일각

힘겹게 무전기를 향해 기어가고 있는 이강. 그런 이강의 뒤쪽을 향해 다가오는 누군가의 시선. 순간 불길하게 불어오는 바람. 낙엽들이 휘몰아쳐 떠오른다. 해를 가리기 시작하는 먹구름.

이강, 있는 힘을 쥐어짜서 무전기를 향해 기어가는데 그 뒤쪽으로 보이기 시작하는 그림자. 현조다. 다리를 쓰지 못하고 힘겹게 무전기를 향해 다가가고 있는 이강을 믿기지 않는.. 슬픈 눈빛으로 바라보는 현조.

겨우 무전기를 잡는 이강, 그 곁의 바위에 몸을 기댄다. 식은땀으로 온몸이 젖은 채 긴 한숨을 내쉬다가.. 천천히 현조를 바라본다.

이강	왔니..

현조, 믿기지 않는 듯 떨리는 눈빛으로 이강을 바라보다가 천천히 다가와 한쪽 무릎을 굽혀 이강과 시선 맞추며 앉는다.

현조	내가.. 보여요?

이강, 그저 말없이 현조를 바라보고.. 현조, 이강의 다리를 마음 아픈 듯 바라보며

현조	왜 이런 거예요?
이강	...
현조	많이 아팠어요?... 지금도 많이 아파요?

이강, 대답 없이 피투성이 설상복 차림으로 지친 기색이 역력한 현조를 안쓰럽게 바라보다가 천천히 손을 들어 현조의 얼굴을 만져보려 하지만 만질

수 없다. 이강의 손이 닿자 흐릿해지는 현조의 얼굴.
슬픈 눈빛으로 그런 현조를 보는 이강의 모습에서..

- 인서트
- 7부, 20씬. 설산. 피투성이가 되어 의식을 잃은 채 응급처치를 받고 있는
현조.

- 7부, 19씬. 중환자실에 창백한 낯빛으로 누워 있는 현조.

- 7부, 17씬. 겁먹은 눈빛으로 이강에게 얘기하는 다원.

다원   레인저 유니폼을 입은 사람을 봤어요./옷도 손도 다 피투성이였어요.

- 7부, 31씬. 초봄, 전묵골에 표식을 남기고 있는 현조./여름, 개암폭포 덤불
에 추락해 숨진 양근탁을 슬픈 눈빛으로 바라보는 현조./여름, 밤, 비법정
한 곳에 표식을 남기고 다시 정처 없이 걷기 시작하는 현조.

- 7부, 32씬. 산을 올려다보면서 얘기하는 다원.

다원   많이 외로워 보였어요../무전기에서 선배님 목소리를 듣고.. 어떻게든 선배
님하고 얘기하고 싶어 했어요. 선배님을.. 많이 기다렸던 것 같았어요..

- 다시 검은다리골 마을터 일각으로 돌아오면
안타까운 눈빛으로 현조를 바라보고 있는 이강.

이강   넌.. 왜 이러고 있었니..
현조   ...
이강   왜 떠나지도 못하고 바보처럼 혼자 남아서.. 이러고 있었어..
현조   .....
이강   작년 여름.. 그 이후에 무슨 일이 있었던 거니?

서로를 바라보는 이강과 현조. 두 사람을 감싼, 늦가을의 검은다리골의 풍경, 서서히 여름날의 짙은 신록으로 바뀌어가기 시작한다.

씬/3　D, 2019년, 동 장소

여름으로 변하기 시작하는 풍경. 서서히 짙어지기 시작하는 안개.

＊ 자막 - 2019년, 여름

안개가 자욱하게 낀 검은다리골 마을터가 한눈에 내려다보이는 언덕 위, 커다란 바위 뒤편에 앉아서 범인을 기다리고 있는 현조. 시간을 확인하는데 3시 10분을 넘어서고 있다. 현조의 눈빛에 초조함이 스쳐 지나가는데..
그때, 저 멀리에서 희미하게 들려오는 바스락 소리. 잔뜩 긴장해서 그쪽을 바라보는 현조. 일렁이는 안개 너머, 나무들 사이를 주시하는데 안개 사이로 힐긋 나타나는 검은 그림자. 긴장하는 현조, 은밀하게 언덕 위에서 내려와 나무들 사이를 지나 검은 그림자의 뒤를 쫓기 시작한다. 안개 속에서 희미하게 보이는 사제 등산복 차림에 모자를 쓴 그림자 뒤를 밟는 현조. 손을 보는데 검은 등산용 장갑을 꼈다. 점차 범인이라는 확신이 드는데.. 뒤를 밟던 현조, 나뭇가지를 밟고 '딱' 큰 소리가 나자, 멈춰 서는 그림자.
현조, 숨을 죽인 채 더욱 긴장해서 바라보는데 가만히 서 있던 그림자, 순간 빠른 속도로 도주하기 시작한다. 현조 역시 그 뒤를 빠른 속도로 쫓기 시작한다. 그림자와 현조, 쫓고 쫓기는 추격전이 시작되는데.. 이번엔 절대 놓칠 수 없다. 더욱 속도를 높이는 현조, 범인을 뒤에서 덮치고 데굴데굴 함께 구르기 시작하는 두 사람. 어떻게든 현조의 손을 뿌리치려는 그림자.
몸싸움이 이어지다가 겨우 그림자를 제압하는 현조. 거친 숨을 내쉬면서 그림자의 얼굴을 확인하고 놀라서 멈칫한다. 놀란 얼굴로 현조를 올려다보는 사람, 솔이다. 믿기지 않는 얼굴로 솔이를 바라보던 현조.

현조　선배였어요? 선배가 지금까지.. 사람들을 죽인 거예요?

솔, 당황한 눈빛으로 현조를 보며

솔   그게 무슨 소리예요? 사람들을 죽이다뇨.

현조, 의심과 분노에 휩싸여 솔을 다그치기 시작한다.

현조 여긴 왜 온 거예요?
솔   왜 오다뇨.. 그냥..
현조 왜 온 거냐구요!
솔   ..누굴 만나러 왔어요.
현조 누굴 왜 만나러 왔는데요. 그 사람도 죽이려구요?
솔   대체.. 왜 이러는 거예요?
현조 다 알고 있으니까 대답해요!

솔, 현조의 기세에 가만히 보다가

솔   왜 이러는지 모르겠지만.. 난 누굴 죽이려고 온 게 아니에요. 나도 여기 누가
    불러서 온 거라구요.

현조, 멈칫해서 본다.

현조 누가.. 불렀다구요?

솔, 주머니에서 핸드폰을 꺼내서 문자창을 켜 현조에게 건넨다.

솔   못 믿겠으면 보세요.

현조, 솔이 건넨 핸드폰을 보는데 '검은다리골, 3시'라는 문자와 액정화면.

- 인서트
- 13부, 56씬. 현조가 봤던 편린.

낮, 검은다리골 마을. 무성하게 난 수풀 위로 툭 떨어지는 누군가의 핸드폰. '검은다리골, 3시'라는 문자가 적힌 액정 위로 뚝뚝 떨어지는 붉은 피.

- 다시 검은다리골로 돌아오면
현조의 낯빛이 크게 흔들린다. 편린에서 봤던 핸드폰과 액정화면이 정확하게 솔의 핸드폰과 일치한다. 놀라서 떨리는 눈빛으로 핸드폰을 내려다보는 현조.

현조 이게.. 선배.. 핸드폰이었다구요..
솔 (그런 현조를 의아하게 보며) 예. 내 핸드폰입니다. 왜 그러는 건데요?

현조, 액정화면에 나온 발신인 이름을 확인한다. '김웅순'이다.

현조 ...김웅순.. 김경장님이 선배를 여기로 부른 건가요?
솔 맞아요.

- 인서트
- 국도 일각. 비번인 듯 등산복에 자기 차를 몰고 어디론가 향하고 있는 웅순. 저 멀리 앞쪽으로 요양병원이 보이기 시작한다.

- 다시 검은다리골로 돌아오면
현조, 믿기지 않는 눈빛으로 웅순의 이름을 바라보다가..

현조 왜죠? 왜 여기서 만나자고 한 거예요?
솔 나도 몰라요. 그 형이 부른 거니까.. 보기로 한 시간이 다 됐는데 오지도 않고 전화도 안 돼서 주변을 둘러보고 있었던 거예요.

솔과 현조, 주변을 둘러보는데 인기척 하나 느껴지지 않고 조용할 뿐이다.

솔 아직도 안 온 걸 보면 약속을 깜박했던지 다른 볼일이 생겼나 보죠.

현조, 혼란스러운 듯 솔의 핸드폰 화면을 바라보는데.. 주변을 둘러보던 솔.

솔   아마 검은다리골 얘기였을 거예요. 여기서 보자고 한 걸 보면.

현조, 검은다리골 얘기에 멈칫해서 솔을 본다.

솔   가끔씩 여기서 마주치곤 했었어요. 그 형도 여기가 그리웠나 봐요.

현조, 설마.. 하는 눈빛으로 보다가

현조   김경장님도.. 여기가 고향이었나요?

주변을 둘러보다가 현조를 바라보는 솔.

솔   맞아요. 그 형도 여기.. 검은다리골이 고향이었어요.

씬/4   D, 1991년, 검은다리골 마을 일각

(10부, 2씬 이후의 상황으로 생각했습니다)
우물가에 모여 있는 재경을 비롯한 일만, 종구, 진덕, 재근, 금례, 진옥, 남식,
웅순부, 학수, 길용, 기영모, 세욱부 등 주민들. 재경, 주민들을 둘러보며

재경   난 마을 대표로서 케이블카 사업은 절대 반대예요. 다들 어떻게 생각하세
          요?

주민들, 서로 눈치를 보는데

재경   (남식 보며) 현수 아빠. 어때?
남식   이장님이 그렇게 생각했으면 그 생각이 옳겠죠.
재경   (옆에 선 세욱부 보며) 세욱이 아빠는?

| 세욱부 | 나도 뭐 형님 말에 따라야지. |

그때, 뭔가 생각이 다른 듯 불편한 인상의 일만과 진덕, 종구, 시선 마주치다가

| 일만 | 그런데 보상금은 얼마 준대요? |
| 재경 | 그깟 보상금이 중요해? 우리 고향, 우리 산을 지키는 일이라구. |

일만, 입맛 쩍 다시며 뒤로 물러나고.. 재경, 주민들 중 웅순부 보며

재경	웅순 아빠는 어때?
웅순부	나도 솔이 아빠 말에 따를게.
재경	다른 분들은요?

'뭐.. 나도 그래' '저도요..' 재경 눈치 보며 고개 끄덕거리는 사람들. 그때, 저 멀리 마을 입구 쪽에서 들려오는 아이들의 웃음소리에 어른들 바라본다. 학교 끝나고 돌아오는 듯 걸어 들어오고 있는 어린 솔, 현수, 양선, 세욱, 가장 앞쪽에 선 웅순이다. 재경, 아이들을 보고 밝게 손 흔들며

| 재경 | 학교 다녀왔어?! |

'다녀왔습니다!' 합창하듯 인사하는 아이들. 그런 애들 인솔하듯 데리고 오는 웅순 보며 웃는 재경, 웅순부에게

| 재경 | 웅순이가 두 살 위라고 대장이네요. 대장. |

웃음 지으며 아이들을 보는 어른들. 사이좋게 들어서는 다섯 아이들의 모습에서..

씬/5　N, 2019년, 솔의 집

깔끔하게 정리된 작은 원룸. 그 옆쪽으로 책장에는 지리산의 자연과 역사와 관련된 책들과 '주술', '부적', '저주'와 관련된 무속신앙 책들이 가득 차 있다. 한쪽 면에 걸려 있는 지리산 전도에는 곳곳에 '곰새골 기도터' '개바위 기도터' '백토골 기도터' 등등 기도터들이 빨간색으로 표기되어 있고, 그 사이사이에는 네 군데 정도의 '송내 비트' '안귀암 비트' 등등 표기되어 있는 비트. 또 다른 곳에는 유물, 유적들이 발견된 곳들 역시 다른 색깔로 표기되어 있다. 방 한 편에 앉아 그런 솔이의 방을 둘러보고 있는 현조.

솔, 책장 구석 쪽에 남아 있는 앨범을 가지고 와서 앨범 안 한 장의 사진을 현조에게 보여준다. 검은다리골에서 함께 웃으며 찍은 어린 다섯 아이들의 사진이다. 현조, 사진을 내려다보는데 옆에서 설명해주는 솔.

솔   우리 어렸을 때 사진이에요. (차례로 가리키며) 이게 나구요. 그 옆에 양선이 그 옆에는 김현수라고 옆집 살던 아이구요.

         현조, 눈빛 흔들리고..

솔   (계속해서 설명하는) 그 옆이 웅순이 형이에요. 우리 중에 제일 나이가 많았죠.

         현조, 보다가 가장 끝에 선 어린아이를 가리키며

현조   이 사람은요? 이 사람도 여기 살고 있나요?

         솔, 잠시 현조 보다가

솔   세욱이에요. 죽은 이세욱이요.

         놀라는 현조의 모습에서

         – 인서트

- 5부, 16씬. 문을 열고 현조를 바라보던 세욱, 손등의 흉터.

- 5부, 31씬. 새마골 영상카메라에 잡힌 감자폭탄을 들고 올라가던 세욱.

- 다시 솔의 집으로 돌아오면
놀라서 세욱의 사진을 바라보는 현조.

현조   이세욱.. 이 사람도 검은다리골 출신이라구요..

혼란스러운 눈빛으로 세욱의 사진을 바라보던 현조, 솔에게

현조   검은다리골 마을.. 대체 거기서 무슨 일이 있었던 거죠?

솔, 그런 현조를 보다가

솔   현조씨 얘길 먼저 듣고 싶은데요. 아까.. 날 왜 덮친 거죠? 내가 사람을 죽인다는 게 무슨 얘기예요?

현조, 망설이다가..

현조   ...누군가 사고를 위장해서 사람들을 죽이고 있어요. 죽은 이세욱도 그 사람의 공범이었죠.

솔, 눈빛 흔들린다.

솔   ...그럴 리가요..
현조   오늘도 범인은 사람을 죽이려고 했어요. 아마도 선배를 노렸던 것 같아요.

솔, 가만히 현조를 보다가

솔   ...그걸 현조씨는 어떻게 안 겁니까?

현조, 멈칫.. 말문이 막힌다. 그런 현조를 보는 솔.

솔   그것도 산이 가르쳐준 건가요?

        현조, 잠시 망설이다가

현조   이세욱씨 사건이 있고 난 뒤에 계속 조사를 하다가 알게 됐어요.

        솔, 여전히 의문이 남는 듯 현조를 보는데..

현조   죽은 사람들 모두 검은다리골 사람들이었습니다. 범인도 그 마을과 관련이
        있을 거예요.
솔   ...
현조   이제 선배가 대답해주세요. 검은다리골 마을에서 무슨 일이 있었던 거죠?

        솔, 기억을 떠올리는 듯 생각하다가

솔   너무 어릴 때라 잘 기억이 나지 않아요. 그저.. 계속 장례식이 있었던 게 기
        억나요.. 처음엔 우리 엄마였고.. 그다음이 세욱이네 아버지.. 그리고.. 마지
        막이 우리 아버지였죠.
현조   ..그분들이 왜 돌아가신 거죠?
솔   (낯빛 어두워지는) 엄마와 세욱이 아버지는 사고였다고 들었어요. 그리고..
        우리 아버진.. 자살이셨죠.

        현조.. 멈칫, 솔을 바라보다가

현조   아버님께선.. 왜 그러신 거죠?
솔   얘기했잖아요. 너무 어려서 기억이 나지 않는다고.. 그리고 어린애한테 누가
        이유를 확실하게 가르쳐줬겠어요.

현조, 그런 솔을 가만히 보다가

현조　　..그때 얘기했던 도깨비불은 뭐죠? 그렇게 말했잖아요. 그 마을이 사라진 건 케이블카도 강제철거도 아니고 도깨비불 때문이었다구요.

그때의 기억에 잠기는 듯 눈빛 가라앉는 솔.

- 인서트
- 10부, 3씬. 화장실에서 나오다가 멀리 빛나는 흐린 불빛을 보는 어린 솔.

- 10부, 19씬. 상복 차림의 어린 솔, 또다시 저 너머에서 반짝이는 불빛을 본다.

- 다시 솔이의 집으로 돌아오면

솔　　..언제나 안 좋은 일이 벌어지기 전엔.. 그게 보였어요. 도깨비불이..
현조　　그게 뭐였죠?

가만히 생각하다가 고개를 가로젓는 솔.

솔　　나도 몰라요. 그게 뭔지.. 우리 아버지도 그걸 봤지만 뭔지 알아내진 못했어요.

현조, 답답한 눈빛으로 솔을 보다가

현조　　죽은 이세욱은 어때요? 그 사람은 어떤 사람이었나요?
솔　　세욱이에 대한 건 웅순이 형이 잘 알고 있을 거에요. 검은다리골 마을이 철거되고 난 지리산을 떠났어요. 부모님들이 돌아가셔서 친척집이 있는 서울로 갔었죠. 현수도 양선이도 여길 떠났다고 들었어요.

어린아이들의 사진을 바라보는 현조.

| 솔 | 여기 남은 건 세욱이와 웅순이 형뿐이었어요. 어렸을 때부터 많이 친했으니까, 그 형한테 많이 의지했을 거예요. |

어린 웅순과 세욱의 사진을 바라보는 현조의 시선.

씬/6　D, 해동파출소 안

책상에 앉아 컴퓨터 모니터를 가만히 바라보고 있는 웅순. 예전과 달리 눈빛이 어둡게 가라앉아 있는데.. '딸랑' 소리와 함께 문 열리며 들어서는 현조. 웅순, 보던 컴퓨터 창을 내리고 현조 보며

| 웅순 | 무슨 일로 오셨어요? |

현조, 가지고 온 서류봉투를 건네며

| 현조 | 그때 말씀하셨던 수해근무일지예요. |
| 웅순 | 예. 감사합니다. |

웅순, 정신이 딴 데 팔린 듯 서류봉투를 받고 책상 위 한 편에 내려놓는다. 다른 때와 분위기가 다른 웅순을 바라보던 현조.

현조	그런데요.
웅순	예?
현조	(아무렇지 않게) 어제 순찰 때문에 검은다리골에 갔다가 김솔 선배를 만났어요. 김경장님 만나기로 했다고 하던데요?

웅순, 솔이 얘기가 나오자 눈에 띄게 눈빛 흔들리지만 시선 회피하며

| 웅순 | 아.. 맞아요. 그런데 제가 좀 급한 일이 생겨서.. 못 갔네요. |

현조, 그런 웅순을 살펴보는데..

웅순 뭐 더 다른 용무가 있으신가요?
현조 ..아뇨. 그럼 수고하세요.

현조, 돌아서서 나가려다가

현조 요즘, 산은 좀 타시나요?
웅순 ..아뇨. 요즘 일이 많아서요.
현조 예. 알겠습니다.

현조, 시선 돌려 파출소 한 편, 바닥에 놓여 있는 등산화를 보는데 등산화가 온통 흙투성이다. 등산화를 한번 본 뒤에 건물을 나서는 현조.
웅순, 현조가 나가자 다시 모니터에 창을 띄워 바라보는데.. '검은다리골 마을 이주사업 현황'이라고 적힌 문서. 그 아래쪽으로 현조가 봤던 검은다리골 주민들의 이름들이 죽 적혀 있다. 가만히 그 문서를 바라보는 웅순의 눈빛에서..

씬/7   D, 해동파출소 건물 밖

조금 떨어진 곳에 세워둔 순찰차량에 올라타는 현조, 건물 창문 너머로 보이는 웅순을 바라본다.

현조(소리) 마을 사람들의 사정을 그 누구보다 잘 알고 있는 사람.

– 인서트
– 3부, 25씬. 총알나무 뒤쪽에 놓인 요쿠르트를 바라보는 금례할머니.

– 4부, 42씬. 무덤 상석 아래 감자폭탄을 보고 갸웃하는 일만의 모습에서

현조(소리) 피해자들이 언제 무슨 이유로 산에 가는지 잘 알고 있었겠지.

씬/8　D, 비담대피소 건물 앞

수색1과 얘기를 나누고 있는 웅순. 그 옆에는 숨이 턱까지 차올라서 헉헉거리고 있는 박순경. 조금 떨어진 곳에서 웅순을 가만히 바라보고 있는 현조.

수색1 목걸이 잃어버렸다고 난리 치다가 어디서 찾았나 봐. 그러더니 바쁜 일 있다구 아까 내려갔어.

박순경 (어이없는) 도난신고를 해놓고 먼저 내려갔다구요?

수색1, 주머니에서 연락처 적힌 종이 꺼내 웅순에게 건네며

수색1 필요하면 연락 달라고 하더라.

웅순, 말없이 종이쪽지 보다가 생각이 다른 곳에 가 있는 듯 무덤덤하니 수색1에게

웅순 알았다. (박순경에게) 내려가자.
박순경 좀만 쉬었다 가요. 레인저도 아닌데 산을 그렇게 잘 타십니까?
수색1 (웅순 가리키며) 얘가 우리보다 잘 타. (하다가 웅순 낯빛 살피며) 그런데, 뭔 일 있어? 왜 이렇게 얼굴이 안 좋아.
웅순 아냐.. 별일 없어.

어딘가 고민이 있어 보이는 웅순을 가만히 바라보는 현조.

현조(소리) 직원들과 친하고 산에 대해서 잘 알고 있는 사람.

씬/8-1 D, 해동파출소 안

불법 채취 약초들이 담긴 박스를 들고 들어서는 현조. 웅순은 보이지 않고 박순경, 혼자 업무를 보고 있다가 현조를 보고 인사하며 다가온다.

박순경 불법 약초 채취예요?
현조 예.

현조, 테이블 위에 박스 내려놓고 웅순 자리 힐긋 보고는

현조 김경장님은요?
박순경 순찰 나가셨어요. (약초들 살펴보며) 야, 많이들 캐셨네. 어디서 이렇게 끝도 없이 약초들이 나는 거예요?

박순경의 얘기가 들리지 않는 듯 웅순의 책상 위 훑어보던 현조, 넌지시

현조 그런데요. 저번 여름 수해 때 버스 사고 조사는 어떻게 돼가고 있나요?
박순경 버스 사고요?
현조 예. 전에 그 사건 조사한다고 들어서요.
박순경 그거 단순사고사로 종결됐어요. 김경장님이 직접 서류 넘기셨는데요.

현조, 눈빛에 의심이 깃든다.

씬/9 D, 해동파출소 건물 앞

건물 밖에 세워둔 차 안에서 가만히 웅순을 바라보고 있는 현조의 모습 위로

현조(소리) 죽은 이세욱과 가장 친했던 검은다리골 마을 사람. 저 사람이 범인일 가능성이 가장 크다..

현조, 웅순을 보다가 조수석에 놓여 있는 서류철 안에서 검은다리골 이주 사업 지원목록 복사본을 꺼내서 바라본다.

현조(소리) 그런데.. 왜.. 왜 고향 마을 사람들을 죽이고 있는 거지..

목록 중 진옥의 이름에 시선이 멈추는 현조.

씬/10 D, 진옥의 집 앞

지방 소도시에 위치한 허름한 다세대 주택 건물을 올려다보고 있는 현조. 열려 있는 대문을 지나 주소를 확인하며 올라가 다세대 주택 중 한 문을 두 드린다.

현조 계십니까? 국립공원에서 나왔습니다.

그러나 인기척이 느껴지지 않는 집 안. 현조, 다시 문을 두드리려는데 계단 아래쪽에서 들려오는 집주인 아줌마의 목소리.

집주인 누구세요?
현조 아.. 여기 사시는 분을 찾아왔는데요. 성함이 허진옥씨라고..

현조, 주머니에서 명함을 꺼내 집주인에게 건넨다.

현조 전에 한번 산에서 뵙기로 했는데, 연락이 안 돼서요.
집주인 (명함 한번 확인하고는) 안 그래도 전에 산에 간다고 하긴 했었어요. 그런데 갑자기 병세가 안 좋아져서 병원 입원했어요.
현조 (놀라서 보는) 병원이요?

씬/11 D, 병원, 중환자실 밖 복도

유리문 너머로 의식을 잃은 채 침대에 누워 있는 진옥을 어두운 눈빛으로
바라보는 현조.

집주인(소리) 몇 달 전에 췌장암 판정을 받았거든요. 얼마 살지 못한다구 그래서 주변 정
리를 시작하더라구요. 젊었을 적 과부가 돼서 가족도 없고 얼마나 딱하던
지..

착잡한 표정으로 진옥을 바라보는 현조.

씬/12 D, 동네 슈퍼 건물 앞

시골 마을 자그마한 동네 슈퍼 건물 앞. 열린 문 앞에 마주 서 있는 현조와
50대 후반으로 보이는 금례할머니의 아들, 장민희다. 현조를 약간 경계하
는 얼굴로 보고 있는 민희.

민희   검은다리골 마을이요?
현조   예. 돌아가신 금례할머께서 그 마을 출신이라고 들었습니다. 혹시 그 마
을이 철거될 때 무슨 일이 있었는지 아시나 해서요.

민희, 보일 듯 말 듯 눈빛 흔들리다가

민희   아뇨. 몰라요. 난 그때 도시에서 학교를 다니고 있었어요.
현조   그럼 어머님께 들은 얘기라도 없으신가요?
민희   모른다니까요. 죄송하지만 좀 바뻐서요. 돌아가주시죠.

슈퍼 건물 안으로 들어가려는 민희에게

현조   그럼 혹시 그 마을에서 이주하신 다른 분들 주소라도 알 수 있을까요?

민희	모릅니다. 벌써 30년 전 일이에요. 뿔뿔이 흩어진 사람들을 우리가 어떻게 알겠어요.

민희, 현조를 외면하며 가게 문을 닫고 들어가버린다. 답답해지는 현조의 눈빛.

씬/13   D, 본소 건물 복도

솔이와 얘기를 나누고 있는 현조.

현조	김경장님한테 다시 연락이 오진 않았다구요?
솔	맞아요. 그런데..
현조	(보는)
솔	난 아직도 믿기지 않아요. 산에서 사람들이 죽는다는 얘기요. 웅순이 형이 그럴 사람도 아니구요.
현조	...믿기 힘든 얘기란 거 압니다. 하지만 조심하셔야 해요. 또 검은다리골에서 보자고 연락이 올 수도 있어요. 그러면 꼭 저한테 먼저 알려주셔야 해요.
솔	...알겠습니다. 현조씨도 무슨 일 있으면 다시 연락 줘요.

씬/14   몽타주

- 낮, 비번인 듯 사복 차림의 현조. 양선할아버지네 집 앞에서 주민1과 대화 중이다. 주민1, '양선이 그렇게 되고 나서 싹 다 정리하고 도시로 나가셨어요'.

- 밤, 파출소 건물에서 좀 떨어진 곳에 세워둔 자기 차 안에서 파출소 건물을 바라보고 있는 현조. 건물 안에서 사복으로 갈아입은 웅순이 퇴근하는 듯 걸어 나오고 있다. 그 뒤를 쫓기 시작한다.

- 밤, 웅순의 빌라 건물 밖. 빌라 안으로 걸어 들어가는 웅순. 계단 인식등이 차례로 켜지다가 집 안으로 들어간 듯 불이 켜지는 웅순의 집. 건물 밖에서 가만히 그 모습을 지켜보고 있는 현조.

- 낮, 비담대피소 사무실. 책상 위에서 지금까지의 사건일지들을 살펴보고 있는 현조.

현조(소리) 솔이 선배는 살렸지만.. 이게 끝이 아냐. 분명.. 다시 사건이 벌어질 거다.. 그 전에 막아야 해..

사건일지를 살펴보는 현조의 모습에서 대피소 밖 창밖을 비추면 서서히 여름의 신록에서 가을의 단풍으로 변하기 시작한다.

씬/15　N, 해동파출소 건물 앞

계절이 바뀐 듯 긴팔 점퍼로 바뀐 현조의 옷. 퇴근하는 듯 차를 몰고 파출소 건물을 지나다가 잠시 차를 정차시키고 창문 너머, 사무실 안에서 컴퓨터 작업을 하고 있는 웅순을 잠시 바라보다가.. 천천히 차를 출발시킨다.

씬/16　N, 사택 인근 거리 일각

사택 근처에 차를 세우고 사택 쪽으로 걸어가던 현조, 뭔가를 보고 멈칫.. 저 앞쪽에 산책을 나온 듯 천천히 강가 쪽으로 멀어지고 있는 이강의 뒷모습이다. 그런 이강을 바라보다가.. 거리를 두고 멀리서 이강의 뒤를 쫓기 시작하는 현조.
이강, 강가로 다가가 걸터앉아 가만히 강물을 바라본다. 멀리서 다가가지도 멀어지지도 못하고 외로워 보이는 이강의 뒷모습을 바라만 보고 있는 현조의 모습 위로..

현조(소리) 범인을 잡으면....

강물을 바라보던 이강, 문득 고개 돌려 뒤를 돌아보는데.. 어느새 현조의 모습은 사라져 있다.

씬/17   D, 산 일각

빠른 속도로 산을 뛰어오르고 있는 현조와 수색1, 2. 그런 모습 위로 들려오는 무전 소리.

해동(소리) 현재 상황이 어때?
구영(소리) 절벽 아래 바위로 조난자가 추락했어. 내려가야 하는데 하강기가 고정이 안돼.
해동(소리) 지원팀이 하강기 가지고 곧 도착할 거야. 조금만 기다려.

속도를 높이는 현조, 수색1, 2보다 먼저 치고 나간다. 저 위쪽 절벽이 보이기 시작하는데.. 절벽 위에서 난감한 얼굴로 내려다보고 있는 구영과 이강. 절벽에서 몇 미터 아래 조금 튀어나와 있는 바위 위에 추락해 있는 등산객. 다리가 부러져서 통증이 큰 듯 비명을 지르고 있는데.. 내려다보던 이강, 더 기다릴 수 없다는 듯 허리에 줄을 묶고 말릴 새도 없이 절벽을 내려가기 시작한다.
구영, 놀라서 '서이강!' 부르고 아래쪽에서 보던 현조도 놀라서 바라보는데.. 절벽을 내려가던 이강, 날듯이 뛰어서 바위에 내려서고 배낭에서 부목 꺼내 능숙하게 응급처치를 시작한다. 안도의 한숨을 내쉬며 이강을 바라보는 현조.
그때 '타타타타' 들려오는 구조헬기의 프로펠러 소리. 불어오기 시작하는 하강풍. 이강, 바람에서 등산객을 보호하듯 서서 헬기를 바라보며 수신호를 보내기 시작한다. 불어오는 바람과 햇빛, 초록빛 산과 하나가 돼서 반짝이고 있는 이강을 멀리에서 동경과 그리움, 미안함과 안쓰러움이 뒤섞인 눈빛으로 바라보는 현조의 모습 위로

현조(소리) 범인을 잡으면... 그때...

현조와 이강을 감싼 초록빛 산, 늦가을의 스산한 산으로 변하기 시작한다.

씬/18   D, 2020년, 검은다리골 마을터 일각

2씬, 현조와 얘기하던 모습 그대로 홀로 남아 있는 이강.

＊ 자막 - 2020년, 가을

'타타타탁' 발자국 소리에 이어 마을터로 뛰어 들어오는 구영과 일해, 빠르게 이강에게 다가와

일해   이강아. 괜찮아?

구영, 표정이 어두운 이강을 살펴보며

구영   왜 그래? 무슨 일 있었어?

이강, 천천히 두 사람을 보다가..

이강   내려가자.. 곧 해가 질 거야..
일해   (이강을 살피며) 괜찮은 거야?

이강, 고개 끄덕이고..

\- 시간 경과되면
구영에게 업힌 이강, 일해와 함께 검은다리골 마을터를 빠져나가기 시작하는데.. 이강, 고개 돌려 텅 빈 허공을 바라본다.

씬/19 D, 산기슭 일각

산을 내려오고 있는 이강 일행. 저 아래 마을이 보이기 시작하는데..
구영에게 업힌 이강, 뒤돌아보는데.. 지금까지 함께 내려온 듯한 현조가 더이상 산을 내려오지 못하고 멀어지는 세 사람을 지켜보고 있다. 피투성이 설상복을 입고 산에 남는 현조를 가만히 바라보는 이강. 멀어지는 이강을 아픈 눈빛으로 바라보는 현조.
현조가 보이지 않을 때까지 바라보다가 나무에 가려 현조가 보이지 않자, 고개 돌리는 이강. 눈빛, 서서히 가라앉는다.

이강(소리) 범인을 잡으면....

씬/20 N, 해동분소 외경

밤이 된 해동분소 건물.

씬/21 N, 해동분소, 사무실

사무실 테이블에 놓인 '1991년, 검은다리골 마을 이주사업 보고서'를 살펴보고 있는 구영과 일해. 이강은 이미 본 듯 옆에서 두 사람을 지켜보고 있다. 이강이 앉은 테이블 옆에는 검은다리골에 올라갈 때 멨던 이강의 배낭이 놓여 있고..

구영 (보다가) 여기 적힌 사람들이 하나둘씩 죽고 있다는 거야?
이강 맞아. 사건일지에 있는 사람들 모두 검은다리골 출신 사람들이었어.
일해 대체 그 마을에서 무슨 일이 있었던 거야.
구영 그 마을에 살았던 사람들한테 물어보면 되잖아. 웅순이한테 물어보면 주소를 알 수 있을 거야.

이강, 웅순의 이름이 나오자 눈빛 보일 듯 말 듯 굳다가..

이강　그것보다 더 중요한 일이 하나 있어.

구영, 일해, 이강을 보는데..

이강　내일 오후 다섯 시 반 전에 도원계곡 석이절벽에 영상카메라를 설치해줘.
구영　거긴 왜?

가만히 생각에 잠기는 이강의 모습에서..

씬/22　D, 검은다리골 마을터 일각/이강의 회상

현조와 얘기를 나누고 있는 이강.

현조　김경장님이 범인이에요.
이강　(믿기지 않는) ...웅순이가? 그럴 리가 없어..

혼란스러워하는 이강을 바라보던 현조.

현조　...또 그걸 봤어요. 도원계곡 석이절벽 위에요.

현조를 바라보는 이강.

- 인서트
- 해 질 녘, 절벽 위에 장생도라지를 내려놓는 검은 등산용 장갑. 장갑이 끼고 있는 손목시계가 얼핏 보이는데 11월 0일, 오후 다섯 시 반을 넘어서고 있다.

씬/23   N, 해동분소, 사무실

여진히 테이블에 마주 앉아 있는 이강, 구영, 일해.

일해   말해봐. 왜 거기에 영상카메라를 설치하라는 건데?

        이강, 굳은 눈빛으로 구영과 일해를 보다가

이강   내일 거기서 사람이 죽을지도 몰라.

        놀라서 이강을 바라보는 구영과 일해.

구영   그걸 니가 어떻게 아는데?

        이강, 쉽게 대답을 하지 못하는데..

구영   이것도 그런 거냐? 현조랑 너만 안다는 그 신호 같은 거냐구?

        이강, 두 사람을 보다가..

이강   너희를 못 믿어서가 아냐. 그 누구도 믿기 힘든 일이라서 얘길 못 하는 거
        야..

        구영, 일해, 이강을 본다.

이강   지금까지 날 믿고 하자는 대로 해줘서 너무 고마워. ..이번 한 번만 더.. 날
        믿어주면 안 될까?

        일해, 이강을 보다가..

일해	알았어. 영상카메라만 설치하면 되는 거니?

이강, 고개 *끄덕*이고는

이강	카메라를 설치하고 계속 남아 있어줘. 누군가 죽기 전에 너희가 막아야 해.

구영도 답답한 눈빛이긴 하지만..

구영	다른 건? 또 없어?
이강	한 가지가 더 있어..

구영, 일해, 이강을 본다.

이강	웅순이한테는.. 이 얘기 비밀로 해줘.

구영, 일해, 멈칫해서 이강을 보며

구영	웅순이는 왜?
이강	걔도 검은다리골 마을 출신이었어.

전혀 듣지 못한 얘기인 듯 흠칫 놀라 서로를 바라보는 구영과 일해.

일해	그것만으로 웅순이를 범인이라고 단정 지을 순 없어.
이강	알아. 나도 웅순이가 그럴 애라고 생각하진 않아..

이강, 가만히 생각하다가..

이강	그런데.. 범인은 산만 잘 아는 게 아니었어. 죽은 사람들에 대해서도 잘 알았지.

구영, 일해, 이강을 본다.

이강   마을 사람들에 대해 웅순이보다 더 잘 아는 사람은 없어..

씬/24   N, 해동파출소

컴퓨터 앞에서 일지를 작성 중인 웅순. '철물점집 막둥이 홍역으로 입원' '황씨 할아버지네 경운기 고장'. 그때 뒤쪽에서 슥 들어오는 박순경의 얼굴.

박순경   스토커십니까?
웅순   (당황해서) 뭐.. 뭐가..
박순경   마을 사람들 스토킹 하시냐구요.
웅순   (저장시키고 창 닫으며) 우리 구역이잖아. 다 살펴봐야지.

웅순, 일어나서 모자 쓰며

웅순   마을 한 바퀴 돌고 올 테니까 잘 지켜라.

씬/25   N, 해동마을 일각, 학수의 집 앞

집으로 돌아가는 듯 길을 걷고 있는 학수. 집 앞에서 자신을 기다리고 있던 듯한 웅순을 보고 놀라서 멈춰 선다. 웅순, 다가오는 학수를 발견하고

웅순   안녕하세요.

학수, 웅순 경계하는 눈빛으로

학수   웬일이야?
웅순   요즘 산에 좀 다니세요?

학수	(손사래 치며) 아유, 안 가. 약초 같은 거 절대 안 캔다니까.
웅순	(주변 둘러보며 낮은 목소리로) 그게.. 약초 하나 구할 수 있을까 해서요. 요즘 장생도라지 철이라고 하던데요..
학수	(눈빛 반짝하지만) 아이구 그거 몰래 캤다가 사단 나게.

웅순, 학수 보다가

웅순	알겠습니다.

인사하고 돌아서는 웅순. 그런 웅순을 보다가

학수	혹시 모르니까..
웅순	(돌아보는)
학수	내일 한번 와봐. 내가 주변 약초꾼들한테 한번 물어는 볼게.
웅순	알겠습니다. (하다가) 그런데요.. 제가 이런 얘기 드렸다는 건 비밀로 해주세요.
학수	아이구 그럼.

학수, 돌아서서 멀어지고.. 웅순도 돌아서서 멀어지다가 멈칫. 다시 무표정한 얼굴로 멀어지는 학수를 바라본다.

씬/26 N. 몽타주

- 해동분소, 복도. 창밖, 어둠에 휩싸인 산을 바라보고 있는 이강.

- 밤, 산. 도원계곡, 석이절벽 위에 서 있는 현조. 하늘에 뜬 달을 바라본다.

- 해동분소, 사무실. 긴장된 눈빛으로 시계를 바라보는 이강. 째깍째깍 흘러가는 초침. 12시를 향해 가고 있고..

- 모처. 클로즈업된 누군가의 시계. 현조가 편련에서 본 바로 그 시계다. 째깍째깍 흘러가던 초침. 12시를 넘자 시계 계기판의 날짜, 11월 0일로 변한다. 그리고 계속해서 째깍째깍 흘러가는 시간.

- 아침, 산, 도원계곡 식이절벽 위에서 떠오르는 해를 바라보는 현조.

현조(소리) 오늘 반드시..

- 아침, 해동분소 건물 앞에서 떠오르는 해를 바라보고 있는 이강.

이강(소리) 범인을 잡는다..

씬/27   D, 도원계곡 비법정 입구

인적이 없는 도원계곡 비법정 입구. 주변을 경계하면서 다가오는 학수. 비법정 입구를 통해 산을 오르기 시작한다. 멀리서 누군가 그런 학수의 모습을 지켜보고 있다. 누군가의 손을 비추면 검은 등산용 장갑에 손목에는 현조의 편련에 나온 그 시계가 채워져 있다. 11월 0일. 시간은 오전 12시를 넘어가고 있다.

씬/28   D, 해동분소 건물 앞

배낭을 메고 건물을 나서는 구영과 일해. 휠체어에 탄 채 뒤따라 나오는 이강.

일해 들어가 있어.
이강 무슨 일 생기면 바로 무전 해.

긴장한 기색이 역력한 이강을 보는 구영.

구영   다녀올게.

일해도 걱정 말라는 듯 미소를 지어 보인다. 산을 향해 멀어지는 구영과 일
해. 이강, 걱정스러운 눈빛으로 두 사람을 바라본다.

씬/29   D, 몽타주

- 해동분소, 사무실로 들어서는 이강, 무전기 앞으로 다가와 앉아서 시계
를 확인한다. 열두 시 반을 가리키는 시계.

- 도원계곡 일각. 산을 오르기 시작하는 구영과 일해.

- 또 다른 도원계곡 일각. 학수, 부지런히 산을 오르고 있다. 그런 모습을 멀
리서 지켜보고 있는 검은 등산용 장갑.

- 도원계곡, 석이절벽. 초조한 눈빛으로 범인을 기다리고 있는 현조.

씬/30   D, 해동분소, 사무실

무전기 앞에 앉아 있는 이강, 한 시쯤을 가리키고 있는 시계를 확인하고는

이강   (무전기에 대고) 구영아. 어디까지 올라갔니?
구영(소리) 도원계곡 망바위 지나고 있어. 석이절벽까지 아직 두 시간은 가야 해.
이강   도착하면 바로 연락 줘.

옅은 한숨을 내쉬고 무전기를 바라보다가 문득 고개를 돌리는데 테이블 옆
에 세워놓은 배낭이 시선에 들어온다. 천천히 다가가 배낭을 테이블 위에
올려놓고 안에 있는 물건들을 꺼낸다. 전기충격기와 영상카메라다.

영상카메라를 가만히 바라보다가 전원을 켜고 녹화된 화면을 뒤로 감아본다. 녹화 버튼을 누르는 이강의 모습. 순간 들려오는 바스락 소리에 뒤돌아보는 이강. 주변을 둘러보다가 다시 배낭 안에서 전기충격기를 꺼내다가 떨어지는 무전기. 이강, 부들부들 떨려오는 다리로 일어서서 화면에서 사라진다. 그리고 이어지는 정적.

이강, 플레이되는 화면 바라보다가 문득 눈빛 흔들린다. 뭐지? 잘못 봤나? 다시 화면을 뒤로 감는 이강. 무전기를 떨어뜨린 부분부터 다시 확인하기 시작한다. 이강이 앉아 있던 곳 뒤편 언덕이 영상카메라 상단부에 잡히는데.. 그 언덕 너머 누군가의 손이 바위를 잡고 있다. 검은 등산용 장갑이다. 놀라서 그 모습을 확인하는 이강, 충격에 눈빛 떨려온다.

이강　　누군가.. 우리를 보고 있었어..

씬/31　D, 도원계곡, 석이절벽

절벽 위에서 범인을 기다리고 있는 현조. 순간, 주변의 새소리와 바람 소리가 서서히 멀어지기 시작한다. 현조, 또다시 시작이구나, 긴장하기 시작하는데..

－ 인서트
－ 낮, 특이한 모양의 나무가 있는 또 다른 절벽 위. 놀란 얼굴로 바라보고 있는 학수를 밀어버리는 손. 손에 채워진 손목시계가 보이는데.. 11월 0일. 2시를 가리키고 있다.

－ 다시 석이절벽으로 돌아오면
믿기지 않는 듯 떨려오는 현조의 눈빛.

현조(소리)　장소와 시간이... 바꼈어.. 대체.. 왜...

씬/32 D, 도원계곡, 구승절벽 인근

산을 오르고 있는 학수. 저 위쪽을 바라보는데 현조가 편린에서 본 특이한 모양의 나무가 서 있다.

씬/33 D, 도원계곡, 석이절벽

혼란에 빠져서 어찌할 바를 모르고 선 현조. 불안한 눈빛으로 하늘을 바라보다가 구승절벽을 향해 빠르게 뛰어 내려가기 시작한다.

씬/34 D, 도원계곡, 구승절벽 위

구승절벽 위에 도착한 학수. 절벽 아래를 확인해보는데 바위틈 사이로 장생 도라지가 보인다. 흡족한 미소를 지으며 한쪽 손에 호미를 들고 나무에 밧줄을 묶기 시작하는 학수. 나무와 연결한 밧줄을 자신의 허리에 묶으려는데 뒤쪽에서 바스락 소리가 들려온다. 뭐지? 뒤돌아보다가.. 누군가를 발견하고 놀라는 학수.

학수 자네가 여기 웬일이야?

씬/35 D, 도원계곡 일각

구승절벽을 향해 빠르게 내려가고 있는 현조. 순간, 저 멀리에서 '으아아아악' 학수의 비명 소리가 들려온다.

씬/36 D, 또 다른 도원계곡 일각

산 위로 오르고 있던 구영과 일해에게도 들려오는 학수의 비명 소리. 놀라서 쳐다보는 두 사람.

구영 구승절벽 쪽이야!

누가 먼저랄 것도 없이 구승절벽을 향해 뛰어가는 두 사람.

씬/37 D, 도원계곡 일각, 구승절벽 아래

풀숲을 헤치고 구승절벽 쪽을 향해 뛰어가는 구영과 일해. 절벽 아래에 거의 도착하는데 뭔가를 보고 놀라서 멈춰 선다. 절벽 아래, 붉은 피가 흘러내리고 있다. 추락한 채 숨져 있는 학수다.
놀라서 바라보다가 다급히 다가가 학수의 맥박과 호흡을 확인하는 구영과 일해. 그러나 이미 숨진 뒤다. 어두운 얼굴로 내려보다가.. 무전기를 드는 구영.

씬/38 D, 해동분소, 사무실

이강, 굳은 눈빛으로 영상카메라를 내려다보고 있는데.. '치치칙' 울리는 무전기.

구영(소리) 이강아..

이강, 퍼뜩 정신을 차리고 무전기로 다가오는데..

구영(소리) 도원계곡, 구승절벽 아래. 사망으로 추정되는 조난자 발견. 맥박, 호흡 없음.

이강, 무전기를 바라보다가.. 시계를 본다. 2시를 넘어가고 있다. 충격에 휩싸여 떨려오는 이강의 눈빛.

다시 테이블로 다가가 영상카메라 화면을 바라본다. 언덕 위에 나와 있는 검은 등산용 장갑을 보는 이강의 시선에서..

– 인서트
– 정지된 영상카메라 화면에서 실사로 바뀌는 화면.
검은다리골 마을터. 서로를 바라보고 있는 이강과 현조에서 언덕 위를 비추면 검은 등산용 장갑을 낀 누군가가 두 사람을 내려다보고 있다.

– 다시 해동분소 사무실로 돌아오면
영상카메라 화면을 바라보고 있는 이강.

이강(소리) 범인이었어.. 범인이 우리 얘기를 듣고 장소와 시간을 바꾼 거야..

씬/39   D, 도원계곡, 구승절벽 위

천천히 절벽 쪽으로 다가오는 현조. 절벽 위에 떨어져 있는 학수의 호미. 그리고 나무에 묶여 있는 밧줄을 보다가 절벽 아래를 내려다본다. 피를 흘리며 숨겨 있는 학수와 그 옆에서 망연자실한 얼굴로 내려다보고 있는 구영과 일해.
현조, 떨리는 눈빛으로 숨진 학수를 바라본다.

– 인서트
– 9부, 24씬. 전묵골 석산 군락지.
현조와 시선 마주치고 '으아아악' 비명 지르면서 도망가던 학수./현조가 가로막자 겁이 나서 현조와 시선도 마주치지도 못하는 학수.

현조   내가 보여요? 내 목소리가 들리냐구요!
학수   보여.. 그 전부터 보였어. 나뿐만이 아냐. 당신을 본 사람들은 다 죽었어.

– 다시 구승절벽 위로 돌아오면

학수를 내려다보고 있는 현조.

현조   ...그 말이.. 사실이었어..

학수의 시신을 내려다보던 현조, 순간 뭔가가 생각난 듯 눈빛, 흔들린다.

- 인서트
- 2씬. 바위에 기대어 천천히 현조를 바라보던 이강.

이강   왔니..

- 다시 구승절벽 위로 돌아오면
충격에 휩싸여 부들부들 떨기 시작하는 현조의 눈빛.

현조   ..이강 선배... 안 돼.. 안 돼...

믿기지 않는 현실에 어찌할 바를 모르던 현조, 문득 뭔가가 생각난 듯 어디론가 뛰어가기 시작한다.

씬/40   D, 도원계곡, 까치숲

까치숲으로 뛰어 들어오는 현조. 저 앞쪽으로 다원이 떨어뜨리고 갔던 무전기가 보인다.
무전기 앞으로 다가가 앉는다. 무전기를 내려다보다가 온 힘을 모아서 무전기를 내려친다. 순간 거세게 부는 바람. 구름이 해를 가리고 어두워지는 사위.

씬/41   D, 해동분소, 사무실

이강, 망연자실한 채 영상카메라 화면을 보고 있는데 무전기 너머에서 순간 '지이이이잉' 엄청난 굉음이 들려온다. 놀라서 무전기를 바라보는 이강.

씬/42 D, 도원계곡, 구승절벽 아래

구영과 일해의 무전기에서도 굉음이 들려온다. 놀라서 귀를 막는 두 사람.

씬/43 D, 해동분소, 사무실

계속해서 들려오는 굉음에 이강, 무전기로 다가가 기기를 조작해보려 하는데 굉음 사이로 들려오는 현조의 목소리.

현조(소리) 이강 선배.. 내 목소리 들려요?

놀라서 멈칫하는 이강.

씬/44 D, 도원계곡, 구승절벽 아래

구영과 일해의 귀에는 현조의 소리가 들리지 않는다. 여전히 굉음만이 들려오는 무전기.

씬/45 D, 해동분소, 사무실

현조의 목소리에 이강, 놀라서 무전기를 바라보는데..

현조(소리) 선배.. 여길 떠나.

씬/46   D, 도원계곡, 까치숲

온 힘을 다해 무전기 버튼을 누르고 있는 현조. 바람은 더욱 거세어진다.

현조   여기서 있었던 일 다 잊고.. 산을 떠나.. 다 잊어버리고.. 행복하게 살아..

씬/47   D, 해동분소, 사무실

떨리는 눈빛으로 무전기 너머에서 들려오는 현조의 목소리를 듣고 있는 이강.

씬/48   D, 도원계곡, 까치숲

부들부들 떨려오는 현조의 몸. 서서히 흐려지기 시작한다. 아픔을 참고.. 슬픈 눈빛으로 절박하게 이강에게 무전을 하는 현조.

현조   절대.. 돌아오지 마..

씬/49   D, 병원 중환자실

코마 상태로 누워 있는 현조의 코에서 또다시 흘러내리는 붉은 피. '삐삐삐삐' 급격하게 움직이기 시작하는 바이탈 사인. 감긴 현조의 눈에서 눈물 한 줄기가 흘러내린다.

씬/50   D, 해동분소, 사무실

현조의 소리를 듣던 이강. 무전기에 대고

이강　　현조야.. 현조야!

씬/51　D, 도원계곡, 까치숲

서서히 환상처럼 흐려지는 현조, 마지막까지도 무전기를 누르며.. 못다 한 말이 있는 듯 희미하게 '선배..' 이강을 부르다가 결국 불어오는 바람에 흩어지다가 사라지는 모습에서..

15부

너무 어려서 그때 일이 기억이 안 난다고 했지?

아니.. 넌 다 기억하고 있어. 산과 공존을 포기한 사람들의 이기심을..

씬/1   D, 2020년, 검은다리골 마을터 일각

안개가 자욱한 검은다리골 마을터. 여전히 입구를 지키고 있는 장승. 바람에 일렁이는 안개 사이로 언뜻언뜻 보이는 배낭을 멘 젊은 여자의 뒷모습. '반달곰 출몰지역-지리산 국립공원'이란 푯말을 어두운 눈빛으로 가만히 바라보는 20대 후반의 당차 보이는 승아다.

＊자막 - 2020년, 가을

안개를 헤치고 한 걸음, 두 걸음 마을터 안으로 이동하는 승아. 천천히 마을터를 둘러보는데.. 그때 안개 저 너머에서 검은 그림자 두 개가 언뜻 보인다. 순간 긴장한 듯, 배낭 옆주머니에서 호신용 스프레이를 꺼내 들고 나무 뒤에 몸을 숨기는데 바스락 바스락 점점 다가오는 발자국 소리.
점점 더 긴장하는 승아. 바로 뒤쪽에서 발자국 소리가 들리자, '으아아악' 스프레이를 뿌려댄다. 공기 중에 퍼져가는 매운 스프레이 분말. 어, 왜 나도 맵지. 바람에 실려온 스프레이 분말에 미친 듯이 기침을 해대는 승아. 그런데 다가오던 그림자들도 기침을 해대기 시작한다.
보면, 순찰 중이었던 듯한 레인저1, 2다.

레인저1   (연신 기침해대며) 그걸.. 그렇게 막 뿌리면..
승아   (역시 기침해대며) 죄.. 죄송.. 죄송합니다.. 곰인 줄 알고..

         - 시간 경과되면
         진정은 됐지만 여전히 매운 듯 눈물 훔치고 있는 승아. 그 앞에 선 레인저들
         역시 눈물 훔치면서

레인저1   여기 출입금지구역인 거 모르셨어요?

         승아, 훌쩍훌쩍거리면서도

승아   너무너무 죄송합니다. 들어오면 안 되는 거 아는데 꼭 와볼 일이 있어서요.
         신분증 드리면 되죠?

         승아, 주섬주섬 신분증 꺼내며 옆에 있는 바위 치면서

승아   여기 앉아서 끊으세요. 과태료. 힘든 일 하시는 분들이신데..

         레인저들, 승아의 과잉친절에 뭐지? 보는데.. 공손하게 신분증 건네는 승아.

승아   여기요.

         레인저들, 신분증 바라본다. 이름 '강승아'다.

씬/2   D, 비담절벽 위 야생화 군락지

         아름답게 핀 야생화들 사이에서 셀카를 찍고 있는 60대 노부부. 남편은 좀
         어색한 듯 미소가 굳어 있는데 브이 자에 자연스러운 미소의 부인, 사진 확
         인하며 남편을 타박한다.

부인	아 좀 웃으라니까. 이게 뭐예요.

남편, 어색한 듯 '으흠' 헛기침. 부인, 야생화 군락지 쪽을 둘러보다가 '아, 저기 좋겠다' 남편을 끌고 그쪽으로 간다. 계속해서 야생화 군락지 이곳저곳에서 여러 장 셀카를 찍는 노부부.

- 시간 경과되면
핸드폰 사진을 확인하고 있는 부인. 남편은 주변 경관을 가만히 둘러보고 있다.

부인	(화면 보면서) 진짜 이쁘네 여기. (하다가) 이제 그만 가볼까요?

배낭 메고 일어서서 주변을 둘러보는 노부부. 1부의 승훈이처럼 어디로 가야 할지 둘러본다. 길이 보이지 않는다. 핸드폰을 꺼내보면 발신제한구역이다. 마치 조난될 듯 보이는데.. 마치 레인저들처럼 능숙하게 GPS 기기를 꺼내는 부인, '어디 보자' 위치를 확인한 뒤 어딘가를 가리키며

부인	저쪽으로 가면 되겠네요.

씩씩하게 먼저 앞장서는 부인. 그 뒤를 묵묵히 따르는 남편.

씬/3   D, 비담절벽 인근 탐방로

정상으로 향하는 탐방로를 따라 비법정으로 들어가지 못하게 설치된 로프펜스. '이곳은 비법정입니다. 출입을 삼가주십시오'라는 플래카드. 비담절벽 쪽 비법정에서 펜스 쪽으로 올라오는 60대 노부부. 나무 울타리를 넘으려는데.. '지금 뭐 하시는 겁니까?' 들려오는 목소리. 보면 순찰 중이었던 듯한 수색1, 2다.
어색해지는 남편의 낯빛. 그에 비해 싹싹하게 인사하는 부인.

부인 아유, 수고 많으십니다. (뒤쪽의 남편에게) 뭐 해요. 인사드리지 않고. (바로 주머니에서 신분증 꺼내며) 힘든 일 하시는데 번거롭게 해서 죄송해요. 저희가 출입금지구역을 들어갔죠?

스스럼없이 신분증 내미는 부인을 의아하게 보며 신분증 받는 수색1.

수색1 아시는 분들이.. 왜..

수색1, 과태료 끊는데 부인, 배낭을 열어 안에 가득 든 건강식품을 꺼내 수색1, 2에게 건넨다.

부인 이것 좀 드시면서 하세요. 하루 종일 험한 산 다닐 텐데 건강도 챙겨야지.

수색1, 2, 이건 뭐지? 하는 시선으로 노부부 바라보는..

씬/4　D, 백토골, 돌무지터

여기저기 쌓인 돌무지들 사이를 아장아장 뛰고 있는 어린 사내아이. 쿵 넘어지는데 뒤쪽에서 쫓아온 40대 초반의 아빠, 사내아이를 일으켜 세우며

아빠 괜찮아?

사내아이, 울지도 않고 씩씩하기만 하다. 그때 뒤쪽에서 따라온 듯한 엄마.

엄마 좀 쉬다 가요.

돌무지터 한 편에 앉아 준비해 온 간식과 물을 꺼내는 세 가족. 아빠, 가지고 온 배낭 안에서 물을 꺼내는데 배낭 안, 건강식품들로 가득하다.

씬/5   D, 비담대피소 건물 앞

갸웃거리면서 대피소 건물로 다가오는 수색1, 2. 건물 앞 비치된 테이블에 앉아 있는 대여섯 명의 레인저들에게 다가가다가 테이블 위에 쌓인 건강식 품들 보고 멈칫하는 수색1.

수색1   이거 뭐야. 너네도 받은 거야?
레인저3   아까 탐방로 순찰하는데 어떤 가족이 막무가내로 주더라구요. 그런데 선배 님들도 받으셨어요?

주머니에서 노부인에게 받은 건강식품들을 꺼내는 수색1, 2.

수색1   응.

영문도 모르겠고 수상하기도 한 눈빛으로 건강식품들을 바라보는 수색1.

수색1   ..우리가 그렇게 허약해 보이나?

씬/6   D, 천왕봉 인근 능선 탐방로

검은다리골 쪽 비법정에서 함께 능선 위로 올라오는 승아와 레인저1, 2.

레인저1   (한쪽 가리키며) 저쪽으로 가면 바로 천왕봉입니다.
승아   (깍듯하게 인사하며) 감사합니다!!

인사하다가 승아, 생각난 듯 주머니 안에서 건강식품들 꺼내서 레인저들에 게 안기듯 건넨다.

승아   이건 선물이요.

되돌려줄 새도 없이 '그럼 건강하세요!!' 양팔 올려 인사하며 뒤돌아 천왕봉을 향해 뛰기 시작하는 승아. 그런 승아의 뒤를 따르는 화면. 양옆으로 드넓게 펼쳐진 지리산의 산자락들. 그리고 저 앞쪽으로 천왕봉으로 향하는 길이 보이는데.. 천왕봉으로 향하고 있는 등산객들 사이, 60대 노부부의 뒷모습이 보인다.

승아 엄마!! 아빠!!

뒤돌아 승아를 바라보며 미소 짓는 60대 노부부. (이하, 현조모, 현조부로 칭함)

현조모 왔어?

승아, 엄마의 품에 쏙 들어와서 안기며 인사하다가

승아 언니네는?
현조모 천왕봉에서 기다리겠대.

씬/7 D, 천왕봉

천왕봉으로 오르고 있는 승아와 현조모, 현조부. 그때, 들려오는 '엄마!' 소리. 보면 천왕봉 비석 근처에 서 있는 4씬 백토골의 40대 부부(이하, 현조 누나, 현조 매형으로 칭함)와 어린 사내아이다. 다가와서 '장모님, 오셨어요. 처제 왔어?' 다정하게 승아와 현조모, 현조부에게 인사하는 현조 매형. 현조부는 눈빛에는 따뜻함이 느껴지지만 원래 성격이 무뚝뚝한 듯 말없이 고개만 끄덕한다. 뒤쪽에 사내아이와 섰던 현조 누나, 다가오는 승아와 현조모, 현조부를 보자 눈물 글썽인다. 현조모, 그런 현조 누나를 토닥이며

현조모 울지 마.

겨우 울음을 삼키는 현조 누나를 비롯한 현조의 가족들, 천왕봉 아래 시원
하게 펼쳐진 지리산을 내려다본다. 현조모 역시 울음이 밀려오는 듯 눈가가
붉어진다.

현조모　　　...우리 현조.. 좋은 데서 일했네..

가만히 지리산을 바라보는 현조의 가족들. 눈앞에 펼쳐진 아름답고 장엄한
지리산을 가만히 바라보던 현조부.

현조부　　　.....이제.. 그만 보내주자.

지리산을 바라보는 가족들의 눈빛, 참아보려 하지만 붉게 물든다.

현조부　　　현조.. 이제 그만 보내주자..

씬/8　　　D, 병원, 중환자실/복도

창백한 낯빛으로 생명유지장치에 연결된 채 누워 있는 현조. 유리창문 너머
에서 어두운 눈빛으로 바라보며 이강과 통화 중인 간호사1.

간호사1　　　..모레 아침.. 현조씨 생명유지장치를 제거하기로 했어요.

씬/9　　　D, 해동분소, 사무실

떨리는 눈빛으로 간호사1과 통화 중인 이강.

간호사1(소리)　좋은 소식 들려드리지 못해서 죄송해요.

천천히 전화를 끊는 이강, 어찌할 바를 모르고 가만히 앉아 있는데.. 들려오

는 '똑똑' 노크 소리에 뒤이어 주변을 두리번거리며 들어서는 승아.

승아　　저.. 여기 서이강씨라고..

하다가 이강과 시선 마주치자.. 가만히 보다가 미소 짓는 승아.

승아　　서이강 선배님. 맞으시죠? (꾸벅 인사하며) 안녕하세요. 전 현조 오빠 동생
강승아라고 합니다.

현조의 동생이란 말에 흔들리는 이강의 눈빛.

씬/10　D, 해동분소, 휴게실

휴게실에 마주 앉아 있는 이강과 승아. 승아를 바라보는 이강, 안타까움을
애써 누르고 있고.. 승아는 그리운 사람을 만난 듯 이강에게서 시선을 떼지
못하다가..

승아　　..오늘 검은다리골에 다녀왔어요.
이강　　(보면)
승아　　아.. 출입금지구역인 거 아는데.. 너무 가보고 싶어서요. 과태료도 냈어요.

이강, 밝게 미소 지으며 얘기하는 승아가 더 짠하다.

승아　　백토골도 보고 비담절벽 야생화 군락지도 봤어요. 사진으로 본 게 아쉽긴
하지만.. 듣던 대로 너무 좋은 곳이었어요.
이강　　..현조가 그랬어요?
승아　　예. 상수리바위 얘기도 많이 들었어요. 거기서 처음으로 사람을 살렸다고
했어요.
이강　　..또 뭐라고 하던가요.
승아　　(이강 보다가) 선배님 얘기 많이 했었어요. 그래서.. 여기 오면 꼭 인사드리

고 싶었어요.

승아, 잠시 이강을 바라보다가 일어나서 꾸벅 인사한다.

승아   그동안 정말 감사했습니다.

고개 들어 이강을 바라보며 엷게 미소 짓는 승아. 그런 승아를 차마 바라보지 못하는 이강.

- 시간 경과되면
어느새 승아는 사라져 있고 홀로 남은 이강. 멍하니 허공을 바라보고 있는데.. '꽝' 휴게실 문 열리면서 들어서는 어두운 낯빛의 구영과 일해, 이강과 시선 마주친다.

구영   ...대체 어떻게 된 거야.. 다섯 시 반, 석이절벽이라면서.. 그런데.. 두 시에 구승절벽에서 사람이 죽었어.

이강, 뭐라고 설명해야 할지 쉽게 입을 열지 못한다. 그런 이강에게 다가오는 구영.

구영   경찰이 신원확인을 해줬어. 장학수. 검은다리골 마을에 살던 사람이었어.
이강   ...
구영   이 사람도 그 범인이 죽인 거야? 대답해봐.

답답함에 이강을 다그치는 구영. 그러나 여전히 이강, 대답을 하지 못하는데.. 다가와서 이강을 바라보는 일해.

일해   대답해줘. 이강아. 정말 우리를 믿는다면...

이강, 일해와 구영을 바라보는 모습에서..

씬/11 N, 길용의 집 마당

겁에 질린 표정으로 구영이 내민 핸드폰에 저장된 현조 사진을 바라보고 있는 길용.

길용 왜 자꾸 이 귀신에 대해서 물어보는 거야?

길용의 앞에 선 구영과 일해, 이게 무슨 소리야? 서로 시선 마주친다. 조금 떨어진 뒤쪽에는 휠체어에 탄 이강, 그 모습을 바라보고 있고..

구영 정말, 얘를 산에서 보셨다구요?
길용 몇 번을 말해. 피가 묻은 하얀 옷을 입고 있었다니까.

길용, 보기도 싫은 듯 핸드폰을 밀어내며 집으로 들어가려는 듯 돌아서며

길용 됐지? 이제 다시는 찾아오지 마.

구영, 일해, 믿기지 않는 눈빛으로 말문이 막히는데.. 뒤쪽에 있던 이강, 앞으로 나서며

이강 검은다리골 마을이요.

길용, 흠칫 놀라 뒤돌아본다.

이강 91년, 거기서 무슨 일이 있었던 거죠?
길용 (눈에 띄게 당황하며) 무.. 무슨 소리야?
이강 장학수 할아버지가 죽었어요. 그 마을 사람들이 계속 죽고 있다구요. 말씀 해주세요.
길용 뭘 물어보는지 모르겠네. 그 마을에선 아무 일도 없었어.

이강, 다시 물어보려는데..

길용   앞으로 다신 찾아오지 마.

방문을 '쾅' 잠그고 들어가버리는 길용. 이강, 어두운 낯빛으로 바라보다가 뒤를 돌아보면 믿기지 않는 눈빛으로 이강을 바라보고 있는 구영과 일해다.

씬/12   N, 해동분소, 사무실

마주 앉아 있는 이강, 구영, 일해. 일해, 믿기지 않는 얼굴로

일해   ...정말 저 산 위에 현조가 남아 있다구..

이강   ...아까 그분만 본 게 아냐. 오늘 죽은 분도 현조를 봤고 다원이도 봤고.. 나도 봤어..

구영   ..말도 안 돼..

일해   그래.. 이건 정말 말도 안 돼..

여전히 믿을 수 없다는 듯한 구영과 일해를 보다가 이강, 자신의 책상 서랍에 들어 있던 영상카메라를 꺼내서 플레이를 시킨 뒤 구영과 일해에게 보여준다.

이강   다원이가 죽기 전에 찍은 거야.

4부, 5씬. 다원이 찍었던 무인 센서 카메라 영상이다. 아무도 보이지 않는데 저절로 움직이는 나뭇가지가 표식을 만들고 있다. 놀라서 그 영상을 바라보는 구영과 일해.

이강   현조는 저 산에 있어.

믿기지 않는 떨리는 눈빛으로 이강을 바라보는 구영과 일해.

이강　그 끔찍한 사고를 당하고도 혼자 저 산에 남아서 나한테.. 우리한테 신호를 보낸 거야. 죽어가는 사람들을 살려달라고..

씬/13　D, 2019년, 지리산 전경

겨울을 맞은 지리산의 모습 위로

* 자막 - 2019년, 겨울

씬/14　D, 지리산 능선

수색1과 함께 능선을 순찰 중인 현조. 주변으로는 시원하게 뻗은 지리산의 산자락들이 시야에 들어오는데.. 맞은편에서 역시 순찰 중이었던 듯한 레인저1, 2가 다가오며 인사한다.

- 시간 경과되면
함께 능선 길 한 편에 주저앉아 물을 마시면서 휴식을 취하고 있는 현조를 비롯한 레인저들. '천왕봉 쪽에 청소년 수련회 애들 단체 산행 중이라던데 다들 잘 내려갔나?' '일부는 하산했고, 아직 일부는 천왕봉에 있나 봐요' 수색1과 레인저1 대화 나누는데 그 옆에서 물을 마시면서 주변을 둘러보던 현조, 조금 떨어진 능선 옆쪽에서 반짝하는 작은 물건이 눈에 들어오자 반색하며 일어나서 다가가 확인해보지만 등산동호회 배지. 실망하는 현조, 배지를 수거해서 다시 레인저들 쪽으로 돌아오는데.. 그런 현조를 이상하게 보는 수색1.

수색1　너 저번 순찰 때도 계속 뭐 찾아다니는 것 같던데. 뭐 잃어버린 거라도 있어?

현조	그게.. 군번줄이요.
수색1	뭐? 군번줄을 왜 산에서 찾아?

레인저1, 옆에서 얘기 듣다가

레인저1	어, 나 저번에 군번줄 봤는데.
레인저2	맞아. 나두 봤어.
현조	(반색하는) 어디서요?
레인저1	그때, 너네 반달곰 본 데.
현조	(멈칫) 검은다리골이요? 그 대피소 동굴 안 말씀하시는 거예요?
레인저1	응. 반달곰 출몰 경고판 설치하러 갔을 때 둘러봤거든.

  - 인서트
  - 낮, 검은다리골 대피소 안으로 들어서는 레인저1, 2. 바닥에 떨어져 있는
  등산화, 로프, 스틱, 통발, 군번줄 등을 어이없이 보는

레인저1	이 깊은 데까지 와서 뭘 이렇게 많이 버리고 갔어.

뒤쪽에서 함께 둘러보던 후배로 보이는 레인저3에게

레인저1	야, 이따 애들 시켜서 여기 싹 다 치워라.

하고는 대피소를 나가는 레인저1, 2.

  - 다시 능선 위로 돌아오면

레인저1	군번줄 말고도 뭐 뱀 잡는 통발에 스틱, 로프, 아이젠에 장난 아니더라고.
수색1	거기, 사람들 별로 안 가는 데 아니었어? 누가 그런 걸 다 버리고 갔대?

레인저1과 수색1의 대화를 듣던 현조의 낯빛 서서히 굳어진다.

현조(소리) ..설마... 설마..

- 인서트
- 3부, 36씬. 백토골 돌무지터에서 죽은 현수를 발견하는 현조.

현조(소리) 군번줄..

- 8부, 43씬. 낮, 가을. 가파른 너덜길을 내려가고 있는 배낭을 멘 서금자 (70대, 여). 절벽같이 위험한 바위에 예전부터 설치돼 있던 듯한 낡은 로프를 잡고 내려가기 시작하는데.. 로프의 가장 위쪽, 바위와 마찰되는 부분 보면 누군가 반쯤 로프를 끊어놓은 자국.

현조(소리) 로프..

- 8부, 43씬. 낮, 겨울. 설산 아래에 추락한 이종구(71세, 남)의 모습에서 이종구가 추락한 절벽 위를 비추는데 눈길에 남아 있는 발자국. 한 명이 아니라 두 명의 발자국이다.

현조(소리) 아이젠..

- 8부, 43씬. 낮, 봄. 절벽 위 스틱을 주우려는 김진덕을 밀어버리는 검은 등산용 장갑.

현조(소리) 등산용 스틱.

- 3부, 29씬. 금례할머니의 한쪽만 남은 등산화.
(총알나무 처음 올라갈 때나 숨겨 있을 때 등산화 잡은 부분 있으면 그 부분으로 대체하셔도 좋습니다.)

현조(소리) 등산화.

- 4부, 40씬. 통발을 설치하고 있던 일만.

현조(소리) 뱀을 잡는 통발...

- 다시 능선 위로 돌아오면
점점 더 굳어지는 현조의 낯빛. 그런 현조를 이상하게 보는 레인저들.

수색1 강현조, 괜찮아?

현조, 정신이 나는 듯 레인저1, 2에게

현조 그때, 그 대피소 안에 있던 물건들. 누가 치웠죠?
레인저1 글쎄.. (레인저2 보며) 누가 치웠냐?
레인저2 아마, 무진분소 애들일 거예요.

씬/15   D, 무진분소 외경

해동분소와 다른 구조의 무진분소 건물.

씬/16   D, 무진분소, 로비

비번인 듯 사복을 입은 현조, 무진분소 레인저1, 2와 얘기 중이다.

무진1 검은다리골 대피소?
현조 예. 거기 있던 유실물들 선배님들이 치우셨다고 하던데요.
무진1 우리가? 아닌데.. 치우려고 들어갔는데 벌써 누가 치웠더라구.
무진2 본소에서도 지원 나왔잖아. 걔네들이 치웠나 보네.
현조 본소에서도 나왔어요? 또 어떤 팀들이 참여했죠?
무진1 우리랑 비담대피소랑 본소, 세석분소랑.. 아.. 생태복원센터팀도 왔었지.

씬/17   D, 비담대피소, 사무실

사무실, 책상에 앉아서 통화를 하고 있는 현조.

현조   예. 검은다리골 대피소에 남아 있던 유실물이요. 아.. 예. 알겠습니다..

전화를 끊는 현조, 책상 위에 펼쳐놓은 명단을 바라본다. 비담대피소, 무진
분소, 세석분소, 본사, 생태복원센터의 직원들 등 경고판 설치작업에 동원
된 직원들 명단에 모두 엑스 자가 그어져 있다. 그런 명단을 바라보는 현조
의 모습 위로

현조(소리) ...대피소 안의 유실물을 치웠다는 사람은 아무도 없어..

– 인서트
– 14씬, 인서트에 이어지는..
'야, 이따 애들 시켜서 여기 싹 다 치워라' 얘기하면서 대피소를 나가는 레인
저1, 2. 다시 조용해진 대피소 안. 잠시의 정적이 이어지다가 은밀하게 들어
서는 누군가의 발. 푹 눌러쓴 모자. 검은 등산용 장갑. 가지고 온 포대자루
에 유실물들을 챙겨서 대피소를 나간다.

씬/18   D, 검은다리골 대피소 안

이제는 텅 빈 대피소 안으로 걸어 들어와 주변을 둘러보는 현조의 모습 위
로

현조(소리) 범인이야.. 범인이 가져간 거야..

씬/19 D, 몽타주

- 검은다리골 대피소에서 나와 주변을 둘러보는 현조의 모습 위로

현조(소리) 버렸을 리는 없다.

- 검은다리골 인근, 산 이곳저곳을 두리번거리고 있는 현조.

현조(소리) 산 아래로 가져갔을 리도 없다. 뭔가를 숨기는 데 산만큼 좋은 곳은 없으니까..

씬/20 D, 본소, 복도

솔과 마주 서서 대화 중인 현조.

솔 (놀라서 바라보는) 그.. 검은다리골 대피소에 있었던 유실물들이 피해자들의 물건들이었다구요?

현조 맞아요. 그때 직원들이 치운 게 아니었어요. 범인이 가져간 거였죠.

솔, 믿기지 않는 듯 현조를 본다.

현조 어디로 가져갔는지 알아내야 해요. 그 근처에 그럴 만한 다른 장소는 없었나요?

솔 (기억을 떠올려보지만) ..잘 모르겠어요.

현조의 낯빛에 답답함이 엿보이고..

씬/21 D, 몽타주

- 바위 아래 틈들을 살펴보는 현조, 지친 기색이 역력하다. 산길을 걷다가 다리를 헛디디고 넘어진다. 아.. 몰려오는 고통. 그러나 아픔을 참고 다시 일어나 걷기 시작한다. 어떻게든 찾아내려는 현조의 모습 위로

현조(소리)　그 물건들만 찾으면.. 증거가 생긴다.

씬/22　D, 해동분소, 사무실

이강, 컴퓨터로 문서작업에 한창이고.. 옆 테이블에는 구영과 수색1이 워크숍 서류를 앞에 두고 커피 한 잔을 하면서 대화를 나누고 있다.

수색1　요즘, 강현조가 좀 이상한 거 같애.

서류작업 하던 이강, 현조 이름이 들려오자, 문득 작업을 멈추고 바라보는..

구영　왜?
수색1　비번날마다 자꾸 여기저기 다쳐서 와.
구영　산 좀 탔나 보지.
수색1　아냐. 생각도 계속 딴 데 가 있는 것 같구 좀 이상해. 애 돈이 필요한가? 몰래 약초 캐러 다니는 거 아냐?
구영　말도 안 되는 소리 하지 말고 워크숍 일정이나 얘기해봐.

머쓱하니 구영 보다가 서류 보며 '그냥 작년처럼 하면 되지 않을까?' 대화 이어간다. 그런 두 사람을 바라보는 이강, 서서히 눈빛 가라앉으며 생각에 잠긴다.

씬/23　N, 몽타주

- 밤, 비담대피소. 스탠드 불빛 아래 검은다리골 지도를 확인해보고 있는

현조. 들려오는 문자 착신음. 핸드폰 보면 '이강 선배'다. '잘 지내니?' 액정화면 보고 눈빛 흔들리는 현조. '내일 비번이지. 잠깐 좀 보자'. 가만히 이강이 보낸 문자를 바라보는 현조.

- 밤, 이강의 방. 이강 역시 문자를 바라보고 있다. '네, 내일 뵐게요'.

씬/24 D, 비담대피소, 사무실

아침, 외출 준비를 하고 있는 현조. 겉옷을 입고 있는데 들려오는 지역방송의 기상예보 라디오 소리. '광주와 전남북 16개 시군에 대설주의보가 내려진 가운데, 전북 동부 내륙지역에 최고 8센티미터, 지리산 일대에 최고 10센티미터 이상의 눈이 내릴 전망입니다'.
현조, 나가려고 하는데 순간 기상예보 소리가 멀어지면서 커지는 심장 소리. 현조의 뇌리를 스치는 편린.

- 인서트
- 하얀 눈, 점점이 흩뿌려진 피. 저 멀리 덕서령 능선이 보인다.

씬/25 D, 이강의 방

외출 준비를 하고 있는 이강. 울리는 핸드폰. 보면 발신인 '현조'다.

이강　(전화 받는) 응. 나야.

수신 상태가 좋지 않은 듯 '치치치칙' 잡음 소리와 바람 소리에 섞여 들려오는 현조의 목소리.

현조(소리)　선배. 오늘 못 갈 것 같아요! 다시 연락할게요!

이강, 느낌이 좋지 않다.

이강   너 지금 어디야? 산이야? 어디 가는 건데?

'치치칙' 잡음 소리 들리다가

현조(소리)   다 끝나면 그때 얘기할게요.

'툭' 끊기는 전화. 이강, 불안한 눈빛으로 보다가 비담대피소 사무실로 전화를 건다.

수색1(소리) 비담대피솝니다.
이강   난데. 현조 어디 출동했어?
수색1(소리) 아까 갑자기 설산장비랑 다 챙겨서 나가던데.
이강   어디로 간다는 얘기 없었어?
수색1(소리) 없었어. 근데.. 검은다리골 자료를 찾아보긴 하더라구.

전화 끊는 이강의 눈빛에 불안감이 더욱 깊어진다. 옷장 안에서 겨울 파카와 설산장비들을 꺼내기 시작한다.

씬/26 몽타주

- 낮, 눈이 내리는 산을 오르기 시작하는 이강.

- 낮, 벼랑 위 스틱을 잡다가 추락한다. 현조의 편린과 똑같은 하얀 눈, 붉은 피. 덕서령의 능선. 놀라서 달려오는 현조.

- 밤, 검은다리골 대피소. 정신을 잃은 이강을 안타깝게 바라보는 현조.

- 아침, 이강의 손을 보온담요 안에 넣어주고 뛰어나가는 현조.

- 아침, 하얗게 눈이 쌓인 산을 거친 숨을 내뱉으며 빠르게 내려가는 현조. 중간중간 멈춰 서서 핸드폰 안테나를 확인한다. 계속해서 발신제한구역이다. 1분 1초가 아깝다. 이강의 생명이 위험하다. 뛰어 내려가다가 눈밭에 미끄러지면서 다리를 삐끗하지만 아픔을 참고 내려가는 현조. 계속해서 핸드폰 액정화면을 확인하며 내려가는데.. 한 곳에 도착하자 안테나가 뜬다. 반색하는 현조.

- 아침, 해동분소, 전화를 받는 대진.

씬/27 D, 산 일각

다급하게 대진에게 전화를 하고 있는 현조.

현조   여기 검은다리골인데요. 이강 선배가 다쳤어요.
대진(소리)   뭐? 잘 안 들려. 어디라구?
현조   검은다리골이요! 빨리 와주세요! 급해요!

통화를 하는 현조의 뒤쪽으로 빠르게 다가오는 인기척. 현조, 인기척을 느끼고 뒤를 돌아보려는 순간, 현조와 똑같은 설상복을 걸친 누군가 커다란 돌덩이로 현조의 뒤통수를 강하게 내려친다. 그림자의 설상복에 튀는 붉은 피.
충격에 툭 꺾이는 현조의 무릎. 아픔을 참고 일어서려는 현조의 뒤통수를 한 번 더 돌로 가격하는 누군가. 투툭투툭 현조의 이마를 타고 흰 눈 바닥으로 떨어지는 붉은 피. 세상이 빙빙 돌기 시작한다. 일어나려 하지만 몸에 힘이 들어가지 않는다. 쿵, 결국 바닥으로 쓰러지는 현조.
흐려지는 시야에 현조를 내려보다가 사라지는 누군가의 뒷모습.

- 시간 경과되면
눈밭에 홀로 남은 현조, 마치 죽은 듯 움직임이 없는데 까닥 움직이는 손가락. 천천히 눈을 뜨는 현조, 천천히 고개를 든다.

현조   ....선배...

홀로 남은 이강이 생각나는 듯 혼미해지는 정신을 다잡는 현조, 어떻게든 다시 일어나서 검은다리골로 올라가려고 하는데.. 다시 흘러내리기 시작하는 피. 코에서도 검붉은 피가 흘러내린다. 하지만 포기할 수가 없다. 거의 기다시피 산을 오르는 현조.

씬/28   D, 검은다리골 인근

비틀비틀 이강이 있는 곳을 향해 올라오는 현조. 계속해서 흘러내리는 피. 눈앞이 아득해지면서 결국 '쿵' 무릎이 꺾인다. 차디찬 눈밭 위에서 정신을 잃고 쓰러지는 현조의 모습 위로

이강(소리)   현조는 죽어가면서도 산에 남았어... 남아서 범인의 뒤를 쫓은 거야..

씬/29   N, 2020년, 해동분소, 사무실

마주 보고 있는 이강과 구영, 일해.

이강   이젠.. 우리 차례야.

   - 시간 경과되면
사건일지들과 검은다리골 마을 이주사업 리스트가 놓인 테이블에 마주 앉은 이강과 구영, 일해.

이강   (사건일지들을 바라보며) 검은다리골과 관련된 피해자들 사건일지야. (현수 사건의 일지를 꺼내서 확인해보는) 첫 번째는 2017년 가을, 백토골에서 사

망한 김현수 중사야. 현조의 부하였고 (리스트의 김남식의 이름을 바라본
다) 김남식씨의 아들이었어.

리스트에서 김남식의 이름을 지우는 구영. 계속해서 차례대로 사건일지를
펼쳐보는 이강. 피해자들의 사진과 사건개요가 적힌 사건일지들 지나가며
그 위로 이강의 목소리 깔린다.

이강(소리) 서금자씨. 이종구씨, 김진덕씨. 금례할머니, 최일만씨.

리스트에서 계속해서 죽은 사람들 이름을 지워나가는 구영. 이강, 그다음
사건일지들을 펼치며

이강 현조와 내가 사고를 당한 이후에 또 그 마을 사람들이 죽었어. 올해 2월 외
래계곡에서 사망한 최기영.

사건일지에서 내용을 가키킨다. '아버지 최태구씨의 묘소를 성묘하러 갔다
가 사망'. 리스트를 확인하면 '최기영'이란 이름.

이강 최기영 역시 검은다리골 마을에 살았던 최태구씨의 아들이었어.

그다음 사건일지를 꺼내는 이강.

이강 그다음이 무진계곡에서 사고를 당한 장민희씨. 다들 알겠지만 금례할머니
의 아들이었지. (다음 사건일지를 꺼내 펼친다) 그다음이 양근탁씨. 91년,
케이블카 사업을 추진한 장본인이야. 그리고 오늘.. 장학수씨도 살해됐어.

말없이 리스트를 내려다보는 구영과 일해, 너무나 많은 사람들이 죽임을 당
한 사실에 망연자실한 눈빛이다.

일해 정말.. 이 많은 사람들이 산에서 죽었다구..
구영 ...이렇게 사람들이 많이 죽었는데도.. 우린.. 눈치도 채지 못했어..

| 이강 | 범인을 잡으면 돼. |

리스트를 내려다보는 이강, 구영, 일해. 구영, 리스트에 남은 이름들을 확인하다가

| 구영 | 김성국씨는 웅순이 아버님이시잖아. 그럼 이세욱이란 사람 아버지는? 그 사람도 검은다리골에 살았다고 하지 않았어? |
| 이강 | 세욱이 아버지는 세욱이가 어렸을 때 돌아가셨다고 했어. 이주사업이 벌어지기 전에 사망하신 것 같아. |

리스트에 남아 있는 사람은 황길용과 허진옥, 이재근뿐이다.

| 이강 | 남은 사람은 이 세 분. 그리고 솔이와 웅순이뿐이야. |

씬/30   D, 몽타주

- 차를 타고 이동하고 있는 구영.

- 또 다른 차를 타고 이동하고 있는 일해.

| 이강(소리) | 91년, 검은다리골에서 무슨 일이 벌어졌는지 밝혀내야만 해. |

- 택시 뒷좌석에 타고 있는 이강. 어딘가 앞에 멈춰 선다. 해동파출소 앞이다.

씬/31   D, 길용의 집

길용의 방문을 두드리고 있는 일해.

일해　계십니까? 전에 찾아뵌 국립공원 직원입니다.

계속해서 문을 두드려보지만 아무 대답이 없다. '잠시 실례하겠습니다' 문을 당겨보지만 안에서 굳게 닫힌 문.

씬/32　D, 길용의 집 안

죄책감에 가득한 눈빛의 길용, 시선을 떨군다.

씬/33　D, 해동파출소 안

휠체어를 타고 들어서는 이강. 혼자 자리를 지키고 있던 박순경, 이강을 보고 인사한다.

박순경　오셨어요?
이강　(비어 있는 웅순의 책상을 보며) 웅순이는요?
박순경　오늘 비번이신데요.
이강　(책상을 바라보다가) 요즘 웅순이 어때요? 뭐 이상한 점 없었어요?
박순경　(머뭇거리며) 예? 그런 건 왜 물어보시는데요?
이강　그게.. 요즘 좀 예전하고 달라 보여서요.
박순경　아마 어머님 때문일 거예요. 1년 전부터 계속 병원에 계셨잖아요. 그런데 요즘 병세가 더 악화되셨나 봐요.

이강, 의외의 얘기에 멈칫, 웅순의 책상 쪽을 바라본다.

씬/34　D, 웅순의 집 앞

웅순의 집 초인종을 누르고 있는 이강. 그러나 아무 반응이 없다. 이강, 답답한 얼굴로 웅순에게 전화를 걸어보는데 '고객 전화기의 전원이 꺼져 있어..' 멘트로 연결된다.

씬/35 D, 비법정 입구

어두운 눈빛으로 산을 올려다보고 있는 웅순. 한 걸음, 두 걸음 깊은 산속으로 사라지는 뒷모습에서..

씬/36 D, 요양병원, 복도

복도를 따라 걷던 구영, 누군가를 발견하고 멈춰 선다. 한 병실 앞에서 구영을 기다리고 있던 듯한 양선모. 구영, 양선모와 시선 마주치자 낯빛 어두워지다가 정중하게 인사한다.

씬/37 D, 요양병원, 병실

구영과 마주 앉아 얘기 중인 양선모. 구영을 보자, 양선 생각이 나는 듯 눈물을 훔치고는

양선모   잘 지냈어요?

차마 대답하지 못하고 고개를 떨구는 구영.

양선모   잘 지내야죠.. 양선이도 그걸 바랄 거예요.
구영   ...죄송합니다.. 자주 찾아뵀어야 했는데..
양선모   (눈물 훔치고 감정을 추스르며) 그런데 검은다리골은 왜요?
구영   ...91년 케이블카 사업 때 무슨 일이 있었는지 알고 싶어서요.
양선모   나랑 양선이 아빠는 외지 나와서 식당을 하고 있어서 정확히는 몰라요. 아

버님이 잘 알고 계실 텐데..

고개 돌려 어딘가를 바라보는 양선모와 구영. 휠체어에 앉은 채 멍하니 창밖을 바라보고 있는 양선할아버지다.

양선모   양선이 그렇게 되고 나서 충격을 많이 받으셨나 봐요. 이젠 가족들 얼굴도 못 알아보세요.

구영, 어두운 얼굴로 양선할아버지를 바라본다.

– 시간 경과되면
병실 문가에서 양선모에게 인사하고 있는 구영.

구영   그럼 안녕히 계세요.

돌아서려는데.. 양선할아버지의 낮은 목소리가 들려온다.

양선할아버지   미안해..

구영과 양선모 돌아보는데.. 여전히 멍하니 창밖을 바라보고 있는 양선할아버지.

양선할아버지   걔한테.. 많이 미안해..

뭐지? 의아한 눈빛으로 할아버지를 바라보는 구영.

씬/38   D, 진옥의 집 앞

집주인과 얘기 중인 이강.

이강	(굳은 눈빛으로 바라보는) 허진옥씨가.. 돌아가셨다구요?
집주인	예. 작년에 암으로 결국 죽었어요. 인생이 참 가엾더라구요. 가족 한 명 없어서 내가 대신 장례를 치러줬거든요.
이강	혹시.. 검은다리골 마을에 대해서 얘기 들으신 건 없으세요?
집주인	글쎄요... 처음 듣는데..
이강	지리산에 있던 마을이었어요.
집주인	..지리산.. 아.. 그 산에 계신 스님이 장례식에 오긴 했었어요.
이강	스님이요?

씬/39   D, 사찰 일각

10부, 47씬의 사찰, 대웅전 앞마당.
스님과 함께 열린 문 너머로 대웅전 안쪽을 바라보고 있는 이강. 천장에 걸려 있는 수많은 연등들 중 '김재경'이라고 적힌 연등을 바라보고 있다.

이강	허진옥씨가 매년 저 연등을 달러 오셨다구요?
스님	맞아요.
이강	왜 그러신 거죠? 저분이랑 무슨 사이길래..
스님	이유는 말씀하지 않으셨어요. 그저.. 가끔 혼잣말처럼 많이 후회된다고.. 그 말씀만 하셨었죠.

이강, 답답한 눈빛으로 연등을 바라본다.

씬/40   D, 본소, 주차장

차를 세우고 본소 건물 쪽으로 다가가던 일해, 마침 사복 차림으로 걸어 나오는 솔이와 마주친다.
솔, 일해 알아보고 의아한 듯 인사하는

솔	어, 안녕하세요. 선배님, 본사에 올라가신 거 아니셨어요?
일해	잠깐 나랑 얘기 좀 하자.

- 시간 경과되면
차 옆에서 얘기를 나누는 일해와 솔.

솔	(의아하게 바라보는) 검은다리골 마을이요?
일해	그래. 91년도에 그 마을에서 무슨 일이 있었는지 아는 거 없니?
솔	...아뇨. 전 그때 너무 어렸을 때라 잘 기억이 나지 않아요.
일해	뭐 작은 거라도 없어?
솔	..죄송합니다.
일해	(답답한 듯 보다가) 그래. 알았다.
솔	그런데.. 뭐 때문에 그러시는데요?
일해	(보다가) 아냐. 혹시라도 뭐 기억나면 연락해라.
솔	예.

일해, 자신의 차를 향해 멀어지고.. 솔, 역시 자신의 차를 향해 다가가 운전석에 올라타서 잠시 뭔가를 생각한 뒤 핸드폰을 꺼내서 바라본다. 도착해 있는 문자. '검은다리골, 3시'다. 문자를 바라보다가 차를 출발시키는 솔.

씬/41   D, 택시 안

택시 뒷좌석에 탄 채 창밖에 펼쳐진 산을 바라보며 일해와 통화 중인 이강.

일해(소리)	황길용씨는 결국 만나지 못했어. 솔이도 찾아가 봤는데 기억나는 게 없대. 구영이랑도 통화했는데 양선이 할아버지도 병세가 깊어서 물어볼 수가 없었대.

초조해지는 이강의 눈빛.

씬/42   D, 축산 농가 일각

축사 건물 쪽으로 다가가는 구영. 축사 안에서 일을 하고 있는 나이 지긋해 보이는 주인에게 다가가서 '안녕하십니까. 국립공원 후배입니다' 공손하게 인사하는 구영의 모습 위로

일해(소리)   구영인 당시에 일하셨던 선배분들 만나보겠다고 갔어. 뭐라도 기억하고 계실 수도 있으니까..

씬/43   D, 건물 로비

소도시 인근 건물 로비, 안내판을 올려다보며 통화를 하고 있는 일해. 안내판 중 '지리산 번영회'라는 글씨.

일해   난 당시 케이블카 사업을 좀 더 알아볼게.

씬/44   D, 구치소 면회실

플라스틱 창 너머에 앉아 있는 초조해 보이는 이강을 바라보는 미결수 수의를 입은 대진. 지금까지의 얘기를 들은 듯 눈빛에 안쓰러움이 엿보인다.

이강   검은다리골 마을이요.. 뭐라도 작은 거라도 좋으니까.. 기억나시는 거 없으세요? 거기서 무슨 일이 있었는지 알아내면 대장님 누명도 벗길 수 있어요.

대진   ..현조도 그 마을에 대해서 물어봤었어.. 내가 아는 건 그때 다 얘기해줬다.

이강   ...시간이 없어요... 내일.. 현조를 떠나보낸대요..

대진   ...

이강   범인을 잡는다고 현조가 살아난다는 보장은 없지만.. 그래도 그 전에.. 현조가 그렇게 잡고 싶어 했던 범인을 잡고 싶어요..

대진, 낯빛 어두워지다가

대진 ..당시에 이장님 부인이었던 솔이 어머님 조난사고의 사건일지가 내 숙소에 있어. 내가 맡은 첫 번째 조난이어서 계속 간직하고 있었다. 잊지 않기 위해 서.. 도움이 될지 모르겠지만 한번 살펴봐봐.

이강 알겠습니다.

이강, 일어나 인사하고 돌아서려는데

대진 이강아.

이강 (돌아보는)

대진 ..범인이 산을 이용해서 사람들을 죽였다고 했지?

이강 ..예..

대진 답은 산에 있을 거야..

이강, 대진을 혼란스러운 눈빛으로 바라본다.

씬/45 D, 해동분소, 사무실

테이블에서 빛바랜 솔이 엄마 조난사고 사건일지를 살펴보고 있는 이강. 옆에 1991년 덕유령 지도와 번갈아 보면서 당시 조난상황들을 꼼꼼히 살펴보고 있는데.. 그때, 문이 열리면서 작은 상자를 들고 들어서는 일해.

이강 왔어?

일해 어 (테이블에 상자 내려놓으며) 지리산 번영회에 갔더니 91년 케이블카 사업 때 서류들이 남아 있었는데, 이상한 게 있었어.

의아한 얼굴의 이강에게 상자 안에서 빛바랜 자필 동의서들을 건네는 일해.

일해	주민들이 케이블카 사업을 반대했다고 하지 않았었어? 그래서 양근탁씨가 마을 사람들을 내쫓을려구 우물에 동물 사체를 넣은 거라며? 그런데 아니었어.

이강의 시선으로 보여지는 동의서들. 날짜와 이름, 직업과 함께 '케이블카 사업 추진에 동의합니다'라는 서명. '최일만' '이종구' '김진덕'부터 시작해서 '김재경'까지 모든 주민들의 동의서가 남겨져 있다.

일해	한두 명이 아니야. 마을 사람 전체가 한 명도 빠짐없이 만장일치로 동의했어.

이강, 동의서를 혼란스러운 눈빛으로 내려다본다.

일해	그래서 착수 직전까지 갔다가 정부 허가가 나질 않아서 결국 엎어진 거래.

이강, 여전히 뚫어져라 동의서만 바라본다.

일해	이유가 뭘까? 하루아침에 갑자기 사람들이 생각을 바꿨잖아. 보상금액이 더 많아진 것도 아닌데..

이강의 시선, 사람들의 직업란에 꽂힌다. '약초꾼' '약초 판매' '땅꾼' '한봉' 등등 산에서 나는 동식물들에 의존한 직업들을 가만히 내려다보는 이강의 모습에서

- 인서트
- 4부, 36씬. 이강에게 따지던 일만.

일만	니들이 뭔데 이래라 저래라야. 저 산이 니네 거라두 돼?
이강	(열받은) 야생생물 보호 및 관리에 관한 법률 모르세요? 멸종 위기 야생동물을 가공, 유통, 보관한 자는 2년 이하의 징역 혹은 2천만 원 이하의 벌금

에 처해집니다.

일만　머리에 피도 안 마른 게 뭘 안다고 지껄여? 우리 집안 할아버지에 할아버지
　　　부터 저 산에서 약초 캐고 동물 잡아서 밥 벌어먹었어.

　　　- 다시 해동분소 사무실로 돌아오면

이강　...처음부터 산에 남을 이유가 없는 사람들이었어..
일해　뭐?
이강　1980년도 후반에 환경보호법이 강화됐어. 국립공원 차원의 단속도 심해졌
　　　지. 야생동물을 밀렵하던 땅꾼이나 사냥꾼들은 타격이 심했을 거야.

일해, 뭔가 감이 오기 시작한다.

이강　그뿐만이 아냐. 그즈음에 공원법과 산림법도 강화돼서 임산물 채취 규제도
　　　강화됐지. 약초꾼들도 힘들어졌을 거야. 산을 떠나고 싶었겠지. 하지만..

재경의 동의서를 가리키는 이강. 재경의 직업 '한봉'이라고 적혀 있다.

이강　한봉 사업의 경우는 달랐어.
일해　맞아.. 그 당시에 토종벌을 보존하기 위해서 여러 지원대책들이 나왔지. 지
　　　원금도 나왔고 조림사업 중에 밤나무 같은 밀원수종을 포함시키기도 했어.
이강　누군가는 떠나고 싶었고.. 누군가는 남고 싶어 했어..
일해　하지만 그게 사람을 죽일 이유가 되진 않아.
이강　...맞아.. 분명히 뭔가가 더 있을 거야..

그때, 문 쪽에서 들려오는 구영의 목소리.

구영　이세욱 아버님이 왜 돌아가셨는지 알아냈어.

이강, 일해, 문 쪽을 보면 지금 돌아온 듯 들어서는 구영이다.

구영	은퇴한 선배님들 중에 한 분이 기억하고 계시더라구. 케이블카 사업이 진행되던 도중에 돌아가셨대.
이강	어떻게 돌아가셨는데?
구영	교통사고. 뺑소니였나 봐.

놀라서 바라보는 이강과 일해.

| 이강 | 범인은? 잡혔대? |
| 구영 | 주민들만 다니던 산길에서 사고를 당해서 주민들을 의심하긴 했는데 결국 못 잡았대. CCTV 하나 없었고, 목격자도 없었나 봐. |

이강, 가만히 생각하다가

이강	사건기록을 봐야겠어. 뺑소니면 기록이 남아 있을 거야.
구영	그걸 무슨 수로 보겠다는 건데? 우린 경찰이 아냐.
일해	그래.. 더 이상 알아보는 건 무리야. 우리가 지금까지 알아낸 거 다 경찰한테 얘기하자.
이강	...뭘 얘기할 건데..

구영과 일해, 말문이 막힌다.

| 이강 | 믿어주지도 않겠지만 믿어준다 해도.. 시간이 오래 걸릴 거야.. |
| 구영 | 그래서 뭘 어쩌겠다구. |

이강, 결심한 듯 두 사람을 바라보다가

| 이강 | 이제부턴 나 혼자 할게. |

말릴 새도 없이 휠체어를 밀고 사무실을 나가는 이강.
'야!' '서이강!!' 답답한 듯 이강을 부르지만, 이강, 더욱 빠르게 복도를 따라 멀어진다.

씬/46   D, 산 전경

흐린 먹구름이 몰려들고 있는 지리산.

씬/47   D, 몽타주

- 산, 검은다리골. 장승 앞에 서서 장승을 올려다보고 있는 웅순.

- 또 다른 산 일각. 역시 산을 오르고 있는 솔.

씬/48   D, 해동파출소 안

문이 열리면서 굳은 얼굴로 들어서는 이강. 여전히 혼자 파출소를 지키고 있던 박순경, 들어오는 이강을 의아하게 보는

박순경   또 오셨어요?
이강   저기, 저 앞에 차 사고가 났어요.
박순경   (놀라서 일어나며) 예? 어디요?

하고는 파출소 밖으로 뛰어나가는 박순경.

씬/49   D, 해동파출소 건물 밖

뛰어나온 박순경, 아무도 보이지 않는다. 당황해서 조금 더 멀리 나가서 주변을 두리번거리지만 여전히 아무것도 보이지 않는다. 박순경, 갸웃하며 파출소 건물로 돌아가는

박순경   어디서 사고가 났다는 거야..

씬/50   D, 해동파출소 안

유리문 앞으로 다가오는 이강, 부들부들 떨면서 아픔을 참고 겨우 일어서
서 유리문 위쪽의 잠금장치를 잠가버린다. 유리문 밖에서 이쪽으로 다가오
던 박순경, 그 모습을 보고 놀라서 뛰어오고 '쾅쾅쾅' 문을 두드리기 시작한
다. '뭐 하시는 거예요!' '이거 여세요!!'
다시 휠체어에 앉는 이강, 빠르게 웅순의 컴퓨터로 다가가 화면을 켜는데
비밀번호가 걸려 있다. 유리문 밖의 박순경, 계속해서 '문 여시라구요!!' 이
강, 다시 박순경의 컴퓨터로 다가가 보지만 역시 걸려 있는 비밀번호. 어쩔
수 없다.
캐비닛 쪽으로 다가가 마구 문을 열고 빠르게 안을 살피기 시작하는 이강.
'근무일지' '민원처리사항' '신고일지' 등이다. 다음 캐비닛 문을 여는 이강.
유실물들을 넣어놓은 듯한 캐비닛 안. 이강이 안을 뒤져보는 바람에 안에
서 밖으로 떨어지는 유실물들. 지갑들, 가방들, 등산용 스틱들, 다른 핸드폰
들 뒤섞여 떨어지는 사이, 13부, 25씬에서 현조가 습득한 꿀벌 모양 스티커
가 붙은 핸드폰 얼핏 보이고.. 또 다른 캐비닛을 여는 이강. '2020년 1~12
월 사건기록'이란 파일. 그 아래쪽으로는 그 전년도들의 사건기록 파일들.
다급히 제일 아래쪽 예전 사건기록 파일들 날짜를 확인하는데 2015년도
기록까지밖에 없다.
초조해지는 이강, 주변을 둘러보다가 지푸라기라도 잡는 심정으로 웅순의
책상으로 다가간다.

씬/51   D, 해동파출소 건물 밖

답답한 얼굴로 유리문을 두드리던 박순경. 건물 뒤에 딸린 뒷문을 향해 뛰
어가기 시작한다. 하지만 역시 닫혀 있는 뒷문. 거의 쓰지 않는 문인 듯 녹

슨 자물쇠가 달려 있다. 박순경 주머니를 여기저기 뒤져서 열쇠를 찾기 시작한다.

씬/52   D, 해동파출소 안

웅순의 책상을 마구 뒤지는 이강, 책상 위를 뒤지다가 서랍을 차례로 열기 시작한다. 그러다가 마지막 서랍을 '쾅' 열다가 멈칫. 서류들 가장 위쪽에 프린트된 '검은다리골 이주사업 리스트'. 천천히 리스트를 꺼내 들다가 그 아래쪽에 있는 파일 제목을 보고 눈빛 흔들린다. 누렇게 빛바랜 기록. '덕서령 산간도로 뺑소니 사건'. 놀라서 사건기록을 바라보는 이강.

씬/53   D, 검은다리골 일각

검은다리골 마을로 들어서는 솔, 주변을 둘러보는데 저만치 앞쪽에서 솔을 기다리고 있던 듯한 웅순이 천천히 일어나서 무표정한 얼굴로 솔을 바라본다. 솔 역시 긴장한 눈빛이지만, 긴장을 풀려는 듯 옅게 미소 지으며 꾸벅 웅순에게 인사한다.

씬/54   D, 해동파출소 안

'쾅' 소리와 함께 뒷문 열리면서 건물 안으로 뛰어드는 박순경. 여기저기 엉망이 된 파출소 안. 그러나 이강의 모습은 사라져 있다.

씬/55   D, 검은다리골 일각

바닥 위로 '쿵' 떨어지는 누군가의 손. 그 옆쪽으로 떨어지는 솔이의 핸드폰. 그 위로 현조가 본 편린처럼 핏방울이 튀어 있다. 그런 모습에서 서서히 암전되며 초인종 소리가 들려온다.

씬/56   N, 원룸 밖 복도

희미한 인식등 아래 초인종을 누르고 기다리고 있는 이강. 눈빛에는 긴장감이 스쳐 지나가는데.. '덜컥' 문이 열리며 안에서 나오는 사람. 솔이다.
솔, 의외라는 듯 가만히 이강을 바라보고 이강, 그런 솔을 보다가.. 애써 긴장을 누르고 엷게 미소 지으며

이강   잠깐 들어가도 될까?

씬/57   N, 솔의 집

커피를 타고 있는 솔, 고개 돌려 무표정한 시선으로 뒤쪽을 바라보면 14부, 5씬에서 현조가 앉아 있던 그곳에 똑같이 앉아서 솔의 낡은 앨범을 보고 있는 이강이다. 다가와 커피를 내려놓고 마주 앉는 솔.

솔   이 시간에 무슨 일이세요?
이강   ... (가만히 솔을 본다)
솔   선배님도 검은다리골 마을 때문에 오신 건가요?
이강   ..맞아.
솔   아까 일해 선배님한테도 말씀드렸는데.. 전 그때 너무 어려서 잘 기억이 나지 않아요.

이강, 말없이 앨범을 한 장 두 장 넘긴다. 한봉틀 앞에서 사이좋게 사진을 찍은 솔이와 재경, 재경처의 모습. 계속 넘기다 보면 검은다리골 주민들이 사이좋게 웃으면서 찍은 사진들. 그런 사진들을 가만히 바라보던 이강.

이강   ..처음부터 그렇게까지 할 생각은 아니었을 거야.. 우연과 우연이 겹치면서

되돌릴 수 없는 지경에 다다른 거지.

솔   .. (의아하게 보는) 무슨 얘기예요?

이강, 고개 들어 솔을 가만히 바라보다가

이강   ...한 가구만 반대를 해도 케이블카 부지 선정에서 밀려날 수밖에 없으니까..
           만장일치여야 했으니까.. 해서는 안 되는 선택을 한 거야..

서서히 차가워지는 솔의 눈빛. 그런 솔을 바라보는 이강의 모습에서..

씬/58 N, 1991년, 검은다리골 마을, 우물터/이강의 추리

10부, 3씬에 이어지는..
어두운 산 쪽에서 반짝 빛났다 사라지는 흐린 불빛을 보고 놀라서 집으로
부다다다 뛰어 들어가는 솔의 모습에서 불빛이 나타났다 사라진 쪽으로 서
서히 다가가는 화면.
불이 꺼진 낡은 랜턴을 든 검은 등산용 장갑. 한 손에 커다란 비닐봉지를
든 진옥이다. 우물가로 다가가 불안한 눈빛으로 주변을 한 번 확인한 뒤 천
천히 우물을 막아놓은 뚜껑을 열고 비닐봉지에 갖고 온 물건을 떨어뜨린다.

씬/59 D, 일만의 집

허름한 방 안. 아무렇게나 개어져 있는 이불. 뱀술들이 놓여 있는 책상 옆에
서 낮은 목소리로 상의 중인 일만, 진옥, 종구, 진덕. 길용.

진옥   어떡해요. 우물물이 저렇게 됐어도 이장네는 맘을 바꿀 생각을 안 하네.

종구   우리 그냥 솔직히 털어놓고 이장을 설득하면 어때?

일만   이장은 절대 안 넘어올 거야. 저번 달에 한봉 지원금까지 두둑하게 받았다
           구.

진옥	...그냥 포기할까요?
일만	그럼 뭐 먹고 살 건데요? 잡지 마라 캐지 마라. 하지 말란 거투성인데... 산 아래 가서 뭐라도 할려면 보상금이라도 있어야 할 거 아냐.

답답한 얼굴로 한숨 내쉬는 사람들. 일만, 생각하다가

일만	내가 가서 솔이 엄마를 한번 설득해볼 테니까 나머지 사람들은 웅순이네랑 기영이네, 양선이네랑 현수네 학수, 금례 아줌마 좀 설득해서 동의서 받아봐요.

씬/60 D, 검은다리골 마을 인근 계곡 일각/이강의 추리

10부 15씬에 이어지는..
어둑어둑해지고 있는 계곡. 재경처 고무대야에 물을 담아 머리에 이고 계곡에서 검은다리골 마을로 이어지는 너덜길을 오르기 시작하는데 그 앞쪽을 가로막는 누군가.. 검은 등산용 장갑을 끼고 있는 일만과 종구, 진덕.

일만	잠깐 얘기 좀 해요.
재경처	뭔데요?
일만	길게 얘기할 거 없고. 이장님 좀 설득해줘요.
재경처	예?
일만	케이블카요. 그냥 우리 이참에 보상금 받고 산 내려갑시다.
재경처	무슨 소리예요. 여긴 우리 고향이잖아요. 어딜 내려가요.
일만	그쪽이야 지원금 나오고 빵빵하게 밀어주니까 그런 소릴 하지.
재경처	솔이 아빠가 지원금 때문에 이러는 것 같으세요? 그이는 산을 지키려구 저러는 거라구요.
종구	산도 좋지만 우리두 먹고는 살아야 할 거 아냐.
재경처	됐어요. 이런 얘기 할 거면 솔이 아빠한테 직접 하세요.

재경처, 사람들 비켜서 올라가려는데 다시 막아서는 일만.

일만　아 진짜 좀 우리 얘기 좀 더 들어보라고.

재경처　더 들을 얘기 없으니까 비키라구요.

올라가려는 재경처와 막아서려는 일만과 종구, 진덕. 옥신각신하던 차에 순간, 재경처 발을 헛디디고 너덜길을 굴러 떨어지고 만다. 흘러내리는 붉은 피. 놀라서 바라보는 사람들. 믿기지 않는 듯 내려다보다가.. 천천히 내려가는 일만. 재경처를 '어이, 괜찮아요?' 하며 슬쩍 건드려보지만 미동도 없다.

종구　어떻게 됐어?

굳은 낯빛으로 내려다보던 일만, 뛰어 올라와서

일만　죽었어..

놀라서 바라보는 사람들.

진덕　그럼.. 어떡해.. 경찰한테 알려야 해?

일만　미쳤어? 여긴 우리밖에 없었어. 우리만 입 다물면 아무도 모를 거야. 알았지? 절대.. 아무한테도 얘기하면 안 돼.

무섭게 사람들을 바라보는 일만의 모습에서..

씬/61　N, 2020년, 솔의 집

솔을 바라보며 얘기를 이어가는 이강.

이강　네 어머님 조난사고 사건일지를 봤는데 이해가 안 가는 부분이 있었어. 네 어머님은 집으로 가는 길이 아니라 산 아래로 내려가는 길에서 발견됐었어.

솔　...

이강	머리를 다쳐서 정신이 없어서 길을 잃었다고 생각한 사람도 있었고, 병원을 가려고 했던 거라고 생각한 사람도 있었지. 하지만 다른 곳으로 가고 있었을 수도 있어.. 예를 들면 경찰서 같은 곳.
솔	..무슨 얘길 하고 싶은 거예요?
이강	그게 끝이 아니지.

이강, 가방 안에서 웅순의 서랍 안에서 발견한 '덕서령 산간도로 뺑소니 사건' 파일을 꺼낸다. 파일을 넘기면 나오는 사건개요. '피해자 이름 이필석. 주소 검은다리골 마을. 평소 함께 한봉 농가를 운영해오며 절친했던 이웃이 사망하자, 초상집에서 낮술에 취해 산간도로에 나갔다가 차에 치여 사망한 채로 발견'.

이강	피해자는 이필석. 세욱이의 아버님이었지. 당시 너희 아버님과 한봉을 동업하던 분이셨어.
솔	...
이강	용의자는 웅순이 아버님이었던 김성국씨. 사고 당일 타고 다니던 용달차 범퍼를 새로 달았거든. 산길을 운전하다 바위를 박는 바람에 범퍼를 교환했고 헌 범퍼는 버렸다고 진술했어. 버린 범퍼를 찾아봤지만 수색에 실패. CCTV도 없고 목격자도 찾지 못해서 결국 흐지부지 수사는 종결됐지.

씬/62   N, 1991년, 검은다리골 마을 일각

10부, 19씬,
상갓집 밖. 멍하니 길 한쪽에 앉아 있는 상복 차림의 어린 솔. 가만히 앉아 있다가 문득 고개를 들어 산 쪽을 바라보는데 마을 너머 어둠에 휩싸인 산 한 편에서 반짝... 흐릿한 유백색 불빛 하나가 마치 솔을 바라보듯 깜박거린다. 잘못 봤나? 눈을 비비고 어두운 산을 바라보는 솔.
그런 솔의 시선을 따라 어둠에 휩싸인 산을 비추는 화면.

씬/63   N, 검은다리골 인근 산 일각/이강의 추리

어두운 숲. 부들부들 떨리는 손으로 랜턴을 끄려고 노력하는 웅순부. 랜턴이 자꾸 꺼졌다 켜졌다를 반복한다. 옆에서 다가와 랜턴을 뺏어 들고 꺼버리는 일만과 길용.

일만   사람들한테 들키고 싶어요?

웅순부, 겁에 질린 눈빛으로

웅순부   미.. 미안해..
일만   세욱이 아빠한테는 미안하지만 어차피 죽은 사람 아니오. 산 사람은 살아야지.

일만, 한쪽 바라보며

일만   저것만 없으면 경찰도 형님을 잡아넣지 못할 거예요.

일만 시선 쫓아가보면 지금까지 함께 판 듯한 구덩이 안에 넣어진 헌 범퍼다. 옆에서 삽으로 흙을 덮고 있는 길용. 일만, 웅순부에게 종이 한 장을 건네주고

일만   저건 우리가 끝낼 테니까. 형님은 이거나 작성해줘요.

벌벌 떨리는 웅순부의 손에 들린 건 케이블카 사업 동의서다.

씬/64   N, 2020년, 솔의 집

솔을 바라보고 있는 이강, 가방 안에서 동의서 한 장을 꺼내서 보여준다.

이강	이건 웅순이 아버님이 적은 동의서야. 우연인지 모르겠지만 하필 사고 당일 날 동의를 하셨어.

솔, 동의서는 보지도 않고 이강을 빤히 바라본다.

솔	왜 이런 얘기를 나한테 하는 거예요?

씬/65 N, 산 전경

어두운 밤, 지리산.

씬/66 N, 검은다리골 인근/검은다리골 일각

또다시 같은 곳에서 눈을 뜨는 현조, 천천히 일어나 주변을 둘러본다. 어둠에 휩싸인 산을 바라보다가.. 이강 생각이 떠오른다. 일어나서 마을 쪽으로 내려가는 길을 향해 뛰어가기 시작하는데.. 순간, 나무들 사이에서 희끗한 뭔가를 발견하고 멈칫. 보면 땅바닥에 쓰러져 있는 55씬의 누군가의 손이다. 놀라서 달려가 쓰러진 사람을 바라보는 현조의 눈빛, 충격으로 크게 흔들린다.
'쿵' 무릎을 꿇고 무너지듯 주저앉는 현조. 피를 흘리며 숨져 있는 누군가의 얼굴을 믿기지 않는 듯 바라본다. 웅순이다. 떨리는 눈빛으로 웅순을 바라보는 현조.

현조(소리) 피해자의 핸드폰이 아니었어..

- 인서트
- 13부, 56씬에 이어지는..
낮, 검은다리골 마을. 무성하게 난 수풀 위로 툭 떨어지는 누군가의 핸드폰. '검은다리골, 3시'라는 문자가 적힌 액정 위로 뚝뚝 떨어지는 붉은 피. 천천

히 다가오는 누군가.. 바닥에 떨어진 핸드폰을 집어 드는 검은 등산용 장갑
에서 화면 빠지면 차가운 눈빛의 솔이다. 시선 돌려 바라보면 바로 옆쪽에
피를 흘리며 숨져 있는 웅순이다.

- 다시 검은다리골 일각으로 돌아오면
떨리는 눈빛으로 웅순을 내려다보는 현조의 모습 위로

현조(소리) 가해자의 핸드폰이었어..

씬/67   N, 솔의 집

이강, 솔을 바라보다가..

이강   너무 어려서 그때 일이 기억이 안 난다고 했지? 아니.. 넌 다 기억하고 있어.
산과 공존을 포기한 사람들의 이기심을..
솔   ...
이강   그 이기심 때문에 마을공동체는 무너지고 네 어머님, 그리고 세욱이의 아
버지는 돌아가셨지.
솔   ...
이강   너랑 세욱이는 그래서 같이 복수를 시작한 거야..

- 인서트
- 노란 리본을 푸는 검은 등산용 장갑에서 빠지면 솔이다. 노란 리본을 풀
어서 엉뚱한 길에 묶는 솔의 차가운 눈빛.

- 감자폭탄을 내려놓는 세욱.

- 수해 때, 미니버스를 위험한 길 쪽으로 유인하는 솔.

- 구승절벽 위에서 장학수를 밀어버리는 솔.

- 암릉지대에서 다원을 밀어버리는 솔.

- 설산, 코니스 위에 스틱을 놓는 솔.

- 설산, 해동분소에 조난신고를 하고 있는 현조의 뒤통수를 돌로 가격하는 솔.

그런 모습 위로

이강(소리) 하나둘씩 검은다리골 마을 사람들을 죽이고 아무 잘못도 없는 다원이를 죽이고 범행을 은폐하려고 현조를 죽이려고 했던 사람.

- 다시 솔의 집으로 돌아오면
솔과 마주 앉아 있는 이강. 이강의 눈빛 점점 더 차갑게 떨려온다.

이강 산에서 사고를 가장해서 사람들을 죽여왔던 범인은.. 바로.. 너야.

이강을 바라보는 솔의 입가에 서서히 차가운 미소가 감돈다.
그런 솔을 더욱 차갑게 바라보는 이강의 모습에서...

16부

마음의 빛이 있다면 내려놔요.
산은.. 그냥 산일 뿐이니까..

씬/1   D, 1991년, 검은다리골 마을

벌떼들이 날아다니는 날개 소리와 함께 화면 밝아지면..
뒤뜰 한가득 설치된 한봉틀들. 그 옆에서 톱질을 하면서 새 벌집을 만드는
데 집중하고 있는 재경. 건물 뒷문 옆에 쪼그리고 앉아 아빠를 말없이 바라
보고 있는 어린 솔.

* 자막 - 1991년, 봄

그때, 뒤뜰 쪽으로 다가오는 인기척. 일만과 종구, 진덕이다. 일말의 죄책감
이 느껴지는 듯 일에 집중하고 있는 재경을 찔리는 듯 보다가.. 다시 감정을
다잡는 일만, 재경을 부른다.

일만   이장님. 우리랑 얘기 좀 해요.

일만 일행을 처다보는 재경.

- 시간 경과되면
뒤뜰 한 편에 설치된 플라스틱 테이블에 마주 앉아 얘기 중인 재경과 일만

일행. 테이블 위에는 케이블카 사업 동의서가 내려져 있다.

일만   그만 고집 피우고 싸인하시죠. 다 잊고 솔이랑 새 인생 시작하라구요.

재경, 신경질적인 얼굴로 동의서 보다가 구겨서 마당 한 구석에 집어던진다.

재경   몇 번을 말해. 난 안 떠나. 여긴 내가 태어나고 자란 고향이야. 난 끝까지 여길 지킬 거니까, 다시 찾아오지 마.

일어나서 다시 벌집 만드는 데 집중하는 재경. 그런 재경을 불만에 가득 찬 눈빛으로 바라보는 일만. 천천히 시선이 재경의 주변을 날아다니는 벌들에 쏠린다.

씬/2   D, 검은다리골 인근 산 일각

책가방을 멘 솔과 함께 마을을 향해 올라오고 있는 재경. 솔, 머뭇거리다가

솔   근데.. 우리 내려가서 살면 안 돼?

재경, 화난 얼굴로 우뚝 멈춰 서서 뒤돌아보며

재경   무슨 소리야? 누가 너한테 그렇게 얘기하라 그러디?
솔   (기죽어) 아니.. 내려가서 살면 학교도 가깝고.. 아빠도 다른 아저씨들이랑 안 싸워도 되잖아..

재경, 그런 솔에게 다가와 어깨를 붙잡고 무서운 눈빛으로 바라보며

재경   그 아저씨들이 틀린 거고, 아빠가 맞는 거야. 알겠어?

솔, 자신을 다그치는 아빠를 겁먹은 듯 바라보다가 울상이 돼서 고개를 끄

덕거린다.

씬/3   D, 재경의 집 앞마당/뒷마당

마당으로 들어서는 재경과 솔. 솔, 문득 의아한 듯 고개 들며

솔   왜 벌 소리가 안 들리죠?

재경, 역시 의아한 듯 보다가 뒷마당 쪽으로 걸어가는데.. 발아래에 밟히는
죽은 꿀벌 한 마리. 불안감이 엄습하는 듯 앞쪽을 보면 두 마리, 세 마리,
몇십 마리의 시체가 뒷마당 쪽으로 향해 있다.
더욱 불안한 눈빛으로 빠르게 뒷마당으로 뛰어가는 재경과 그 뒤를 따르는
솔. 뒷마당을 보고 충격에 휩싸인다. 뒷마당 가득, 죽은 꿀벌들의 시체가 거
대한 무덤을 이루고 있다. 패닉이 되어 부들부들 떨려오는 재경의 눈빛.

재경   안 돼.. 안 돼..

씬/4   N, 동 장소

멍하니 주저앉아서 죽은 벌떼들을 바라보고 있는 재경. 옆에서 훌쩍거리고
있는 솔. 소문을 듣고 온 듯 진옥과 금례가 안타깝게 바라보다가.. 진옥, 한
쪽에 놓여 있는 빗자루와 쓰레받기를 가지고 오며

진옥   이장님. 일단 치워요. 치우고..

순간, 버럭 소리 지르는 재경.

재경   절루 가!

진옥, 금례, 놀라서 재경을 보는데 제정신이 아닌 듯 붉게 충혈된 눈빛의 재경, 진옥의 손에서 빗자루를 뺏어 들고

재경   나가! 나가라고!

진옥과 금례, 겁먹은 눈빛으로 마당을 나가고.. 빗자루를 내려놓고 다시 주저앉아 멍하니 벌들을 바라보는 재경. 솔, 그런 재경을 겁먹은 눈빛으로 바라보는데.. 순간, 눈빛 반짝하는 재경.

재경   들리지?
솔   예?
재경   이 소리.. 들리지? 벌들이 날아다니는 소리.

솔, 아무 소리도 들리지 않는다. 그러나 재경은 환청과 함께 환상까지 보는 듯 죽은 벌들을 들어 올린다.

재경   봐봐. 벌들이 살아났어.
솔   .. (겁먹은 눈빛) 아빠...
재경   벌통을 더 만들어야겠다.

한쪽에 쌓여 있는 나무들로 다가가는 재경, 미친 듯이 톱질을 시작한다. 그런 재경을 무서운 듯 바라보는 솔.

솔   아빠.. 왜 그래? 무서워...

솔의 목소리가 들리지 않는 듯 더욱 빠른 속도로 톱질을 하는 재경. 솔, 무서운 듯 아빠를 보다가 뒷걸음질을 치는데 발에 걸리는 무언가.. 보면, 재경이 구겨서 집어던졌던 동의서다.
솔, 동의서와 미친 듯 톱질을 하는 재경을 번갈아 보다가 집 안으로 뛰어 들어가서 도장과 인주를 들고 나온다. 재경 한번 보는데 전혀 솔을 신경 쓰지 않고 있다. 구겨진 동의서를 다시 펼치기 시작하는 솔.

씬/5   N, 일만의 집, 마당

재경의 도장이 찍힌 구깃구깃한 동의서를 들고 헉헉거리면서 뛰어 들어오는 솔. 불 켜진 건물로 다가가서 문을 두드리려는데 안에서 들려오는 일만과 진덕의 낮은 목소리.

진덕(소리) 진옥이 아줌마가 벌통에 농약 친 건 너무한 거 아니냐고 자꾸 뭐라 그러네.

멈칫하는 솔.

일만(소리) 우물물에 너구리 사체 넣은 건 그 아줌마잖아요. 그거나 그거나죠.
진덕(소리) 웅순이 아빠도 계속 술만 마시는 게 좀 불안해. 이러다 뺑소니 사건 자수하면 우리도 걸리는 거 아냐?
일만(소리) 사람들 입단속 잘 시키세요. 이러다 솔이 엄마 사건까지 밝혀지면 보상금이고 나발이고 다 깜방 신세 지는 거예요.

솔이 헉.. 놀라다가 발밑의 마른 나뭇가지를 '탁' 밟는다. 순간 조용해지는 방 안. 솔이 주춤주춤 뒤로 물러나려는데 '쾅' 문이 열리면서 나오는 일만. 동의서를 들고 있는 솔이를 놀라서 멈칫하며 바라본다.

일만   .. (솔의 안색을 살피며) 우리 얘기 들은 거니?

솔, 빠르게 고개를 도리도리 젓는다. 일만, 그런 솔을 보다가 솔의 손에 들린 동의서를 보고 천천히 빼간다. 동의서를 확인하며 미소 짓는 일만, 솔에게

일만   잘했다. 가봐.

솔, 낯빛이 하얘져서 뒤돌아서 뛰어간다.

씬/6　　N, 재경의 집, 뒷마당

솔, 겁먹은 얼굴로 '아빠! 아빠!' 부르며 뛰어 들어오는데 '쾅쾅' 뭔가가 부서지는 소리. 도끼를 들고 막무가내로 벌집을 부수고 있는 재경이다.
솔, 놀라서 바라보는데.. 귀를 막고 괴로워하는 재경.

재경　　귀가 찢어질 것 같아.. 벌 소리가.. 너무 커.. 점점.. 커져..

재경, 도저히 참지 못하겠는 듯 비명을 지른다.
솔, 파랗게 질려서 어찌할 바를 모르고 아빠를 바라보는데..

씬/7　　D, 탐방로 입구/캐노피 안

등산객들이 자주 드나드는 탐방로 입구 쪽에 설치된 '지리산 번영회 케이블카 추진사업단'이라고 적힌 캐노피 안. 검은다리골 주민들의 동의서들을 바라보고 있는 난감한 얼굴의 양근탁. 그 앞에 어이없는 얼굴로 선 일만과 진덕, 종구.

일만　　그게 뭔 소리예요? 케이블카 사업이 취소돼요?
근탁　　그렇다니까.. 부지선정에 자치단체들 허가까지 다 받아놨는데 정부에서 허가를 안 내줘요.

충격에 파랗게 질리는 일만과 진덕, 종구.

근탁　　걱정 말아요. 이렇게 포기할 내가 아닙니다. 다음엔 꼭 어떻게든 케이블카 사업을 성공시킬 테니까..

순간, 그런 근탁의 멱살을 잡는 일만.

일만	다 됐고. 우리 보상금 내놔.
근탁	(당황해서) 아니.. 왜 이래요?
일만	내놓으라구! 우리 보상금!!

당황하는 근탁, 말문이 막혀서 보고 캐노피 안에서 이것저것 정리 중이던 번영회 회원들, 놀라서 다가와 일만을 만류한다. 일만, 계속해서 '내놔!! 우리 돈!!' 이성을 잃고 소리 지르고.. 뒤쪽에 섰던 진덕과 종구는 힘이 풀리는 듯 그 자리에 주저앉는다.

씬/8   D, 몽타주

- 어두운 얼굴로 짐과 가재도구들을 지게에 싣고 있는 길용과 길용의 가족들. 저만치 앞을 보면 현수 엄마와 금례의 가족 역시 짐을 이고 지고 떠나고 있고.. 이미 꽤 많은 사람들이 떠난 듯 빈집들이 곳곳에 보인다. 그 위로

현수엄마(소리) 어쩌다 이 마을이 이렇게 됐는지 모르겠네..
금례(소리) 그래도 국립공원에서 보상금 챙겨준다고 할 때 떠나는 게 상책이야.

마을에 남아 떠나는 사람들을 바라보는 솔의 모습에서..

- 사람들이 모두 떠난 텅 빈 마을. 가만히 한 곳에 앉아서 마을을 바라보고 있는 초췌한 모습의 솔. 순간 버려진 집 창문 안에서 슬쩍 나타났다 사라지는 검은 그림자. 솔, 놀라서 바라본다. 일어나서 뒤로 물러서며 다른 집을 바라보는데 조금 열린 문짝 안에서 움직이는 검은 그림자.
솔, 놀라서 뒤돌아 집으로 향하려는데.. 어디선가 미미하게 들려오는 '위이잉' 벌 소리. 뭐지? 멈칫... 점점 커져오는 벌 소리.
솔, 겁에 질려 귀를 막고 집으로 뛰어오다가 뭔가를 발견하고 멈춰 선다. 마을 인근을 둘러싼 나무들 중 하나에 목을 매고 숨겨 있는 허공에 떠 있는 재경의 발. 울음을 터뜨리는 솔의 모습에서..

씬/9 N, 2020년, 솔의 집

전 씬의 어린 솔에서 현재, 성장한 솔의 얼굴로 변하는 화면.

* 자막 - 2020년, 가을

솔, 가만히 맞은편에 앉은 이강을 바라보다가

솔   내가 사람들을 죽여요? 무슨 얘긴지 전혀 모르겠는데요.
이강   ...분명히 너야.. 내일 날이 밝으면 경찰한테 가서 내가 아는 모든 걸 얘기할
      거야.

솔, 이강을 가만히 바라보다가 피식 미소 짓는다.

솔   증거 있어요?

이강, 눈빛 흔들린다. 솔, 그런 이강을 가만히 바라보는데 눈빛이 서서히 차
갑게 변한다.

솔   여기 왜 온 거예요?
이강   ...
솔   내가 정말 범인이라면 선배를 가만두지 않을 텐데.. 이렇게 위험한 곳에 왜
      혼자 왔을까요?

천천히 일어나는 솔, 이강을 내려다본다.

솔   내가 선배를 죽이길 원해요?

이강, 긴장한 눈빛으로 솔을 올려다보는데.. 솔, 천천히 이강에게 다가오며

| 솔 | 여긴 산이랑 다르니까.. CCTV도 넘쳐나고 핸드폰 위치추적도 되니까.. 선배를 죽이면 내가 범인이라는 증거가 생길 테니까.. |

이강의 바로 옆에 서는 솔, 이강을 내려다보며

| 솔 | 증거가 없으니까.. 그렇게라도 증거를 만들려고 여기 온 거예요? |

떨리는 눈빛의 이강을 솔, 피식 웃으면서 바라보며

| 솔 | 내가 만약에 범인이라면 그렇게 하겠어요? |

그때 이강의 가방 안에서 미세하게 들려오는 핸드폰 진동음. 솔, 가방 안에서 이강의 핸드폰을 꺼내서 액정화면을 보면 '정구영'이다. 보다가.. 핸드폰을 받는 솔.

| 솔 | 구영 선배. 저, 솔이에요. 이강 선배, 제 집에 있는데 선배가 와서 좀 모시고 가면 안 될까요? (듣다가) 예.. 기다릴게요. |

전화를 끊는 솔. 이강을 가만히 내려다보다가 핸드폰을 건네주며

| 솔 | 내일 가서 얘기해요. 경찰한테.. 믿어줄지 모르겠지만... |

씬/10   N, 검은다리골 일각

충격에 휩싸여서 죽은 웅순을 내려다보고 있던 현조, 문득 뭔가가 생각나는 듯 고개를 든다.

현조(소리) 김경장님이 범인이 아니라면.. 김솔 선배가 범인이라면..

씬/11   N, 솔의 집

창문 너머로 건물에서 멀어지고 있는 휠체어를 탄 이강과 구영, 일해를 바라보고 있는 솔. 이강, 고개 돌려 솔의 창문을 바라본다. 솔, 그런 이강을 보다가 차갑게 돌아서는데..
그런 솔의 모습에서 서서히 화면 벽면에 걸린 지리산 전도를 비춘다. 지도 위에 파란색으로 표시된 비트 중 한 곳으로 다가가는 화면.

씬/12   몽타주

- 밤, 산을 뛰어가는 현조의 모습 위로

현조(소리) 사람들이 잘 오지 않는 곳. 하지만 범인은 잘 아는 곳. 김솔 선배가 알고 있던 비트.. 과거에 쓰였던 낡은 은신처들.

- 산에 위치한 작은 바위틈 사이로 들어서는 현조. 거미줄이 가득한 낡은 비트 안은 아무것도 보이지 않는다. 다급히 다시 뛰어나가는 현조.

- 또 다른 비트를 찾아 뛰어가는 현조의 모습 위로

현조(소리) 범인이 가져간 검은다리골 대피소에 있던 증거들.. 그걸 찾아야 해..

- 산, 또 다른 비트를 찾아 뛰어가는 현조의 모습 위로 서서히 날이 밝기 시작한다.

씬/13   D, 솔의 집 건물 밖

새벽, 인적이 드문 건물 밖으로 걸어 나오는 솔. 배낭에 사제 등산복을 걸친 솔, 주변을 한번 둘러보고는 자동차에 올라탄 뒤 출발한다.

멀어지는 솔의 자동차를 비추던 화면, 건물 인근에 정차돼 있는 차 한 대를 비춘다. 운전석엔 일해, 조수석에 구영이 앉아 있다. 긴장한 얼굴로 멀어지는 솔의 차를 보다가 시동을 거는 두 사람의 모습에서..

씬/14   N, 동 장소/구영, 일해의 회상

전날 밤, 솔의 집이 있는 건물에서 나오는 이강과 구영, 일해. 말없이 건물에서 조금 떨어진 거리에 세워둔 차로 다가오는 세 사람. 구영, 뒤돌아보면 건물이 보이지 않는다. 솔의 시야에서 벗어났다고 생각하자 이강을 살펴보며

구영   괜찮아? 아무 일 없었어?

이강, 고개 끄덕인다.

일해   (안도의 한숨 내쉬며) 그래서.. 위치발신기는?

이강, 두 사람을 바라보다가

이강   솔이 배낭 안에 넣어놨어.

   - 인서트
   - 15부, 57씬. 솔의 집.
   등을 돌리고 커피를 타고 있는 솔. 앨범을 보고 있는 척하던 이강, 힐긋 그런 솔을 바라보다가 주머니 안에 가지고 온 작은 동물용 위치발신기를 테이블 근처에 놓여 있는 솔의 배낭 안 지퍼 안에 숨겨놓는다.

   - 다시 솔의 집 건물 인근 거리로 돌아오면
   긴장한 눈빛으로 서로를 바라보는 이강, 구영, 일해.

이강   내일 경찰에 간다고 얘기했어. 자신 있어 하는 눈치였지만, 만에 하나를 대

비해서 분명히 증거물들을 처리하러 갈 거야. 그때를 놓쳐선 안 돼.

씬/15   D, 해동분소, 사무실

긴장한 눈빛으로 무전기 앞에 앉아 있는 이강. 그때 울리는 핸드폰. 구영이다.

이강   (핸드폰 받으며) 어떻게 됐어?

씬/16   D, 비법정 입구, 공터

공터에 먼저 와서 세워져 있는 솔의 차 옆에 차를 세우는 일해. 이강과 통화를 하면서 차에서 내려서는 구영.

구영   산이 맞았어. 덕서령 쪽이야.

씬/17   D, 몽타주

- 먼저 산을 오르고 있는 솔. 그런 솔의 배낭을 비추는 화면.

- 솔의 뒤를 따라 산을 오르기 시작하는 구영과 일해. 안테나와 위치추적기를 들고 있다. 한쪽으로 안테나를 가리키면 위치추적기에서 소리가 들려온다. 방향을 가늠하고 서로 눈짓하고는 그쪽으로 오르기 시작하는 두 사람. 저 앞쪽으로 언뜻 산을 오르고 있는 솔이 보인다. 혹시라도 솔이 뒤돌아볼까 봐 몸을 숨기는 구영, 일해. 다시 확인해보면 눈치채지 못한 듯 계속 위로 오르고 있는 솔. 그 뒤를 은밀하게 뒤따르는 두 사람.

- 해동분소, 사무실. 무전기 앞에 초조하게 앉아 있는 이강.

이강(소리) 조심해. 우리가 쫓는다는 걸 들키면 안 돼. 이번이 마지막이야. 꼭 증거를 찾아야 해..

씬/18 D, 구치소 앞

끼이익 문이 열리면서 밖으로 나오는 대진. 건물 밖에서 대기하고 있던 형사, 다가와서

형사 그간 조사받느라 수고하셨습니다.

대진 (보면)

형사 아직 혐의가 완전히 벗겨진 건 아니에요. 당분간 장거리 여행은 삼가시구요. 핸드폰도 계속 켜놓으셔야 합니다.

대진, 보다가 알겠다는 듯 고개 끄덕이고는 걸어 나오는데.. 저만치 앞에서 기다리고 있는 새녘을 보고 놀라서 멈춰 선다. 한심하다는 듯 대진을 째려보고 있는 새녘. 터벅터벅 다가와서 대진에게 두부가 든 비닐봉투를 내민다.

새녘 하다하다 딸내미한테 두부 심부름까지 시키냐.

대진 새녘아..

새녘 정말 저놈의 지리산, 지긋지긋하다. 평생 아빠 인생을 바쳤는데.. 살인범이라고 누명이나 씌우고 이게 뭐야..

대진, 볼 낯이 없다. 고개 떨구는..

새녘 그만하자. 아빠.

대진 ...

새녘 아빠 진짜 할 만큼 했어. ...이제 나랑 같이 집에 가자.

대진, 미안한 눈빛으로 가만히 새녘을 보다가..

대진　새녘아.. 미안해.. 아빠, 진짜 마지막으로 한 번만 더 갔다 올게..

씬/19　D, 산, 벼리숲 인근

계속해서 산을 오르고 있는 솔의 뒤를 쫓고 있는 구영과 일해. 솔이 향하는 곳을 바라보다가 멈칫하는 일해, 구영에게 낮은 소리로

일해　저쪽으로 가면 벼리숲이야. 안개 구역.

구영과 일해, 불안한 시선으로 올려보다가 빠르게 솔이 뒤를 쫓기 시작한다.

씬/20　D, 벼리숲 일각

안개가 자욱이 낀 벼리숲으로 들어서는 구영과 일해. 주변을 둘러보지만 안개 때문에 한 치 앞도 보이지 않는다. 당황한 눈빛으로 주변을 둘러보며 안테나와 위치추적기를 꺼내 드는 구영. 어느 한쪽 방향으로 안테나를 향하자 선명하게 들려오는 발신음. 빠르게 그쪽을 향해 다가간다. 점점 선명해지는 발신음. 하지만 솔이의 모습은 어디에도 보이지 않는다.
그때 뭔가를 발견하고 놀라서 다가가는 일해. 한 나무 아래에 놓여 있는 위치발신기다. 놀라서 그 모습을 바라보는 구영.

씬/21　D, 해동분소, 사무실

놀라서 무전기 앞에 앉아 있는 이강.

이강	그게 무슨 소리야. 놓치다니.
구영(소리)	이 새끼. 배낭 안에 발신기가 있는 걸 알고 있었어. 우릴 일부러 유인한 거야.

이강, 새파랗게 질려서 무전기를 바라보다가

이강	멀리 못 갔을 거야. 찾아야 해! 놓치면 안 돼.

그때, 문 쪽에서 들려오는 대진의 목소리.

대진	무슨 일이야?

이강, 뒤돌아본다.

씬/22   D, 벼리숲

당황해서 주변을 둘러보는 구영과 일해. 하지만 어디에도 솔의 모습은 보이지 않는다.

구영	(무전기에 대고) 보이지 않아! 사라졌어!

씬/23   D, 해동분소, 사무실

초조함에 이성을 잃은 듯 어찌할 바를 모르는 이강, 대진에게

이강	솔이에요. 솔이가 범인이었는데.. 구영이랑 일해가 쫓아갔는데 산에서 놓쳤어요. 빨리 찾아야 해요. 솔이가 증거를 없애기 전에 찾아야 하는데.. 대장님.. 솔이를 찾아야 해요..

대진, 그런 이강을 보다가 무전기 앞으로 다가가서 주파수를 확인한다.

대진   정구영, 박일해. 무전기, 공용주파수로 돌려.

씬/24   D, 벼리숲

무전기 너머에서 들려오는 대진의 목소리에 멈칫하고 바라보는 구영, 일해.

씬/25   D, 해동분소, 사무실

대진, 무전기 주파수 돌리며 이강에게

대진   마지막 위치가 어디였어?
이강   덕서령, 벼리숲이요.

대진, 무전기에 대고

대진   해동분소, 상황실. 전 대원에게 알린다.

씬/26   D, 몽타주

- 산을 순찰 중이던 수색1, 2. 무전기 너머에서 들려오는 대진의 목소리에
멈춰 서서 무전기에 집중한다.

- 또 다른 산을 순찰 중이던 레인저1, 2, 역시 멈춰 서서 무전기를 바라보는
데..

씬/27 D, 해동분소, 사무실

무전을 전파 중인 대진.

대진   덕서령에서 조난사고 발생. 조난자는 국립공원 소속 레인저, 김솔이다.

씬/28 D, 몽타주

- 산 일각. 대진의 소리를 듣자마자 덕서령 쪽으로 빠르게 이동하기 시작하는 수색1, 2.

- 또 다른 산 일각. 역시 이동하기 시작하는 레인저1, 2.

- 비담대피소, 다급히 배낭을 둘러메며 출동하는 또 다른 레인저들.

- 노고단대피소, 건물에서 빠르게 출동하는 레인저들.

씬/29 D, 해동분소, 사무실

계속해서 무전을 전파하는 대진.

대진   마지막 목격 장소는 덕서령 벼리숲. 멀리 가진 못했을 거다. 수색범위는 벼리숲을 중심으로 반경 3킬로미터다.

그런 대진을 바라보던 이강, 서서히 이성을 되찾은 듯 침착해지는 모습.

이강   암반지역일 거예요. 검은다리골 대피소 같은 동굴이 있는 곳이요.

대진, 지도를 펼쳐서 벼리숲 인근의 암반지역들을 찾다가

대진   (무전기에 대고) 벼리숲 서북쪽 혹은 남쪽 암반지역일 가능성이 높다.

씬/30 D, 벼리숲

구영을 바라보는 일해.

일해   우리가 제일 가까워. 우리가 찾는 게 빨라.

구영   ...

일해   조난자를 찾는다고 생각하자.

구영, 주변을 둘러보면 안개 사이, 풀숲 한쪽이 옆으로 누워 있다.

구영   풀.. 저쪽 풀이 누워 있어. 저쪽으로 사람이 간 거야.

그쪽 방향으로 빠르게 이동하기 시작하면서 무전을 치는 일해.

일해   서북쪽으로 누군가 이동한 흔적이 있습니다. 서북쪽 수색 시작하겠습니다.

씬/31 D, 덕서령, 산 일각/비트 안

산을 뛰어오는 현조. 저 앞쪽으로 비트 입구 바위틈이 보인다. 빠르게 다가와서 바위틈 안, 어두운 비트로 들어서던 현조, 놀라서 멈춰 선다. 입구에서 비치는 희미한 햇빛 아래 비트 안에 놓인 물건들이 드러난다. 검은다리골 대피소에 있던 군번줄, 로프, 아이젠, 등산스틱, 등산화, 통발, 다원이의 수첩, 무인 센서 카메라, 호미, 등산모자, 손수건, 라이터. 그리고 빛바랜 세욱이의 이름이 적혀 있는 노트다.
놀라서 죽은 사람들의 물건을 바라보는 현조. 그때 등 뒤쪽에서 입구 안으로 누군가 들어선다. 솔이다.

솔	잘 찾아왔네요.

천천히 뒤돌아서는 현조, 솔과 시선이 마주친다. 솔, 비웃듯이 웃으며 피투성이인 현조를 바라본다.

솔	그 꼴을 당하고도 날 잡으려고 산에 남아 있었던 거예요?
현조	...
솔	그봐. 귀신은 있다니까.. 그렇게 얘기해도 안 믿어요.

현조, 그동안의 분노와 죽은 이들에 대한 슬픔으로 눈빛 떨려오며

현조	...당신이었어.. 당신이 범인이었어..
솔	맞아요. 내가 저 사람들을 죽였어요.
현조	왜.. 왜 죽였어요.. 저 많은 사람들을.. 왜..

솔, 현조를 바라보다가..

솔	...기억하지 않았으니까.. 그때 무슨 일이 있었는지.. 저 사람들은 기억하지 않았어..

씬/32 N, 2017년, 지리산 일각

산을 오르고 있는 사복 차림의 솔. 낯빛이 지금과 다르게 초췌하다.

* 자막 – 2017년, 가을

산을 오르는 솔의 모습 위로

솔(소리)	처음부터 죽일 생각은 아니었어. 내가 죽을 생각이었지..

산을 오르는데 순간 또다시 들려오는 벌 소리. 솔, 또 시작이구나. 귀를 막고 괴로워하다가 뭔가를 보고 낯빛이 변한다. 나무들 사이 또다시 나타났다 사라지는 검은 그림자들이다. 솔, 나무 뒤로 기어가서 겁에 질려 벌벌 떤다.

솔(소리)　　어렸을 때 그 소리.. 귀신들이 떠나지 않았어.

솔, 바들바들 떨다가 결심한 듯 가방 안에서 요쿠르트를 꺼낸다.

솔(소리)　　몇 번이나 자살을 하려고 했지만, 그때마다 사람들이 날 살려냈어. 산이라면.. 적어도 날 발견하지 못할 거라고 생각해서 농약을 탄 요쿠르트를 가져갔었지.

그때, 들려오는 발자국 소리. 놀라서 바라보면 낙오된 듯 절룩거리고 있는 현수다. 서로 놀라서 바라보는데 밝게 웃는 현수.

현수　　안녕하세요.
솔　　(말문이 막혀 바라보는데)
현수　　저 좀.. 저 좀 살려주세요. 길을 잃었습니다.

그런 모습 위로

솔(소리)　　처음엔 알아보지 못했어. 그래서.. 마지막으로 사람 하나 살리고 죽자고 생각했었지.

씬/33　N, 또 다른 산 일각

현수를 부축해서 백토골 쪽으로 향하고 있던 솔, 놀란 얼굴로 현수를 본다.

솔	지리산.. 검은다리골이 고향이라구요?
현수	예. 왜요?

솔, 멈칫하고 바라보다가 군복에 적힌 이름을 바라본다.

솔	...김현수.. 현수.. 맞니?
현수	(놀라서 보는) 절 아세요?
솔	(가만히 보다가) 나.. 김솔이야..
현수	(기억을 더듬다가) 김솔.. 솔이 형? (반가운) 와 이게 몇 년 만이야. 어떻게 이렇게 만나냐.

솔, 별반 반갑지 않은 듯 어느 한쪽을 가리키며

솔	저쪽으로 쭉 가면 백토골, 돌무지터야.
현수	아, 진짜 고마워 형. 번호 좀 가르켜줘. 제대하면 연락할게. (수첩 꺼내며) 아버님은 잘 계시지? 진짜 한번 뵙고 싶다. 어렸을 때 정말 좋았는데..

솔, 아버지 얘기가 나오자 낯빛 굳는다. 또다시 희미하게 시작되는 벌 소리. 현수, 영문을 모르고 솔을 바라본다.

현수	형?

솔, 가만히 보다가.. 가방 안에서 자신이 먹으려던 요쿠르트를 내밀며

솔	힘들 텐데 가면서 이거 마셔.

요쿠르트를 받아 들면서 침 꿀걱 삼키는 현수를 가만히 바라보는 솔의 모습에서..

솔(소리)	아무도 살인이라고 의심하지 않았어.. 그냥 사고라고 생각했지.. 산은 내 편이었던 거야.

씬/34   D, 몽타주

- 레인저 유니폼을 입고 산을 올려다보는 솔.

솔(소리) 레인저가 돼서 본격적으로 산에 돌아왔어.

- 세욱의 집 문을 노크하는 솔. 문 열리며 나오는 초췌한 행색의 세욱. 그런 세욱을 보다가 미소 짓는 솔.

솔(소리) 세욱일 설득하는 건 어렵지 않았어. 개도 지옥 같은 인생을 살고 있었거든.

씬/35   D, 2020년, 비트 안

서로를 마주 보고 있는 현조와 솔.

* 자막 – 2020년, 가을

솔 그렇게 한 명.. 한 명씩 죽었지. 그때부터 어느샌가.. 더 이상 벌 소리가 들리지 않았어..

솔, 천천히 주머니에서 웅순의 등산용 장갑을 꺼낸다.

솔 웅순이 형도 똑같아. 자기 아버지가 무슨 짓을 했는지 전혀 몰랐어. 그 주제에 수해사건을 조사하겠다고 날 찾아왔었지. 세욱이 아버지 뺑소니 사건의 진상을 알리겠다고 협박했더니 아무것도 못 하고 쩔쩔매더군. 그 덕분에 당신을 속였지만..

분노에 차서 솔을 바라보는 현조.

현조	산은 당신 편이 아냐.. 산은 당신을 벌하고 싶어 했어.. 그래서 나한테 보여 줬던 거야. 당신과 이세욱이 누군가를 죽여가는 모습을..

갸웃하면서 바라보는 솔.

현조	상수리바위에서 발견했던 표식.. 그때는 아무도 죽지 않았는데.. 그걸 왜 보여줬는지 이제 알겠어.. 그 표식 때문에 당신을 만날 수 있었지.

- 인서트
- 1부, 58씬, 현조에게 명함 건네면서 인사하던 솔.

솔	문화자원 조사단 김솔입니다.

- 다시 비트 안으로 돌아오면
솔을 차갑게 바라보는 현조.

현조	..산은 당신이 범인이라고 알려줬던 거야.. 그때.. 당신을 알아봤어야 했는데..

솔, 피식 웃으며

솔	무슨 얘긴지 모르겠지만. 당신은 결국 날 잡지 못했어. 산은 내 편이었던 거야.
현조	...아니, 산은 우리 편이야. 당신은 결국 벌을 받을 거야. 날 본 사람들은 다.. 죽었어..

차갑게 현조를 보는 솔.

솔	헛소리 그만하고 산이 당신 편이면 한번 막아봐.

솔, 현조를 통과하듯이 지나가 웅순의 장갑과 함께 증거물들을 한곳에 모

으는데 세욱의 노트를 들어서 옮기는 솔. 노트 뒷면에 붙어 있는 꿀벌 스티커가 보인다. (13부, 25씬의 낡은 핸드폰에 붙어 있는 스티커와 같은 스티커입니다) 그 위에 휘발유를 꺼내 붓기 시작하는 솔.

노트 뒷면을 바라보는 현조의 흔들리는 시선.

솔   그 사람들의 죗값이라고 생각해서 보관했던 건데.. 뭐 어쩔 수 없지.

휘발유를 부은 뒤 주머니에서 성냥을 꺼내는 솔.

현조   안 돼..

현조, 앞으로 나서려는데 멈칫.. 몸이 이상하다.
손끝이 서서히 흐려지기 시작한다. 흔들리는 시야.

씬/36   D, 종합병원, 진료실

어두운 얼굴로 컴퓨터 화면에서 문서를 작성 중인 담당의.
화면 비추면 '임종 과정에 있는 환자 판단서'다.

씬/37   D, 병실

1인용 병실로 옮겨진 채 여전히 생명유지장치에 연결돼 있는 현조. 그런 현조의 손을 잡고 있는 현조모. 뒤쪽에서 울음을 참고 있는 승아, 현조 누나와 현조 매형, 사내아이. 가장 뒤쪽에는 역시 울음을 참고 있는 현조부. 옆쪽엔 담당의가 서 있다.
현조부, 떨리는 눈빛으로 현조를 바라보다가.. 담당의에게 가족들의 사인이 담긴 가족합의서를 보여준다. 담당의, 합의서를 건네받으려는데 차마 손을 놓지 못하는 현조부. 울음을 터뜨리면서 '쿵' 주저앉는다.

씬/38   D, 산 일각

풀숲 모양을 보면서 앞으로 전진하고 있는 구영과 일해. 그때, 구영, 뭔가를 발견하고 놀란다.

구영   저거 뭐야.

일해, 구영의 시선 쫓아가면 바로 앞쪽 나무들 너머에서 피어오르는 검은 연기다. 놀라서 그쪽을 향해 뛰기 시작하는 두 사람.

씬/39   D, 해동분소, 사무실

초조한 눈빛으로 무전기 앞을 지키고 있는 이강과 대진. '치치치칙' 울리는 무전기.

일해(소리)   대장님! 벼리숲 서북쪽 2킬로미터 지점에서 검은 연기가 포착됐습니다!

놀라서 무전기를 바라보는 두 사람.

씬/40   D, 비트 안

검은 연기가 피어오르는 비트 안으로 뛰어드는 구영과 일해. 어느새 현조와 솔은 사라지고 거의 다 타버린 물건들에서 연기만 피어오르고 있다. 다급히 물건들을 밟으면서 불을 끄는 두 사람.
불을 끈 뒤 물건들을 살펴보다가 멈칫한다. 불에 타 거의 알아보기 힘들지만, 아이젠, 군번줄, 등산화 등 현조가 얘기했던 물건들과 일치한다.
'하..' 답답함에 한숨을 내쉬며 주저앉는 구영.

구영   다.. 끝났어..

씬/41   D, 해동분소, 사무실

무전기 너머에서 들려오는 어두운 일해의 목소리를 믿기지 않는 듯 듣고
있는 이강과 대진.

일해(소리) 동굴 안의 물건들이 다 타버렸어요.. 겨우 흔적만 확인할 수 있을 정돕니다.

이강, 충격에 휩싸여 떨리는 눈빛..

이강   안 돼요.. 이렇게 끝낼 순 없어요..

이강, 휠체어를 돌려 사무실을 빠져나간다. 대진, 이강을 부르며 그 뒤를 따
르고..

씬/42   D, 해동분소, 장비실

장비실에서 드론 장비를 가지고 빠르게 빠져나가는 이강.

씬/43   D, 해동분소 건물 밖

건물 밖에서 드론을 띄우기 시작하는 이강. 하늘 높이 날아오른 드론, 산을
향해서 빠르게 날아간다. 뒤늦게 따라 나와 이강을 바라보는 대진.

대진   이강아..
이강   (드론을 조작하며) 사람들이 수도 없이 죽었어요.. 다원이도 죽고.. 현조도
자기 목숨을 걸고 쫓았는데.. 어떻게 여기까지 왔는데.. 이렇게 끝낼 순 없어

요..

씬/44   D, 지리산 전경

웅장하게 펼쳐진 지리산 위를 빠른 속도로 날아서 덕서령 방향을 향해 날아가는 드론.

씬/45   D, 해동분소 건물 밖

패닉에 빠져 드론을 날리는 이강.

이강   뭐라도.. 뭐라도 있을 거예요.. 증거물들을 태운 동굴 근처에 가면 뭐라도..

덕서령 쪽으로 날아가는 드론 모니터, 순간 노이즈가 지지직 낀다. 드론을 날리던 이강, 순간 멈칫.. 계속 날아가는 드론 모니터에는 이제 노이즈가 사라져 있다. 이강, 모니터를 보다가 아까 노이즈가 꼈던 장소로 다시 드론을 조작한다.

씬/46   D, 산 일각

덕서령 쪽으로 날아가던 드론, 방향을 바꿔서 아까 왔던 곳으로 날아가는데..

씬/47   D, 해동분소 건물 밖

천천히 드론을 날리면서 모니터로 산을 샅샅이 훑던 이강.
다시 치치직 노이즈가 꼈다가 사라졌다를 반복하는 화면.

이강, 순간 놀라서 모니터를 바라본다.
숲을 벗어나 정상을 향한 커다란 바위 위를 달리고 있는 현조다.

이강   현조.. 현조예요.

대진, 놀라서 모니터를 보지만 대진의 눈에는 노이즈만 보일 뿐 현조가 보이지 않는다.
계속해서 앞으로 내달리고 있는 현조.

이강   저쪽으로 가면.. 비담절벽 위예요.. 어딜 가는 거지?

혼란스럽게 드론 모니터를 바라보는 이강, 뭔가 생각난 듯 고개를 든다.

- 인서트
- 15부, 10씬. 해동분소, 휴게실에서 이강에게 얘기하던 승아.

승아   상수리바위 얘기도 많이 들었어요. 거기서 처음으로 사람을 살렸다고 했어요.

- 다시 해동분소 건물 밖으로 돌아오면

이강   비담절벽 위.. 상수리바위예요. 우리가 처음 그 표식을 본 곳..

이강, 잠시 생각하다가 대진을 바라보며

이강   표식을 남기려는 거예요. 우리가 약속한 장소들은 솔이가 아니까 다른 장소에 신호를 남기려는 거예요.
대진   (혼란스럽게 보다가) 애들한테 거기에 가보라고 할게.
이강   레인저들은 모두 덕서령으로 출동했어요. 거기랑 비담절벽 위는 두 시간 거리예요. 시간이 없어요..

초조한 이강을 바라보는 대진, 잠시 생각하다가 이강에게

대진   나랑 같이 가자. 산으로..

씬/48   D, 지리산

지리산의 모습 위로 들려오는 '타타타타' 헬기 소리. 지리산 위를 날아서 비담절벽 쪽을 향하고 있는 '지리산 국립공원' 마크가 그려진 헬기다.

씬/49   D, 헬기 안

산 위를 날고 있는 헬기 안에 탑승해 있는 긴장한 얼굴의 이강과 대진.

씬/50   D, 비담절벽 인근 헬기장

헬기장으로 착륙하고 있는 헬기. 문이 열리고 먼저 내려서는 대진, 안에 있는 이강에게 손을 내민다.

씬/51   D, 비담절벽 위 상수리바위

이강을 업고 상수리바위를 향해 달리고 있는 대진. 저 앞쪽으로 상수리바위가 보이기 시작한다. 거친 숨을 내쉬면서도 속도를 높여 상수리바위로 다가오던 대진, 순간, 발을 헛디디고 넘어지면서 이강과 함께 바닥을 구른다. 대진, 발을 크게 삔 듯 '아..' 다리를 잡고 괴로워하는데.. 바닥에 구르던 이강, 고개 들어 상수리바위 쪽을 바라본다. 바위 틈 안쪽으로 현조의 피투성이 하얀 설상복이 얼핏 보인다.
이강, 힘겹게 바닥을 기어서 상수리바위를 향해 다가간다. 대진, 그런 이강

을 보며

대진   이강아. 괜찮니?

대진의 목소리가 들리지 않는 듯 상수리바위 쪽으로 기어가는 이강, 바위
틈 안에서 표식을 남기고 있는 현조를 향해

이강   현조야..

현조, 이강의 목소리에 고개를 돌려 바라본다.
이강과 현조의 시선 마주친다.
바위 안에서 걸어 나와 이강의 앞에 앉는 현조.

씬/52   D, 종합병원, 병실

떨리는 손으로 가족합의서를 담당의에게 넘기는 현조부. 어두운 얼굴로 합
의서를 바라보던 담당의, 천천히 전원 스위치로 다가간다. 차마 보지 못하
고 그저 현조의 손을 꽉 쥐는 현조모.
담당의, 어두운 얼굴로 천천히 스위치를 누른다.

씬/53   D, 상수리바위

희미하게 미소 지으며 이강을 바라보는 현조, 천천히 손을 들어 이강의 얼
굴을 만져보려 하는데.. 서서히 희미해지기 시작한다.

이강   현조야.. 안 돼..

이강, 현조를 잡아보려 하지만 바람에 날리듯이 사라지는 현조. 이강의 손,
현조가 사라진 허공을 만진다. 눈앞에서 사라져버린 현조를 믿기지 않는

듯 바라보는 이강. 자기도 모르게 눈가에서 눈물이 한 줄기 흘러내린다.
뒤쪽의 대진은 전혀 현조를 보지 못한 듯 절뚝거리면서 상수리바위로 향한
다. 그 안에 남겨진 마지막 표식을 바라보는 대진.

대진 이걸 찾으러 온 거니?

이강, 아직도 현조가 사라진 슬픔에 그저 멍하기만 한데..
그런 이강에게 다가오는 대진, 눈높이를 맞추며

대진 이강아. 정신 차려. 현조가 뭔가를 남겨놨어. 저게 뭘 가리키는지 너만 알
수 있어.

이강, 대진의 말에 천천히 고개를 든다. 다시 힘을 내서 바위 쪽으로 기어가
현조가 남긴 표식을 바라본다.
동서남북을 가리키는 네 개의 나무막대. 그 중앙에 쌓아 올린 돌무더기. 돌
무더기에서 조금 떨어진 곳에 꽂혀 있는 얇은 나뭇가지.

이강 ..산이 아니에요.. 해동파출소예요..

- 인서트
- 산 아래에 위치한 해동파출소 건물.

- 다시 상수리바위로 돌아오면
혼란스러운 눈빛의 이강.

대진 웅순이를 가리킨 거니?
이강 현조가 웅순이를 의심하긴 했지만 나한테 벌써 얘기했어요. 일부러 이걸 남
겼을 리가 없어요..

이강, 여전히 혼란스럽기만 하다.

이강	현조가 마지막으로 남긴 신호예요.. 분명히 중요한 단서일 텐데.. 해동파출소.. 거기에 뭐가 있길래..

- 인서트
- 15부, 50씬. 파출소 안을 뒤지던 이강.
캐비닛 안에 있던 '근무일지' '민원처리사항' '신고일지'들./다른 캐비닛 안에 쌓여 있다가 밖으로 떨어지는 유실물들./지갑들, 가방들, 등산용 스틱들, 다른 핸드폰들 뒤섞여 떨어지는 꿀벌 모양 스티커가 붙은 핸드폰./또 다른 캐비닛 안 '2020년 1~12월 사건기록'이란 파일. 그 아래쪽으로 쭉 있던 사건 기록 파일들.

- 다시 상수리바위로 돌아오면
갈피를 잡지 못하고 계속 생각하는 이강.

이강	대체.. 뭐지.. 뭘 가리킨 거야..

문득 뭔가가 생각난 듯 고개 드는 이강.

이강	설마.. 설마.. 꿀벌 모양 스티커.. 세욱이..

씬/54 D, 해동파출소

'쾅' 문 열리면서 들어서는 구영과 일해, 안에서 사무를 보고 있던 박순경, 놀라서 다가오며

박순경	무슨 일로..

구영과 일해, 대답 없이 캐비닛으로 다가간다. 박순경, 그런 두 사람을 제지하려는 듯 다가와서

박순경   또 왜 이러세요. 레인저분들 진짜..

일해, 그런 박순경 앞을 막아서며

일해   정말 중요한 일 땜에 이래.

구영, 캐비닛 문들을 열며 유실물을 찾는다.

박순경   아무리 중요한 일이라도 그렇죠. 이게 대체 뭐 하시는 거예요.
일해   (계속 막아서며) 잠깐이면 돼. 잠깐.

구영, 유실물들 안에서 핸드폰들이 들어 있는 상자를 발견, 상자를 꺼내 테이블 위에 엎는다. 와르르 쏟아지는 핸드폰. 그중에서 꿀벌 스티커가 붙은 핸드폰을 발견하고 눈빛 반짝한다. 그 핸드폰을 들고 박순경에게 다가가는 구영.

구영   이 핸드폰. 내용물들 좀 살펴봐줘.
박순경   예? 그걸 왜..
구영   부탁이야. 정말 중요한 일이야. 살인사건의 중요한 증거물일 수도 있다구.

씬/55   N, 해동경찰서 외경

저녁, 경찰서 건물.

씬/56   N, 경찰서, 복도

'사이버 수사대'라는 푯말이 붙은 사무실 앞 복도에서 초조하게 기다리고 있는 구영과 일해. '쾅' 문 열리면서 뛰어나오는 사이버 수사관들. 서류를 들고 강력계 사무실로 향하는 듯 다급히 뛰어서 사라진다. 영문을 모르고 그런 모습을 바라보는 구영과 일해.

뒤늦게 사무실에서 나오는 박순경, 충격에 휩싸여서 낯빛이 새파랗게 질려 있다.

구영   어떻게 됐어? 뭐가 나왔어?

박순경, 들고 있던 서류를 두 사람에게 보여준다.

씬/57   N, 몽타주

- 해동경찰서를 빠져나오는 기동차량들과 순찰차들. 사이렌을 울리면서 멀어진다.

- 구영과 일해가 확인하고 있는 서류. 세욱의 핸드폰에서 나온 솔과의 대화 내용들이 프린트되어 있다.

'서금자가 자주 다니는 비법정 로프를 끊어봐'.

'오늘 산에서 김진덕을 죽였습니다'.

'잘했어. 다음은 이종구야'.

'금례할머니를 죽여. 내가 준 요쿠르트를 총알나무 뒤에 갖다놓으면 돼'.

'그 사람이 누군지는 내가 알아볼 테니까 걱정 마. 넌 니가 할 일을 끝내'.

솔이 세욱이에게 보낸 지시 문자가 거칠게 흔들리며 보여진다.

- 솔의 집 건물 앞으로 빠르게 다가와서 멈춰 서는 기동차량들, 순찰차들. 차량에서 빠져나온 형사들과 순경들, 빠르게 건물 안으로 들어간다. 차를 몰고 집으로 돌아오던 솔, 그 모습을 목격하고는 낯빛 굳는 모습에서 서서히 암전.

씬/58   N, 종합병원, 복도

휠체어를 타고 중환자실을 향해 다가오는 이강, 빠르게 중환자실 복도 옆으로 난 유리창을 향해 다가가는데.. 유리문 너머의 광경을 보고 멈칫..

현조가 있던 침대는 어느새 텅 비어 있다.

각오는 했지만.. 밀려오는 감정에 눈물이 맺히며 고개를 떨구는 이강의 모습에서...

씬/59   N, 비법정 입구

비법정 입구에 세워져 있는 기동차량과 순찰차들. 오가는 감식반들. 한쪽에는 지리산 지도를 보며 얘기 중인 강력계 형사들. 차량을 통제시키고 있는 박순경을 비롯한 다른 순경들. 그때 멀리에서 다가오는 국립공원 순찰차량. 순찰차량을 보자 박순경, 강력계 형사들에게

박순경   옵니다!

그 소리에 다가오는 순찰차량 쪽으로 걸어오는 형사들.

차량 멈춰 서고 대진, 구영, 일해, 내려서는데..

형사1   국립공원에서 나오셨죠.
대진   용의자가 산으로 도주했다는 게 무슨 말씀이시죠?

형사1, 뒤쪽 눈짓하며

형사1   용의자 차량이 여기서 발견됐습니다. 아무래도 산으로 도망친 것 같아요. 수색 협조 부탁드립니다.

대진, 구영, 일해, 형사1의 시선 쫓아가면 비법정 입구 쪽에 세워진 솔의 차다. 감식반들이 한창 감식 중이다.

- 시간 경과되면

순찰차량에서 배낭 꺼내서 메고 랜턴, 무전기 등 챙기는 구영, 일해. 조금 떨어진 곳에서 대진, '용의자 수색 때문에 그래. 출동 가능한 애들 몇 명 보내줘' 다른 레인저들에게 연락을 하고 있고..

구영   (일해에게) 이강이는 연락 왔어?

일해   전화를 해도 받지를 않아. 현조 어떻게 됐는지 알려주기로 했는데.. 답답해 죽겠네.

구영   .. (배낭 메다가) 그런데.. 계속 생각해봤는데.. 왜 이강이만 현조를 본 거지? 우린 못 보고?

일해   모르겠네.. 무슨 이유가 있지 않을까.

씬/60   N, 해동분소 건물 앞

불 꺼진 캄캄한 해동분소 건물. 택시에서 내린 듯 휠체어를 탄 이강, 건물을 올려다본다. 어두운 얼굴로 건물로 들어서는 이강.

씬/61   N, 해동분소, 복도/사무실

문이 열리고 들어서는 이강, 어둠에 휩싸인 복도를 보다가 벽면의 스위치를 올리는데 정전인 듯 불이 들어오지 않는다. 순간 어디선가 들려오는 '쿵' 하는 소리. 놀라서 그쪽을 바라보는 이강. 사무실 쪽이다. 복도에 비치된 비상용 랜턴을 켜서 사무실 쪽을 비추지만 아무도 보이지 않는다.

이강   대장님?... 구영아..

동료들을 불러보지만 조용하기만 한 복도. 천천히 휠체어를 굴려서 사무실 쪽을 향해 다가가 닫힌 사무실 문 앞에 도착하는 이강, 손잡이를 돌리고.. 끼이이익 문이 열린다. 시커먼 어둠.
그 안으로 천천히 들어가는 이강, 랜턴으로 사무실 안을 비추다가 놀라서 낯빛이 굳는다. 벽면에 걸려 있던 지도들이 모두 찢어져 있고 집기들도 누군가가 집어던진 듯 엉망이 되어 있다.
놀라서 떨리는 눈빛으로 사무실 안을 바라보는데.. 뒤쪽에서 끼이익 닫히는 문.
문 뒤쪽 어둠에 서 있던 솔이 드러난다. 이강, 불길함에 뒤를 돌아보는 순간, '쾅' 이강의 머리를 내려치는 솔.

씬/62   N, 지리산 전경

어둠에 휩싸인 지리산. 순간 번쩍 빛나는 번개에 이어 '콰쾅' 천둥소리가 들려온다.

씬/63   N, 지리산 인근 국도/차 안

흔들리는 차 뒷좌석에 정신을 잃고 쓰러져 있는 이강.
한 방울, 두 방울 유리창을 때리는 빗소리.
천천히 눈을 뜨는 이강. 흐릿한 시야에 들어오는 차 안. 국립공원 순찰차량 안이다. 창밖을 보면 지리산 인근 국도. 운전석에는 솔이다.

솔   니들이 다 망쳐놨어. 뭐가 중요한지도 모르면서 산을 지킨다고 거들먹거리기나 하고.. 산이 뭘 원하는지 알아?! 다 없어지는 거야. 등산객이건, 약초꾼이건, 레인저건 다 치워버리는 거라구.

광기 어린 눈빛으로 제정신이 아닌 듯 횡설수설하는 솔, 뒷좌석의 이강을 힐긋 바라보고는

솔   왜 해마다 수해가 나고 산불이 나고 재해가 일어나겠어. 다 쓸어버리고 싶은 거야. 니들을.. 좀만 기다려. 너도 산에 가서 죽여줄게. 니 할머니 곁으로 보내준다구.

할머니 얘기가 나오자 이강의 눈빛, 싸늘하게 변한다.

이강 설마.. 우리.. 할머니도.. 그것도.. 니가 그런 거야?
솔 몰랐어?

이강의 눈빛, 분노와 슬픔으로 차오른다.

이강 왜... 왜.. 아무 죄도 없는 사람들을.. 어떻게..
솔 (힐긋 보고는 피식 웃으면서) 산을 대신해서 한 거야.

순간, 들려오는 '투투투툭' 소리. 보면 낙석이 시작된 듯 차 창문 앞으로 잔돌들이 떨어지고 있다.
솔, 놀라서 속도를 늦추는데 이강, 그 틈을 놓치지 않고 차 문을 열고 달리는 차에서 국도로 몸을 던진다. 빗줄기가 떨어지는 국도로 데굴데굴 굴러 떨어지는 이강, 충격과 고통으로 몸이 떨려오는데.. 그 위로도 하나둘씩 떨어지고 있는 잔돌들.
이강, 바들바들 떨면서 고개를 드는데 저만치 앞으로 달려가다가 멈추는 순찰차량. 천천히 차에서 내려서 다가오는 솔. 이강, 어떻게든 기어서 도망가 보려 하지만 몸이 말을 듣지 않는다. 솔, 천천히 걸어오다가 계속해서 떨어지는 잔돌들 중 좀 큰 돌을 들고 다가온다.

솔 그렇게 좋아하는 산에서 죽여줄려고 했는데.. 싫다면 어쩔 수 없지. 여기서 죽여줄게.

이강, 뒤쪽으로 기어가지만 더욱 위압적으로 다가오는 솔.

이강 산이 사람들을 죽이라고 했다구..? 산은 그냥 산일 뿐이야. 니 미친 머릿속이 그렇게 시킨 거라구. 넌 그냥 미친놈일 뿐이야.

솔, 이강을 차갑게 내려보다가

솔   아니, 산이 원하는 거야.

한 손에 든 돌로 이강을 내려치려는 듯 위로 치켜 올리는데.. 순간 들려오는 '쿠쿠쿠쿵' 낙석 소리와 함께 산 위쪽에서 떨어지는 커다란 바위. 이강, 놀라서 보다가 몸을 감싼다. 올려다보던 솔, 자신을 향해 떨어지는 바위를 바라본다. '쿵'!! 커다란 타격음과 함께 찾아오는 정적.
떨어지는 빗소리. 국도를 타고 흘러가는 빗물 사이로 붉은 피가 함께 흘러내린다. 핏물을 따라가다 보면 바위 아래에 깔린 채 숨겨 있는 솔이다. 서서히 옆을 비추면 아슬아슬하게 낙석을 피한 이강. 떨리는 눈빛으로 숨진 솔을 바라보고 있다.
모든 비극은 끝났다. 지금까지 겪었던 모든 아픔들이 몰려오는 듯 이강, 울음을 터뜨린다. 떨어지는 빗속에 그렇게 홀로 남은 이강을 내려다보듯 선 어둠 속의 지리산에서.. 서서히 암전.

씬/64   D, 거리 일각

서서히 화면 밝아지면 지리산을 낀 작은 소도시. 차를 타고 이동 중인 사복 차림의 구영이다. 차창 너머로 보이는 평화로워 보이는 한낮의 햇볕 아래 소도시를 지나치다가 신호에 걸려서 잠시 정차하는데.. 저 앞쪽으로 보이는 '광한루' 푯말.
가만히 푯말을 바라보던 구영. 그때 들려오는 핸드폰 문자 착신음. **'지리산 국립공원 소속 정구영님. 승진시험에서 합격하셨습니다'.** 합격 문자를 가만히 바라보는 구영의 모습에서

* 자막 – 1년 후

씬/65   D, 광한루

산책을 나온 사람들 사이 천천히 걸어오고 있는 구영.
저 앞쪽으로 오작교가 보이기 시작한다. 오작교 위에는 쌍쌍으로 놀러 온
듯한 커플들. 서로 커플 사진을 찍어주고 있다. 한 커플이 먼저 포즈를 취하
는데 사진을 찍어주던 여자, 커플들에게 장난스럽게

여자   뽀뽀해. 여기서 뽀뽀하면 사랑이 이뤄진대.

'아우 뭐야! 촌스럽게' 웃음을 터뜨리는 커플들 바라보는데.. 커플들의 모습
에서 과거의 구영과 양선의 모습으로 오버랩 된다.

- 인서트
- 낮, 함께 오작교에 놀러 와서 셀카봉으로 사진을 찍던 구영과 양선. 포즈
를 잡다가.. 구영, 헛기침하면서

구영   (매우 부끄러워 점점 기어들어가는) 근데.. 여기서 뽀뽀를.. 하면..
양선   예?
구영   그게.. 사랑이.. 이뤄진다고..

양선, '뭐예요..' 부끄러워하고.. 구영, 무안하고 부끄러운 듯 헛기침하는데 먼
저 구영의 뺨에 뽀뽀를 하는 양선. 부끄러운 듯 고개를 돌리고.. 구영, 이게
꿈이냐 생시냐 하늘을 날아오를 것 같은데..

- 다시 광한루로 돌아오면
양선은 사라지고 홀로 서 있는 구영, 가만히 허공을 바라본다.

씬/66   D, 산 일각

9부 39씬의 능선 위로 올라서는 레인저 유니폼을 걸친 구영. 여전히 꽃을
가져다 놓는 듯 말라버린 꽃다발들이 놓여 있는데.. 구영, 주머니에서 뭔가
를 꺼내서 그 꽃들 위에 올려다 놓는다. 구영의 팀장 신분증이다.

가만히 내려다보다가 주변의 능선을 둘러보는 구영.

구영   또 올게요.. 잘 있어요..

씬/67   D, 해동분소 건물 밖

산을 내려와 해동분소 건물 쪽으로 다가가는 구영.
그때, 아래쪽에서 산으로 올라가는 듯한 등산객들 사이 배낭 메고 올라오던 승아, 유니폼을 입은 구영을 보더니

승아   안녕하세요!

구영, '아.. 예' 인사하려는데 거절할 틈도 없이 구영에게 건강식품 하나를 건네는 승아. 자기도 모르게 건강식품을 받아버린 구영. '이게.. 뭐' 하는데 대답 대신 또 한 번 밝게 '건강하세요!!' 인사하며 씩씩하게 멀어지는 승아.
구영, 자기 손 안의 건강식품 내려다보다가 훅 찢어서 빨아먹는다.

구영   내 취향을 어떻게 알았지..

씬/68   D, 해동분소, 사무실

사무실로 들어서는 구영.
보면 대진이 앉았던 팀장 자리의 회전의자 획 도는데 보면 일해. 책상 명패에는 '분소장 박일해'.

일해   야, 넌 비법정 순찰 다녀온다 그러더니 왜 이렇게 늦어? 이게 팀장 달았다구 빠져가지구. 내가 대장으로서 한 마디 하겠는데, 정신 좀 차려.
구영   아우 팀장이 돼도 지치네..
일해   참 불가사의해. 어떻게 승진시험에 합격한 거야.

구영　됐고. 오늘 신입들 면접 있다면서? 잘돼가고 있어?

씬/69　D, 본사 외경

씬/70　D, 본사, 면접실 밖 복도

'2021년도 신입직원 면접실'이라고 적힌 사무실 밖 복도에 지원자 몇 명이 긴장한 얼굴로 대기하고 있다.

씬/71　D, 면접실

밝은 햇살이 내리쬐고 있는 면접실. 책상에 앉아서 이력서를 바라보고 있는 이강. 안경을 쓰고 포멀한 정장을 걸친 관리직 같은 느낌이다.

이강　지원 동기는요?

이강의 시선 쫓아가서 맞은편을 비추는 화면. 맞은편에 앉은 지원자, 희원이다. 그간 마음고생을 많이 한 듯 눈빛이 어둡다.

희원　제가 이 일에 지원할 자격이 있는지는 모르겠습니다. 그런데.. 할 수만 있다면 꼭 레인저가 돼서 제가 받은 걸 돌려드리고 싶습니다..

희원을 가만히 바라보는 이강.

이강　산이 아직도 무서워요?

희원, 눈빛 더욱 가라앉으며 고개 떨군다.
이강, 그런 희원 바라보다가

이강   나도 무서웠어요. 산이.. 그런데..

희원, 멈칫해서 고개 들어 이강을 바라본다.
이강, 가만히 생각에 잠기는 눈빛.

- 인서트
- 11부, 43씬.
능선 인근, 땅만 보고 앞으로 나아가는데 어디선가 불어온 바람에 문득 고개를 드는 현조. 눈앞에 아침 운해에 휩싸인 지리산이 펼쳐져 있다. 우뚝 멈춰 서서 그런 지리산을 바라보는 현조의 모습 위로

현조(소리)   그날 본 산은 두려운 곳이 아니었어요. 그냥.. 산이었어요..

- 다시 면접실로 돌아오면

이강   산은 그냥 산이었어요. 다만 사람들 마음속에 각자의 산이 있을 뿐이죠.

- 인서트
- 1부, 1씬. 버스에서 내려서서 산을 올려다보는 승훈이.

- 11부, 51씬. 어두운 얼굴로 돌무지터로 들어서는 재일.

- 9부, 46씬. 나무 아래에 창백한 낯빛으로 앉아 있는 진옥.

- 16부, 32씬. 초췌한 얼굴로 산을 오르고 있는 솔의 모습 위로

이강(소리)   누군가는 살려고 산에 오고 누군가는 죽으려고 산에 올라요.

- 다시 면접실로 돌아오면
희원을 바라보며 담담하게 말을 이어가는 이강.

| 이강 | 그 사람들이 왜 산에 올랐는지 중요하지 않아요. 우린 그저 그 사람들을 지킬 뿐이에요. |

희원을 따뜻하게 바라보는 이강.

| 이강 | 마음의 빛이 있다면 내려놔요. 산은.. 그냥 산일 뿐이니까.. |

씬/72   N, 해동분소 전경

밤, 반짝이는 별빛 아래 해동분소.

씬/73   N, 해동분소, 사무실

어두운 사무실. 시계를 비추면 새벽 2시. 날짜는 1월 1일이다.
터벅터벅 다가오고 있는 발자국 소리. 달칵 소리와 함께 불 켜지면 방금 일어난 듯 하품을 하고 있는 구영과 일해다. 일해, 핸드폰 확인하며

| 일해 | 야, 무진분소 애들 벌써 출발 준비 끝났단다. 서두르자. |
| 구영 | 알겠습니다. |

씬/74   N, 장비실

어느새 옷 갈아입고 배낭 안에 물품들 챙기고 있는 구영과 일해. 구영은 자기 거 말고 이강의 배낭까지 챙기고 있다.

| 일해 | 이강이는? |
| 구영 | 거의 도착한 것 같은데.. |

씬/75 N, 택시 안/해동분소 건물 앞

택시 뒷자리에 타고 있는 이강. 저 앞쪽으로 해동분소 건물이 보이기 시작한다. 건물 앞으로 걸어 나오고 있는 구영과 일해. 그 앞에 택시가 멈춰 서고 뒷문이 열린다.

구영 왔냐.

구영, 택시에서 내려서는 이강을 향해 배낭을 집어던지는데..
택시에서 내리던 이강, 가뿐하게 뛰어서 배낭을 받아채 둘러멘다. 두 다리로 땅을 딛고 선 건강해 보이는 이강, 방한복의 지퍼를 올리며

이강 가볼까?

이강, 앞장서서 산을 향해 오르기 시작하는데 그 모습을 뒤에서 바라보는 구영과 일해.

일해 (웃으며) 쟤 아프기 전보다 더 빨라진 것 같아.
구영 다행이지.. 산에 있어야 서이강이잖아.

앞서가던 이강, 뒤돌아보며

이강 안 튀어 올래. 해 뜨고 올라갈 거야?

'예, 갑니다' 속도를 높여 이강의 뒤를 따라붙는 두 사람.

씬/76 D, 천왕봉

해가 떠오르기 직전인 듯 파래진 공기 속, 일출을 보러 몰려든 듯 엄청난
인파가 몰려 있는 천왕봉.
여기저기서 들려오는 호루라기 소리들. 사람들을 통제하고 있는 이강, 구영,
일해를 비롯한 레인저들.

이강   뒤로 물러나세요!

구영과 일해 역시 사람들 통제하며

일해   위험합니다! 뒤로 물러나세요!
구영   오늘 뜨는 해는 내일 뜨는 해랑 똑같습니다! 특별할 게 없다구요!

하지만 일출을 기대하며 들뜬 얼굴의 등산객들, 조금이라도 더 앞에서 보
려는 사람들, 뒤에서 민 사람들, 셀카 찍겠다고 위험한 곳에 올라가는 사람
들 등 전혀 통제가 되지 않고 있다.
그런 사람들 통제하던 이강, 누군가와 시선 마주치고 어이없는 얼굴. 일출
등산객들 사이에 낀 대진과 새녘이다.

이강   ..아실 만한 분이..
대진   (천연덕스러운) 왜. 몇십 년 동안 속 편하게 본 적이 없는데 해 좀 맘 놓고
        보자.

이강, 한숨. '네네'.
그때, 이강과 레인저들 쪽에서 조금 떨어진 절벽 쪽, 사진 찍으러 올라갔다
가 미끌 위험하게 갸우뚱하는 중학생 한 명. 레인저들 놀라서 '위험해요!'
외치는데 누군가의 손이 아슬아슬하게 중학생을 붙잡는다.
손에서부터 틸업하면 레인저 유니폼을 걸치고 있는 건강해 보이는 현조다.

현조   조심하세요. 큰일 납니다.

레인저들, 휴.. 가슴을 쓸어내리고..

중학생을 안전한 곳으로 이동시킨 뒤, 절벽 쪽 앞을 통제하기 시작하는 현조, 시선 돌리다가 이강과 눈이 마주친다. 보일 듯 말 듯 미소 짓는 현조와 이강.

- 인서트
- 58씬에 이어지는..
중환자실, 유리창 앞에서 고개를 떨구고 있는 이강. 그때, 복도를 지나던 간호사1이 이강을 발견하고 뛰어온다.

간호사1 이강씨! 안 그래도 연락드리려고 했는데.. 현조씨 호흡이 돌아왔어요.

이강, 믿기지 않는 듯 바라본다.

간호사1 중환자실에서 처치 중이긴 한데 모든 수치들이 정상으로 돌아오고 있어요.

이강, 벅찬 감정에 눈빛이 떨려온다.

- 다시 천왕봉으로 돌아오면
서로를 바라보고 있는 현조와 이강의 모습에서 누군가의 외침이 들려온다. '해다!!' '와!!!' 들뜬 사람들의 함성 소리.
붉은 해가 구름을 뚫고 모습을 보이기 시작한다. 해를 바라보며 미소 짓는 사람들. 기도를 하는 사람들. 새녘과 사진을 찍는 대진. 여기저기서 셔터 소리들이 들려오는데..
등산객들 중 한 일행 뒤쪽에 서 있는 현조에게 사진기 건네며 '사진 좀 찍어주세요~~' 현조, 싹싹하게 '아, 예' 일행의 사진을 찍어주는데.. 사진 프레임 안에 작게 들어오는 이강의 옆모습.
다른 일행도 그 모습을 보자, 너도 나도 현조에게 사진을 찍어달라고 한다. 계속해서 셔터를 누르는 현조. 계속해서 뒤에 들어오는 이강, 천천히 이쪽을 바라본다.
프레임 안에 들어오는 이강을 바라보며 혼자 미소 짓는 현조. 셔터를 누르다가 고개 들어 보는데 이강도 현조를 보고 있다.

이강(소리) 이젠.. 안 보이니?

현조(소리) 예.. 이젠 아무것도 보이지 않아요.

이강, 천천히 떠오르는 해 쪽으로 시선을 돌린다. 그런 이강을 바라보는 현
조의 모습 위로.. 현조의 심장 박동 소리가 점점 커져온다.

가만히 이강을 바라보는 현조. 그런 두 사람을 둘러싼 대진, 새녁, 행복해
보이는 등산객들. 그리고 구영, 일해를 비롯한 레인저들.

떠오르는 태양 아래 붉게 불타오르는 지리산의 모습에서..

드라마 〈지리산〉 끝

사건 타임라인
작가 인터뷰

1991년 봄, 검은다리골 마을

지리산에 케이블카 설립 추진
지리산 번영회 회장 양근탁이 방문, 마을 이장 김재경을 만나
이주보상금을 제시하며 설득하려다 거절당하고 쫓겨남.

재경처 사망
계곡에 물을 뜨러 갔다가 실종된 후 사망.
재경 설득 문제로 마을 주민 일만, 종구, 진덕과 옥신각신하다 너덜길로 굴
러 떨어져 사망.

이필석(세욱부) 사망
덕서령 산간도로에서 뺑소니 사고로 사망.
김성국(웅순부)의 용달차에 의해 교통사고 사망. 마을 사람들이 증거물인
범퍼를 땅에 묻고 케이블카 사업 동의서에 날인하게 함.

케이블카 추진 사업 중단
국립공원이 검은다리골 마을 철거하기로 결정, 마을 주민 모두
이주.

김재경 사망
재경이 키우는 벌들이 떼죽음 당한 뒤 이명과 환시에 시달리다
자살.
재경의 마음을 돌리기 위해 마을 사람들이 벌통에 농약을 쳐 벌을 죽인 것.

1995년 여름, 지리산 도원계곡

집중호우로 인한 산악사상 최대의 수해사고로 100여 명이 희생

이강 부모 & 김남식(김현수 부) 사망

산을 찾았다가 조난당해 계곡 옆 작은 사무소에 고립되어 있던 사람들 중 이강의 부모(서영진, 윤수미)와 김현수 중위의 아버지이자 레인저였던 김남식 사망.

2017년, 지리산

8월, 홍상규 실종

입산 흔적을 찾지 못해 수색 종결.

9월, 김현수 사망

지리산 행군 훈련 중 낙오되었다가 백토골 돌무지터에서 숨진 채 발견. 당시 소속 부대 대위였던 강현조가 발견.
1년 뒤 레인저가 되어 다시 지리산을 찾은 현조가 환영을 통해 살인사건임을 알게 됨. 김솔이 독이 든 요쿠르트를 먹여 살해.

11월, 서금자 사망

양석봉 새녁바위 인근에서 로프를 잡고 가파른 너덜길을 내려가다 로프 끊어져 추락사.
이세욱이 로프의 가장 위쪽 바위와 마찰되는 부분을 반쯤 끊어놓아 살해.

2018년, 지리산

1월, 이종구 사망

덕서령 부암절벽에서 추락사.
이세욱이 절벽 위에서 밀어 살해.

3월, 김진덕 사망

대영리 나리골 절벽 위에 놓은 스틱을 주우려다 추락사.
이세욱이 스틱으로 유인해 절벽 밑으로 밀어 살해.

············ **강현조 지리산 국립공원 해동분소로 발령**

8월, 염승훈 조난

태풍으로 인해 수색 중단했으나 현조가 환영을 통해 승훈의 위치를 파악해 이강과 함께 구조.

8월, 홍상규 백골 사체 발견

환영을 본 현조의 추적으로 홍상규 사건의 진실(김기창의 살인)이 밝혀지고 이강의 끈질긴 수색 끝에 홍상규 사체 발견.

9월, 이금례 사망

백토골에서 실종, 환각 증상을 보이다 사망한 채 발견. 배낭에서 독버섯이 발견되어 단순 사고사로 처리.
이세욱이 총알나무 밑에 미리 갖다놓은 독 든 요쿠르트로 살해.

9월, 안재선 일병 실종

적룡부대 지리산 행군 훈련 중 실종. 등산객이 준 음료를 마시고 구토와 환각 증상을 보였으나, 죽기 직전 필사적으로 달려온 이강과 현조에 의해 구조.
이세욱이 자신의 얼굴을 본 안재선을 살해하려고 독이 든 요쿠르트를 주어 죽이려 했으나 실패.

10월, 최일만 사망

불법으로 뱀 채집에 나섰다가 새마골 무덤터에서 감자 폭탄 폭발로 사망.
이세욱이 양선할아버지를 범인으로 몰기 위해 그 집에 있던 감자 폭탄을 이용해 살해.

10월, 이양선 음독 피해

양선할아버지 살해에 실패한 이세욱이 그 복수심 때문에 양선에게 독이 든 요쿠르트를 먹여 살해하려 했으나 이강과 현조, 구영이 출동해 구조.

10월, 이세욱 사망

현조가 환영에서 본 독특한 손등의 상처로 세욱이 진범임을 확신하고 쫓던 중 산으로 도주, 나중에 백골 사체로 발견됨.
김솔이 밀어서 살해.

2019년, 지리산

5월, 허진욱 조난

비법정 산행 도중 조난, 검은다리골 대피소에 몸을 피했다가 이강과 현조에 의해 구조.

8월, 이양선 사망

수해로 절벽 위에 고립된 등산객 구조 중 실족, 급류에 휩쓸려 사망.

8월, 이문옥 사망

수해 구조 현장사무소에 음식을 전달하고 돌아가는 길에 계곡 위 다리가 붕괴되는 사고로 버스 추락해 사망.
김솔이 일부러 차량을 계곡 위 다리로 유도해 살해. 양근탁을 죽이기 위해 그가 타고 온 미니버스를 겨냥했으나, 양근탁은 산에서 조난당해 그 버스에 타지 않았고, 우연히 문옥이 탑승했다 사고를 당함.

12월, 서이강 & 강현조 조난

벼랑 위에 놓인 스틱을 주우려다 추락한 이강. 상태가 위독한 이강의 구조를 요청하던 현조가 뒤통수를 여러 차례 가격당해 쓰러짐.
김솔이 일부러 코니스에 스틱을 놓아 이강을 추락하게 하고, 현조의 뒤통수를 돌로 내리침.

허진옥 사망

췌장암으로 사망.

2020년, 지리산

2월, 최기영 사망

검은다리골 마을에 살았던 아버지 최태구의 묘소에 성묘하러 왔다가 외래계곡에서 사망.
김솔이 사고를 위장해 살해.

6월, 장민희 사망

이금례 할머니의 아들로, 무진계곡에서 사고로 사망.
김솔이 사고를 위장해 살해.

서이강 지리산 국립공원 해동분소로 복직

9월, 양근탁 백골 사체 발견

이석재에서 천왕봉 구간 비법정 불법 산행 도중 실종되었으나
실종 62일이 되도록 찾지 못해 공식 수색 종료. 복직한 이강의
요청으로 이석재 반대편인 개암폭포를 수색하다 발견.
김솔이 노란 리본으로 등산로를 절벽 쪽으로 유도해 추락사하게 함.

9월, 장학수 조난

누군가 계곡에 놓고 간 요쿠르트를 마신 뒤 경련 증세. 생령이
된 현조가 남긴 표식을 본 이강이 레인저들을 출동시켜 구조.
김솔이 독이 든 요쿠르트로 살해하려 했으나 실패.

10월, 이다원 사망

해동분소 레인저로 이강의 부탁을 받고 비법정 산행 중 실종.
휴대전화 신호가 끊긴 이후 18시간 만에 사망한 채 발견.
김솔이 밀어서 살해.

11월, 장학수 사망

생도라지를 구하러 산에 갔다가 구승계곡 아래로 추락해 사망.
김솔이 계곡 밑으로 밀어서 살해.

11월, 김웅순 사망

검은다리골에서 피를 흘리며 사망한 채 발견.
웅순이 사건을 파헤치고 있음을 알게 된 김솔이 산으로 불러 살해.

11월, 김솔 사망

모든 범죄사실을 파헤친 이강을 죽이기 위해 차에 태우고 달리
다, 낙석에 맞아 사망.

작가 인터뷰

Q 처음 이 드라마의 아이디어가 싹튼 시기와 계기가 있을까요?

여러 가지 계기가 있었던 것 같은데요. 가장 처음이 대학생이었을 때였습니다. 같은 학과 친구들이 여름방학에 지리산 종주를 다녀와 사진을 보여줬는데요, 안개가 자욱이 낀 지리산 사진이었어요. 그러면서 너도 꼭 다녀오라고, 다녀오면 마음이 한 뼘 더 자랄 수 있을 거라고 추천했었습니다. 그때부터 지리산은 제게 사람을 크게 만드는 영험한 힘이 있는 곳이란 인식이 생겼습니다. 이후로 작가란 직업을 가지게 되면서 한 번은 꼭 지리산이 배경인 얘기를 쓰고 싶다는 생각을 하게 되었습니다.

Q 글을 쓰다 보면 등산은 거의 못 하실 것 같은데, 이 드라마를 쓰기 위해 지리산 천왕봉까지 실제 올라가 보셨나요? 가본 소감은 어땠는지 궁금합니다.

사실 벌레를 너무 무서워하고 고소공포증도 심해서 제대로 등산을 해본 적이 없었는데요. 그래도 지리산은 흙산이고 계절도 가을이라 괜찮겠지 싶어서, 중산리 탐방안내소부터 천왕봉을 보고 장터목 대피소에서 1박 하는 코스로 등산을 처음 시도해봤거든요. 로터리 대피소까진 기다시피 해서라도 가긴 갔는데 대피소 지나서 정상이 다가오기 시작하니까 흙산이라고 해도 정말 가파르더라고요. (이 느낌은 어디까지나 개인적인 의견입니다^^;;;;; 저한테는 정말 에베레스트 같았어요)

너무 겁나고 무서워서 같이 갔던 팀들은 올라가기로 하고 전 조난을 당하게 됐습니다. 로터리 대피소에서 레인저분이 데리러 오셨는데, 눈물 나게 고마웠습니다. 장터목 대피소까진 가지 못하고 로터리 대피소에서 1박을 하긴 했는데 산의 밤하늘이 참 멋있었습니다.

다음 날 천왕봉 대신 노고단에 올랐는데 그때 본 지리산 능선이 너무 멋있어서 가슴이 벅차올랐어요. 저처럼 심약하고 고소공포증이 있으신 분들은 노고단을 추천드립니다. ^^

Q 서이강이란 인물을 쓸 때 참고한 실존 여성 레인저가 있으셨나요?

서이강이란 인물은 만나본 레인저분들의 이런 면 저런 면들이 다 섞여 있는 캐릭터입니다. 인터뷰할 때 만나본 여성 레인저분들은 이강이보다는 훨씬 더 다정하시고, 친절하십니다. ^^

Q 등장인물 이름 짓는 것이 생각보다 어렵다고 들었습니다. 특히 이번 인물들의 이름은 모두 독특한데 등장인물 작명 에피소드를 듣고 싶습니다.

갑자기 생각나는 이름도 있고 케이스마다 다르긴 하지만 보통은 인물들의 엄마 아빠 캐릭터를 생각하긴 합니다. 결국 이름은 부모님이 지어주시는 거잖아요.

이강이의 부모님은 지리산을 사랑하고 선하신 분들을 생각했어요. 산을 좋아하고 우리 아이는 우리보다 강한 아이로 키우고 싶어 하지 않았을까 해서 이강이라고 지었고요. 현조는 군인이었던 아빠를 존경해서 육사를 가지 않았을까 생각했어요. 군인 아버지라면 조금은 딱딱한 이름을 좋아하시지 않았을까 해서 현조라고 지었습니다.

Q 배경이 산이다 보니 낙석, 산불 진화, 폭설, 홍수 등 스펙터클한 장면이 많이 나옵니다. 집필하며 가장 공들인 장면이 있으신가요?

모든 씬들을 다 좋아하고 공들이긴 했는데요, 수해 장면이 제일 마음이 아팠던 것 같습니다.
수해사건은 실제 98년 있었던 대원사 수해사고를 모티브로 했는데, 그 얘기를 실제 겪으신 레인저분께 얘기를 전해 들었을 때 너무 마음이 아팠거든요. 다른 재해도 마찬가지겠지만, 다시는 지리산에서 똑같은 일이 반복되지 않기를 바라는 마음입니다.

Q 이강과 현조의 '썸인 듯 썸 아닌 듯한 썸'을 좋아하는 시청자 의견이 많았는데요, 전작들에선 보여주지 않았던 설정이라 더 그런 것 같습니다. 만약 드라마가 한 20화까지 방송된다면 그때 이강과 현조의 현실은 어떻게 펼쳐질까요?

이제 모든 사건이 끝났으니 한 명은 설악산, 한 명은 한라산에 있지 않을까요? 그러다가 폭설이 내리는 한라산에 누군가 한 명이 찾아와 청혼을 하면서 끝나지 않을까 싶습니다.
결혼식은 지리산에서 했으면 좋겠네요. ^^

Q 이 드라마의 주제의식을 가장 잘 담고 있는 대사를 몇 개 소개한다면?

13부 일해의 대사와 16부 이강의 대사가 생각이 납니다.

13부 일해의 대사 :
'근데 그게 우리 일인 것 같아. 여기서 무슨 일이 벌어졌는지 기억하는 거.
저 산에 어떤 사람들이 올랐는지.. 무슨 일을 겪었는지..
산이 얼마나 무서운 곳인지 또 얼마나 위로를 주는 곳인지..
그 산을 지키기 위해서 누가 어떤 희생을 했는지..
다 기억해 줘야지..'

16부 이강의 대사 :
'마음의 빚이 있다면 내려놔요. 산은.. 그냥 산일 뿐이니까..'

Q 연쇄살인이라는 범죄 스릴러 소재가 지리산이라는 공간으로 옮겨오면서, 사건의 다양한 변주가 가능했던 것 같습니다. 드라마 기획 당시 '지리산'이라는 장소를 먼저 생각한 것인지, 스토리 구상이 먼저였는지 궁금하네요.

앞에서 말씀드렸던 것처럼 '지리산'을 배경으로 한 드라마를 쓰고 싶었습니다. 배경이 먼저였고, 그 안에서 어떤 일이 벌어졌을까, 어떤 사람들이 이 산에 무슨 이유로 왔을까를 생각하면서 스토리를 구상하기 시작했습니다.

Q '누군가는 기억해야지'라는 대사가 여러 차례, 여러 등장인물을 통해 나옵니다. '그때 무슨 일이 있었는지 저 사람들은 기억하지 않았'기 때문에 살인을 저질렀다는 솔의 답변은 궤변이지만, 왠지 지리산이 품고 있는 역사적 아픔을 잊고 살아가는 우리에게 작가가 전하고자 하는 메시지가 있는 것 같습니다.

지리산은 긴 시간 동안 누군가의 도피처가 되었던 산이라고 생각했습니다. 그 사람들이 왜 무엇으로부터 도망칠 수밖에 없었는지, 이 깊은 산속에서 무슨 일이 벌어졌는지, 한 번쯤은 기억할 수 있는 계기가 되었으면 좋겠다고 생각했습니다.

Q 이번 작품은 판타지적 요소를 통한 공조로 범죄를 풀어가는 '시그널'과 비극의 역사가 가져온 원한이라는 '킹덤'의 세계관을 이어가지만, 여기서 한발 더 나아가 '자연'에 대한 작가의 애정을 담고 있다고 생각됩니다. 또 다른 세계관으로의 확장이라고 봐도 될까요?

^^;;; 그렇게 거창한 건 아니고요, 늙어가다 보니 젊었을 때는 몰랐던 자연의 아름다움을 알게 됐다고 할까요. 또한 환경에 대한 걱정과 관심이 좀 더 많아지더라구요. 또한 국립공원 레인저분들께서 국립공원의 취지가 공존이라고 말씀해주셨습니다. 우리가 가진 자연을 다음 세대를 위해서 보존해야 한다는 말씀이 인상적이었습니다. 그러다 보니 자연에 대한 애정이 드라마 안에 녹아든 것 같습니다.

Q 드라마 플랫폼에 많은 변화가 일어나고 있는데요, 넷플릭스 최초 한국 오리지널 드라마 시리즈의 문을 연 장본인으로서, OTT 기반의 드라마와 기존 TV 드라마 집필 방식에 차이가 있는지요?

아무래도 창작자 입장에서는 OTT 플랫폼이 편하긴 합니다. 러닝타임이나 횟수의 제약도 덜하고 아이템 선정이나 표현수위에 대한 자유가 보장되거든요.

Q　매번 새로운 것에 도전하는 작가이기에 차기 작품이 궁금합니다. 어떤 장르일지 살짝 공개해주신다면?

다음 드라마는 오컬트 물이 될 것 같습니다. 더 열심히 채찍질하며 쓰겠습니다.